D1942918

A Stupid Thing Called Love

Für Désirée,

ich hoffe, Du verliebst
Dich so in Liv, Braden
und Jack, so wie ich es
getan habe!

[illegible]

Klappentext

Völlig unverhofft wird Liv Kennedy nach einem Aufkauf ihres derzeitigen Arbeitgebers von ihrer Heimatstadt Seattle in das farbenfrohe New Orleans versetzt. Dort soll sie künftig als Assistentin für den äußerst attraktiven und schlagfertigen Scheidungsanwalt Braden Foster arbeiten. Ihr höllisch heißer neuer Boss lässt keinerlei Zweifel daran, dass er die junge Frau nicht nur in seinem Büro, sondern ebenfalls in seinem Bett möchte.

Doch Beziehungen am Arbeitsplatz kommen für Liv auf gar keinen Fall infrage. ‚Don't fuck the company' ist ihre Devise, aber davon zeigt sich Braden vollkommen unbeeindruckt. Als wäre das allein nicht schon nervenaufreibend genug, erscheint auch noch Jack Silver auf der Bildfläche, Bradens bester Freund. Der charismatische Nachtclubbesitzer erobert Liv im Sturm, dennoch fühlt sie sich ebenso weiter zu Braden hingezogen.

Die Gefühle, die beide Männer in ihr wecken, stürzen Liv in ein nie zuvor dagewesenes Chaos, auf das es nur eine Antwort zu geben scheint. Doch wie soll sie sich entscheiden, wenn ihr Herz ihr ständig dazwischenfunkt?

A Stupid Thing Called Love

Lizzy Jacobs

Lizzy Jacobs
A Stupid Thing Called Love

Herzogweg 21
31275 Lehrte
kontakt@writtendreams-verlag.de

ISBN print: 978-3-96204-147-2

Kapitel 1

Der Tag hätte so schön werden können, ging mir in Dauerschleife durch den Kopf, während ich in der Damentoilette stand und die eindeutigen Geräusche immer ohrenbetäubender wurden. Es war fast so, als würde man Elchen bei der Paarung zuhören.

Gottverdammt, ich hasste sexuelle Konfrontationen am Arbeitsplatz. Es war schlicht und einfach nicht der richtige Ort für sowas. Man hatte doch in seiner Freizeit genug Möglichkeiten, um Sex zu haben, musste man da tatsächlich auf der Firmentoilette eine Nummer schieben?! Dass ich gezwungen war, mir dieses zweifelhafte Spektakel auch noch mit anzuhören, versaute mir den ganzen Tag. Außerdem musste ich wirklich dringend auf die Toilette, da mein Kaffeekonsum die letzten Wochen extrem angestiegen war, nicht zuletzt wegen meines ekelhaften und äußerst schmierigen Vorgesetzten Mr. Dunham. Er war ein überheblicher Mistkerl, der mich für sein Leben gern schikanierte. Obendrein gab er mir ständig das Gefühl, dass der Assistentinnen-Job in der Anwaltskanzlei Parker & Son nur was für Loser wäre. *Pfft, dass ich nicht lache!* Ich rettete ihm regelmäßig den Arsch, weil er nicht in der Lage war, sich nur ein einziges Meeting zu merken. Jeden Tag legte ich ihm die Termine zusätzlich schriftlich vor, obwohl alles in dem Terminplaner auf seinem PC gespeichert war.

„Oh ja, gib`s mir, Bernie!“, stöhnte in diesem Moment eine weibliche Stimme und ich taumelte erschrocken an die gegenüberliegende, gekachelte Wand der Toilette. *Welcher Typ hieß denn Bernie bei uns und wieso trieben sie es nicht wie in Filmen üblich im*

Kopierraum? Ich hüpfte mittlerweile von einem Bein aufs andere, da ich wirklich musste. Doch ich konnte nicht pinkeln, während nebenan ein Pärchen kurz vorm Finale stand.

Die Quietscher und abgehakten Laute wurde immer extremer. Selbst die Tür zur Kabine wackelte nun heftig in ihren Angeln. *Das durfte nicht wahr sein*! Mir blieb nur der Gang auf die Herrentoilette übrig, bevor ich Zeugin eines Höhepunktes wurde, der nicht mein eigener war. Wütend drehte ich mich auf dem Absatz um und war schon halb aus der Tür, als eine männliche Stimme mich innehalten ließ.

„Jessica, du bist das schärfste Teil überhaupt. Wer ist dein Daddy?“ Augenblicklich kam mir die Galle hoch, denn es war kein Geringerer als mein Arschlochchef, der hier gerade eine Nummer schob. Bernie hieß in Wirklichkeit Bernhard, mein Gehirn war aufgrund des Schocks nur nicht in der Lage gewesen, vom Kosenamen ausgehend diesen Rückschluss zu ziehen. Falls ich mich nicht täuschte, klang diese gewisse Jessica wie die Verlobte eines seiner Mandanten. Ich schüttelte entsetzt den Kopf.

„Mr. Dunham, ihr drei Uhr Termin wartet bereits!“, trällerte ich aus vollem Hals, weil ich meine Klappe nicht halten konnte und der Meinung war, dass er selbst schuld sei, wenn er sein Ding nicht in der Hose behielt.

Ich hörte noch ein lautstarkes „Verdammte Scheiße!“, bevor ich die Tür schloss und Richtung Männerklo hastete. Wie gesagt, der Tag hätte schön werden können, wurde er aber aufgrund dieses Vorfalls nicht. Doch er war nicht halb so schlimm wie die Tage, die daraufhin folgten.

Zwei Wochen später war mir nur zu deutlich bewusst, dass es nicht gerade von Vorteil war, wenn man den Chef beim Vögeln erwischte und ihn das auch noch wissen ließ. Schon gar nicht, wenn dieser eine Made wie Mr. Dunham war. Er legte mit Schikanen mir gegenüber derart zu, dass ich drauf und dran war, ihm meinen Tacker an den Kopf zu werfen oder ihm mit meinen zwölf Zentimeter Absätzen auf den Fuß zu treten. Nicht nur, dass ich ständig genötigt war, seine Termine umzuändern, weil er plötzliche andere Dinge für lebensnotwendiger hielt. Neuerdings sollte ich wieder Botengänge erledigen, die ich eigentlich seit vier Jahren hinter mir gelassen hatte. Als er mich dann noch dazu aufforderte, seine Anzüge aus der Reinigung zu holen, war der Ofen aus. Ich musste nur kurz den Namen Jessica Randolf aussprechen und sofort zog er ab. Mir war nicht wohl dabei, ihn daran zu erinnern, allerdings ließ er mir keine andere Wahl. Ich wusste, es konnte nicht ewig so weitergehen und war versucht, krank zu machen, nur um diesem Ekel zu entkommen.

„Ms. Kennedy, kommen Sie unverzüglich in mein Büro, aber dalli“, schallte es aus der Gegensprechanlage und ich verzog angewidert das Gesicht. So zu tun, als könnte ich ihn nicht hören, machte wenig Sinn. Ausprobiert hatte ich es schon und beteuert, dass etwas mit der Anlage nicht stimmte, doch er ahnte, dass ich ihn anlog. Seine angefressene Visage zu sehen, hatte mir zwar den Tag versüßt, das hielt leider jedoch nicht lange an.

Schweren Herzens erhob ich mich von meinem Stuhl, glättete mein dunkelblaues Etuikleid und atmete tief durch.

Ohne anzuklopfen, betrat ich sein Büro und wurde sofort von einem derart penetranten Parfümgestank nach hinten katapultiert, dass ich augenblicklich zu husten anfing. Ich wedelte mir mit der Hand frische Luft zu und versuchte, durch den Mund zu atmen.

„Haben Sie ein Problem, Ms. Kennedy?“, fragte mich mein Chef wie immer schlecht gelaunt. Meine Atemnot führte nicht gerade dazu, dass sich sein Stimmungsbarometer hob.

„Nein, nein“, krächzte ich und setzte mich ihm gegenüber an den Schreibtisch. Normalerweise wartete man ja, bis einen der Boss zum Sitzen aufforderte, aber da er mir genauso wenig Respekt entgegenbrachte, hatte ich meine guten Manieren zu Hause gelassen.

Mr. Dunham sah mich abwertend von oben bis unten an. Er mochte nicht, wie ich herumlief, doch das störte mich herzlich wenig. Seit meiner Teenagerzeit kleidete ich mich im Stil der fünfziger Jahre und ich hatte nicht vor, daran etwas zu ändern. Im Gegensatz zu einigen anderen Assistentinnen lief ich reichlich hochgeschlossen herum. Mein Boss stand mehr auf den arschwackelnden Typ, deren Röcke eher Gürteln glichen. Er hatte mal eine seiner Freundinnen mit ins Büro gebracht und meine erste Vermutung war, dass sie stundenweise bezahlt wurde. Billig war eine Untertreibung, aber der Widerling gab mit ihr an, als wäre sie eine preisgekrönte Zuchtstute.

Es war nicht seine Entscheidung gewesen, mich vor fünf Jahren einzustellen und das ließ er mich jeden Tag spüren. Sein Vorgänger ging in Ruhestand und er übernahm mich notgedrungen. Nach einem missglückten Anbaggerversuch vor zwei Jahren seinerseits herrschte bei uns Kalter Krieg.

„Was kann ich für Sie tun?“, fragte ich mein Gegenüber.

Mr. Dunham verschränkte seine Finger ineinander und legte sie auf den Schreibtisch. Dabei sah er mich derart selbstgefällig grinsend an, dass mein Bauchgefühl mir ein dringendes Warnsignal entgegen schrie. *Mayday, Mayday, wir haben ein Problem*!

„Ich muss Ihnen leider mitteilen, dass ich in Zukunft auf Ihre Arbeitskraft verzichten werde!“ Mein Herz fing zu rasen an und ich krallte meine Hände in die Stuhllehnen.

„Was soll das heißen?“, entgegnete ich angespannt und kniff die Augen zusammen. Er konnte mich unmöglich feuern! Es war bestimmt nur ein dummer Scherz von ihm, um mir Angst zu machen. Sein Grinsen wurde noch breiter und mir schwante, dass es kein Witz und ich am Arsch war.

„Sie werden versetzt“, antwortete er und ließ die Bombe platzen. Wortwörtlich, denn es rauschte in meinen Ohren und ich wusste nicht, ob ich mich freuen sollte oder nicht. Ich hoffte, dass womöglich ein anderer Partner in der Anwaltskanzlei eine Stelle für mich hatte und mich von meinem Schicksal erlöste.

„Wohin?“ Da wir in einer riesigen Kanzlei arbeiteten, hatte ich nicht den Überblick, wer aufhörte und wer nicht. Doch bevor ich weiter meinen hoffnungsvollen Gedanken Raum geben konnte, zerstörte er sie sofort wieder.

„Nicht innerhalb dieses Büros, so viel kann ich Ihnen versichern. Sie werden wohl umziehen müssen“, ergänzte er fröhlich und ließ mich spüren, dass er sich wahnsinnig darüber freute.

Meine Wut kochte derart hoch, dass ich vom Sitz aufsprang und die Hände auf seinen Tisch stemmte. Es war mir im Moment vollkommen egal, dass er mein Chef war. Zornig schob ich meinen Oberkörper über den Schreibtisch und schaute ihn wutentbrannt an. Er zuckte sichtlich zusammen und ich fühlte, wie Genugtuung durch meine Adern rauschte.

„Wie bitte?! Ich soll umziehen? Und wohin zum Teufel nochmal? Ist es, weil ich sie mit einer Ihrer Mandantinnen erwischt habe? Ist das die Strafe dafür?“, zischte ich ihn an.

„Ms. Kennedy, muss ich Sie tatsächlich daran erinnern, dass in Ihrem Arbeitsvertrag eine Klausel steht, die besagt, dass Sie auch an anderen Orten eingesetzt werden können? Die Kanzlei wurde vor ein paar Tagen aufgekauft. Es wird noch ein Memo für die Mitarbeiter geben, das versteht sich von selbst“, meinte er herablassend und sah bei dem Wort *aufgekauft* ziemlich miesepetrig aus. Wahrscheinlich hatte man ihn nicht darüber informiert, zumindest war nichts an Infos über meinen Schreibtisch gewandert.

Er brüstete sich schon seit Jahren damit, dass ohne ihn der Laden bergab gehen würde. Mr. Dunham war nicht nur bei mir in Ungnade gefallen, sämtliche Angestellten und Anwälte zerrissen sich hinter seinem Rücken das Maul. Er war schmierig, zu laut und brachte bei jeder Gelegenheit frauenfeindliche Witze.

Normalerweise hätte mich der Umstand gefreut, dass er kein Mitspracherecht hatte, doch da meine Lage ernst war, ging meine Schadenfreude flöten.

Ich sah ihn weiterhin wütend an und tippte nervös mit der Spitze meines Schuhs auf dem Parkett herum. Ein stetiges Klackern war zu hören und passte perfekt zu meinem Zucken am linken Auge. Mein Chef hatte seine Angst vor mir schnell überwunden und fühlte sich sichtlich wohl mit meinem Rausschmiss. Der Mistkerl genoss seinen Auftritt in vollen Zügen.

„Ich bin mir absolut bewusst darüber, was in meinem Arbeitsvertrag steht. Es wundert mich nur, warum gerade jetzt. Wieso ausgerechnet ich und wohin soll ich überhaupt umziehen?" Meine Fragen führten dazu, dass er sich in seinem Stuhl zurücklehnte und den Kopf schadenfroh zur Seite legte.

„Wie gesagt, Mr. Parker hat sich entschieden, seine Kanzlei zu verkaufen und setzt sich mit seiner Gattin in Florida zur Ruhe. Der Käufer ist Unternehmer und selbst Anwalt, hat seinen Firmensitz aber woanders angelegt. Er wird überwiegend von dort aus die Geschäfte leiten und fragte nach einer Assistentin, die sich mit den Abläufen hier bestens auskennt", erklärte er mir und sah mich übertrieben mitfühlend an, während er weitersprach. „Natürlich ist mir klar, dass Sie hier Ihre Wurzeln haben, doch ich konnte unmöglich verschweigen, wie gut Sie in diesem Job sind, deshalb habe ich Sie für den Posten vorgeschlagen." Bei seiner aufgesetzten Trauermiene hätte ich ihn am liebsten aus dem Büro geprügelt und seine Eier zerquetscht. Ich schloss meine Augen, betete um genug Anstand, um nicht wegen Körperverletzung im Gefängnis zu landen, und setzte mich besiegt auf meinen Stuhl zurück.

„Nun versetzen Sie mir schon den Gnadenschuss, ich kann es kaum noch erwarten“, erwiderte ich erledigt und machte mich auf alles gefasst.

„Sie werden nach New Orleans versetzt und nicht nur das, Sie werden die Assistentin des Bosses höchstpersönlich. Ich weiß nicht, ob Sie bereits von ihm gehört haben, aber er wird nicht so nachsichtig mit Ihnen sein, wie ich es war.“ Empört und dem Nervenzusammenbruch nahe verschränkte ich die Arme vor der Brust, was zufolge hatte, dass dieser schleimige Sack mir ungeniert auf den Busen glotzte.

„New Orleans? Wer wohnt denn dort? Ich fasse es nicht, dass ich umziehen soll. Das ist die reinste Schikane!“

„Sie können auch kündigen, Ms. Kennedy, das bleibt ganz Ihnen überlassen“, erklärte er kalt und zeigte mit dem Finger auf die Tür. „In vier Wochen treten Sie ihren neuen Job an, ansonsten möchte ich Ihr Kündigungsschreiben noch heute Abend auf meinem Schreibtisch haben“, beendete er das Gespräch und widmete sich wieder einer Akte, die vor ihm lag. Stocksteif und innerlich erstarrt lief ich aus dem Büro, wurde jedoch noch einmal an der Tür von ihm aufgehalten. „Ach, und nur zu Ihrer Information: Ihr Chef ist Braden Foster“, er sagte das, als würde ich mich vor dem Mann fürchten müssen. Wie schrecklich konnte dieser Kerl schon sein? „Er soll ein wesentlich strengerer Chef als ich sein, aber vielleicht schafft er es ja, Ihnen anständige Manieren beizubringen!“ Ich atmete tief aus, dachte daran, ihn bald nie wiedersehen zu müssen, was mein einziger Trost in diesem Moment war, und strahlte ihn dann mit meinem unechtesten Lächeln an.

„Vielen Dank, dass Sie sich um meine Manieren Gedanken machen. Ich werde jetzt gehen und meine persönlichen Sachen packen. Ach übrigens, ich nehme die Wochen bis zum Antritt meiner neuen Stelle bezahlten Urlaub, um meine Angelegenheiten zu regeln!“ Er setzte zu einer Antwort an, doch ich war noch nicht fertig.

„Sie werden den Urlaub genehmigen, ansonsten wird alle Welt erfahren, dass sie ein gewisses Körperteil in Dinge stecken, die sie nichts angehen. Auf Nimmerwiedersehen!“ Damit verließ ich sein Büro und achtete nicht auf die umliegenden Büros, wo sich einige bereits die Köpfe verrenkten. Wortlos ging ich zu meinem Schreibtisch, schnappte mir meine Grünpflanze und die geliebte Kaffeetasse, die ich von meiner Freundin zum ersten Arbeitstag bekommen hatte.

Ich verabschiedete mich bei den Kolleginnen, die ich in den letzten Jahren kennengelernt hatte und stolzierte hocherhobenen Hauptes mit einem kleinen Karton aus der Kanzlei. Draußen erfasste mich ein kühler Frühlingswind und mir wurde schlagartig klar, dass ich in einem Monat schon woanders leben würde. Verdammter Mist!

Kapitel 2

Zu Hause in meinem wunderschönen Appartement angekommen, ließ ich die Pappschachtel auf den Boden fallen und bekam zur Antwort ein heftiges Fauchen zu hören. Spencer, mein achtjähriger Kater schaute mich angefressen von der Couch aus an, während er sich genüsslich die Pfote säuberte. Das konnten nur Katzen! Sie gaben dir das Gefühl, immer zu nerven und wenn du nicht sofort für Futter sorgst, bist du auf ewig in Ungnade gefallen. Ich war Sklave meines Katers und eigentlich störte es mich nicht weiter. Er hatte auch gute Seiten. Nachts lag er zu meinen Füßen, hielt sie warm und morgens putzte er mir hingebungsvoll die Augenbrauen, bis ich wach wurde. Spencer war seit einiger Zeit mein einziger männlicher Besucher und das störte mich ebenfalls nicht.

Ich war weder prüde, noch zu wählerisch, es gab nur einfach nicht die Spur von Heiratsmaterial in Seattle. Mein letzter Freund Dan hatte eine Katzenallergie, bekam ständig geschwollene Augen und eine triefende Nase. Deswegen mussten wir uns dauernd bei ihm treffen. Leider wohnte er mit fast Dreißig immer noch in einer Männer-WG. Das war an sich kein Problem, doch bei drei Kerlen, die in der IT-Branche arbeiteten, kam ich mir eher vor wie die Putzfrau, die nicht bezahlt wurde.

Sie waren Computer Nerds, sahen alle ziemlich süß aus, aber hatten mit Haushalt nichts am Hut. Als ich eines Abends auf einem Pizzakarton ausrutschte, in der die Pizza von vor fünf Tagen klebte, war ich raus. Ich konnte mit niemandem zusammen sein, dessen Lebensmittel schon das Alphabet aufsagten.

Seit sechs Monaten war ich nun glücklicher Single, mit einem rosafarbenen Dildo in meiner Nachttischschublade, der für ausreichend Spaß sorgte. Dieser hatte keine Allergien und war pflegeleichter als mein Ex.

„Hey, mein Hübscher! Wer schaut denn da so griesgrämig aus? Komm her und tröste dein Frauchen“, begrüßte ich meinen haarigen Mitbewohner und bekam lediglich ein kurzes Innehalten der Pfotenpflege von ihm. Meine High Heels stellte ich neben die Tür, tapste ins Wohnzimmer und ließ mich mit einem tiefen Seufzen auf die Couch fallen.

Endlich erbarmte sich Spencer und kletterte auf meinen Schoss, wo ich ihn fest an mich drückte und ihm einen Kuss auf den Kopf gab.

„Miau!“ Er schnurrte bereits und stieß mit seinem Köpfchen gegen mein Kinn. Ich schob meine Nase in sein Fell und klagte ihm mein Leid.

„Es wird dir nicht gefallen, mein Dicker, aber wir werden umziehen müssen. Das ist alles nur die Schuld dieses miesen Wichts. Dem müsste man zur Strafe die kleinen Mäuseeier abklemmen!“, meckerte ich leise vor mich hin und Spencer hob kurz das Köpfchen beim Wort *Mäuse.*

In meinem Kopf herrschte Chaos und irgendwie war ich mir der Tragweite noch nicht ganz bewusst. Mein Leben lang hatte ich hier gewohnt, auch wenn die Männerauswahl zu wünschen übrig ließ, wollte ich dennoch nicht weg.

Darüber hinaus wusste ich gar nicht, womit ich zuerst anfangen sollte. Ich brauchte eine neue Wohnung, ein Umzugs-Unternehmen und ich musste meinen Eltern Bescheid sagen. Seit dem College lebte ich nicht mehr zu Hause, doch die sonntäglichen Essen wurden im Hause Kennedy großgeschrieben. Ich war Einzelkind und sie ermöglichten mir, so viel sie konnten. Meine Familie hatte mich stets zur Selbstständigkeit ermutigt und mir alle Freiheiten gelassen. Sie gaben ein tolles Paar ab und waren bereits seit dreißig Jahren verheiratet. Es würde mir schwerfallen, sie nicht länger regelmäßig sehen zu können.

Meine beste Freundin Penny, die ich schon aus der Grundschule kannte, wohnte gleich nebenan. Das würde der schlimmste Abschied werden. Ohne sie konnte ich mir meinen Alltag gar nicht vorstellen. Wir sahen uns täglich, sie war der sonnige Gegenpart zu meiner oft pragmatischen Seite.

Wäre ich nicht von der gesamten Situation so überrollt worden, hätte ich jetzt zu heulen angefangen. Im Moment befand ich mich noch in einer gewissen Form von Schockstarre. Ich kraulte Spencer am Kinn und mein Blick schweifte durch die gemütliche Zweizimmer-Wohnung.

„Das wird eine ganz schöne Umstellung für uns. Aber mein einziger Hoffnungsschimmer ist, dass mein neuer Chef netter ist als der alte!“ Ich setzte Spencer neben mir ab und wollte gerade den Laptop anschmeißen, da klopfte es einmal laut an die Tür. Ohne auf eine Einladung zu warten, erschien die blonde Löwenmähne meiner Freundin im Türrahmen.

„Liv, wieso bist du bereits zu Hause? Ich habe deinen Wagen auf dem Parkplatz gesehen und da du sonst bis spät in den Abend arbeitest, hab ich mir Sorgen gemacht.“ Penny schloss die Tür und umarmte mich, bevor ich überhaupt antworten konnte. Sie war der mitfühlendste Mensch der Welt und wusste jederzeit, wann es mir schlecht ging.

Unsere erste Begegnung in der zweiten Klasse würde für immer in meinem Gedächtnis bleiben. Sie hatte ihre Haare mit bunten Schmetterlingen geschmückt und trug dazu passend ein gelbes Kleid mit Blumen. Es war das Farbenfroheste, was ich je in meinem Leben gesehen hatte. Sie setzte sich direkt neben mich auf die Schulbank und strahlte mich an. Dadurch kam ihre vordere Zahnlücke zum Vorschein, die perfekt zu meiner passte, wegen der ich mich eigentlich schämte. *„Ich bin Penny und ab jetzt bist du meine beste Freundin“*, sagte sie damals zu mir und ich nickte überwältigt. Wir beide waren immer zusammen, ob in der Highschool oder auf dem College. Während ich an der Seattle Pacific Universität Wirtschaft studierte, belegte Penny Kunstwissenschaften. Heute arbeitete sie für eine kleine Galerie, die fortwährend neuen Künstlern eine Chance bot, um in der Kunstwelt Fuß zu fassen. Ich dagegen war eher glanzlos durch mein Studium gekommen, mochte Wirtschaft weniger als angenommen und war ziemlich planlos gewesen. Ich hatte mich für die Stelle zur Assistentin beworben, da mir Buchführung und das Anfertigen von Schriftsätzen am meisten Spaß brachten. Nicht zu guter Letzt auch deswegen, weil ich dort meine schicken Kleider und Schuhe tragen konnte.

Wo ich eine kurvige Frau mit dem Look eines Pin-ups war, war Penny die Reinkarnation von Sonnenschein und Fröhlichkeit. Sie war umwerfend und wer sie nicht in sein Herz schloss, tickte eindeutig nicht ganz sauber.

Ich sah meine Freundin an. Der Gedanke, ihr zu gestehen, dass sich unsere Wege bald trennten, tat furchtbar weh.

„Deine Sorgen sind absolut berechtigt. Der Schweinehund hat einen Weg gefunden, mich auszubooten", eröffnete ich düster und verkniff mir die Tränen. Ich wusste in diesem Moment nicht mal, warum ich heulen sollte. Aus Wut, Trauer oder aus Frustration, ich hatte keine Ahnung. Deswegen beließ ich es bei einem Schluchzer und machte mich von Penny los.

Sie schaute mich sorgenvoll an und wartete auf eine ausführliche Erklärung. Ich zuckte unbeholfen mit den Schultern und ging zum Kühlschrank. Dort lagerte ich für Notfälle immer eine Flasche Wodka im Tiefkühlfach. Dies war die Mutter aller Schlamassel und darum holte ich noch zwei Schnapsgläser aus dem Schrank und stellte alles auf den Küchentisch. Penny schien anhand der Utensilien zu verstehen, dass es furchtbar werden würde, und setzte sich auf einen Küchenstuhl. Ich ließ mich ihr gegenüber auf den Stuhl fallen und sackte in mich zusammen.

„Wie schlimm ist es, von einer Skala eins bis zwanzig?", fragte sie bedrückt und schenkte uns ein. Ich nahm den Schnaps und stürzte ihn hinunter, ohne auf sie zu warten. Er rann kalt meine Kehle hinab und hinterließ ein warmes Brennen in meinem Bauch.

„Ich kann gut und gern behaupten, ich befinde mich auf einer verdammten Eintausend“, knurrte ich und goss mir einen weiteren ein.

Penny nickte einfühlsam und kippte den Wodka ebenfalls runter. „Was hat der Scheißer getan?“

„Er hat mich versetzen lassen, nach New Orleans! In vier Wochen bin ich weg“, erwiderte ich grimmig und hatte den nächsten Kurzen intus.

Sie schnappte entsetzt nach Luft und trank direkt aus der Flasche. „Was?! Das darf er doch nicht machen. Wir werden ihn verklagen, wegen seelischer Grausamkeit! Es kann unmöglich sein, dass er herumbumst und du dafür die Quittung bekommst!“, meckerte sie und schwang die Flasche wild hin und her. Ich nahm ihr den Wodka ab und verzichtete ebenfalls auf ein Glas. Nachdem ich einen kräftigen Schluck genommen hatte, hickste ich ein paar Mal. Das wiederholten wir einige Male und bald machte sich eine gewisse Taubheit in mir breit.

„Weißt du eigentlich, dass ich am liebsten kündigen würde? Doch ich mag meinen Job und er wird zu gut bezahlt, um ihn an den Nagel zu hängen. Was mache ich denn jetzt nur?“, jammerte ich und spürte, wie meine Zunge immer schwerer wurde.

„Wir brauchen einen Schlachtplan. Einen, der ihn vor Angst in die Anzughose pinkeln lässt!“

„Nützt nichts, ich muss trotzdem umziehen. Vielleicht ist mein neuer Boss ja nett. Und hübsch. Und nett“, sinnierte ich. „Hatte ich nett bereits erwähnt?“, hakte ich kichernd nach und die Trauer verflog mit jedem zusätzlichen Blick in die Flasche.

„Nett ist gut“, erwiderte Penny und bekam langsam Schlagseite auf ihrem Stuhl.

„Ich glaube, wir sollten im Wohnzimmer weiter trinken. Wir machen jetzt Musik an und dann feiern wir schon mal meinen Abschied!“ Die Worte versetzten mir einen Stich, doch ich wollte heute nicht mehr darüber nachdenken.

Meine Freundin wankte vor mir her und ich dachte mit Schrecken daran, wie sehr sie mir fehlen würde. Gemeinsam setzten wir uns auf den Boden und lehnten uns gegen die Couch. Spencer beobachtete uns kritisch und rollte sich neben mir zusammen. Er spürte wohl ebenfalls, dass meine Laune auf den Tiefpunkt zusteuerte. Ich wollte nicht weinen, damit hätte der Arsch meiner Meinung nach gewonnen.

Darum schaltete ich schnell meine Anlage per Fernbedienung an und schon ertönten die ersten Klänge von The Clash. Witzigerweise war es ausgerechnet *Should I Stay or should I Go* und ich lachte über die Ironie, die darin lag, obwohl der Kontext ein ganz anderer war. Lauthals sangen wir beide mit. Schief und völlig angeschickert wiederholten wir das bei einigen Liedern, bis der Nachbar schräg gegenüber klingelte und um Ruhe bat. Ich knallte ihm wortlos die Tür vor der Nase zu, denn er beschwerte sich andauernd über irgendwelche Sachen. Außerdem war unser Zustand ein Akt der Trauer. Ich sah nicht ein, warum ich heute auf jemanden Rücksicht nehmen sollte. Bei mir tat es schließlich auch keiner.

Mittlerweile war die Flasche fast leer und unsere kurzzeitige gute Stimmung kippte schnell in die düstere Richtung. Alkohol war nicht wirklich die Lösung, wenn man nicht heulen wollte. Schniefend ließ ich mich aufs Sofa fallen. Spencer machte knurrend einen Abgang und lief ins Schlafzimmer. Da sich alles um mich zu drehen anfing, kniff ich die Augen zu und bereute es sofort.

„Sag mal … ist dir auch so schwummrig?“, nuschelte ich und schob mich schwerfällig in eine sitzende Position. Es drehte sich immer weiter, doch mit einem zugehaltenen Auge konnte ich meine Freundin auf dem Boden liegen sehen. Penny schaute in Slow Motion zu mir hoch und lallte traurig.

„Einbisschen. Esistsoscheiße, dass du gehen … *hicks* musst!“ Sie krabbelte auf mich zu und legte ihren Kopf auf mein Knie. Wie vorher dem Kater strich ich jetzt ihr durch die wilde Mähne und spürte, wie der Schock nachließ und die Trauer einsetzte.

„Ich will nicht umziehen. Was soll ich denn ohne dich machen?“, schniefte ich und sah zu, wie meine Tränen in ihre Haare tropften. Der Alkohol befeuerte meine Traurigkeit immer weiter und wenige Sekunden später heulte ich richtig los.

„Ich werde dich oft besuchen, vielleicht jedes zweite Wochenende. Obwohl das ganz schön teuer wird“, grübelte sie. „Und wenn der neue Chef auch ein Arsch ist, dann kommst du zurück und wohnst bei mir und Patrick!“ Im Gegensatz zu mir hatte sie seit vier Jahren einen Mann, der sie vergötterte. Die beiden waren unzertrennlich und bereits über zwei Jahre verheiratet. Er war ihr erster Freund gewesen und ich bewunderte sie dafür, gleich den Richtigen gefunden zu haben. Ich dagegen probierte mittlerweile eine Ewigkeit herum, aber irgendwie sollte es nicht sein. Vielleicht würde ein Umzug ja wenigstens den Vorteil haben, dass ich den Einen fand, der mein Herz im Sturm eroberte.

Penny fing nun ebenfalls zu weinen an. Am Ende lagen wir uns weinend in den Armen, bis ich müde wurde. Ein Blick auf die Uhr verriet mir, dass es erst halb sechs Uhr abends war. Ich hatte das Gefühl, schon stundenlang hier zu sitzen, und es fühlte sich immer mehr wie ein Kampf an, den ich verloren hatte. Erschöpfung und der Wodka forderten irgendwann ihren Tribut.

Gemeinsam torkelten wir in mein Schlafzimmer und warfen uns samt Klamotten aufs Bett. Mein letzter Gedanke vor dem Einschlafen war, dass ab morgen nichts mehr so sein würde wie zuvor.

Kapitel 3

Mitten in der Nacht wachte ich mit dem größten Kater aller Zeiten auf und damit meinte ich nicht Spencer, der beharrlich auf meiner Brust hin und her lief. Ich versuchte, ihn von mir zu schieben, doch er war dermaßen penetrant, dass ich schließlich die Augen öffnete. Es war noch dunkel im Zimmer und die Seite neben mir war leer. Penny musste wohl irgendwann in den letzten Stunden verschwunden sein. Ich hoffte, ihr ging es besser als mir. Mein Schädel pochte fies und ich hatte einen widerlichen Geschmack im Mund. Spencer saß bereits auf dem Teppich vor mir und wartete laut miauend, dass ich aufstand, um ihn zu füttern.

Mist, ich hatte ganz vergessen, ihm gestern Abend etwas zu geben. Kein Wunder, dass er so hartnäckig war, der Ärmste verhungerte ja praktisch. Mein Kater kannte es, immer zu gewohnten Zeiten Futter zu bekommen.

Die ersten Schritte waren eine Herausforderung an mein Gleichgewicht und ich betete inständig, dass ich irgendwo Kopfschmerztabletten hatte. Spencer schwirrte um meine Beine herum, quasi ein Freudentanz, schließlich hatte er gewonnen und sein Sklave tat, was er wollte. Allerdings freute er sich so sehr über seinen Sieg, dass ich mich beinahe langgemachte, weil er den Slalom zwischen meinen Beinen etwas übertrieb. Ich schaffte es gerade noch, mich an der Küchenzeile festzuhalten, und schaute ihn vorwurfsvoll an. Ihn interessierte es jedoch herzlich wenig, denn er saß mittlerweile vor dem leeren Napf und sah stur dorthin.

Nachdem ich ihn fütterte und er tat, als hätte er Jahre nichts bekommen, schlurfte ich ins Bad und schaltete das Licht an. Was ich sah, war ein katastrophaler Alptraum. Meine Hochsteckfrisur glich einem Mopp und mein Make-up sah aus, als würde ich mich für die Nachfolge vom Joker bewerben wollen. Im Schrank fand ich Gott sei dank Aspirin und spülte gleich zwei davon mit Wasser hinunter. Danach wusch ich die Reste aus meinem Gesicht und entfernte die Haarklammern. Meine schwarzen Haare fielen mir bis auf den unteren Rücken. Meine Mom sagte ständig, dass ich aussähe wie Snow White. Ich war blass, hatte braune Augen und dichtes, langes Haar, in diesen Punkten konnte ich ihr noch Recht geben. Allerdings war mein Körper im Alter von fünfzehn Jahren eher einer üppigen Figur gewichen. Ich mochte meine Kurven, auch wenn ich dieses Selbstvertrauen nicht immer gehabt hatte. Früher in der Schule nannte man mich Moppelchen oder sie riefen mich dicke Schnecke.

Doch bei mir war das Wachsen des Busens der Startschuss für ein neues Leben gewesen. Die Hänseleien hörten fast vollständig auf, und ich lernte, damit klarzukommen. In der Highschool verschwand der Babyspeck, aber ich war niemals eine Cheerleaderin geschweige denn eine Sportskanone gewesen. Heute ging ich einmal die Woche zum Yoga und hatte eine Figur wie eine Sanduhr. Deswegen mochte ich den Stil der fünfziger Jahre gern. Da durften die Frauen weiblich sein und die Klamotten hatten feminine Formen, ohne dass man wie ein dicker Wal aussah.

Ich zog mein Kleid aus, schlüpfte aus den Seidenstrümpfen, die trotz meiner gestrigen Tanzeinlage heilgeblieben waren, und schaute erschöpft in den großen Spiegel an der Tür.

Ja, ich mag mich so, wie ich bin, und wer nicht auf Rundungen steht, kann sich verziehen, dachte ich immer noch leicht betrunken. Mein BH flog auf den Wäschekorb. Ich zog mir ein langes Schlafshirt über und putzte mir anschließend die Zähne.

Müde und fortwährend von einem Brummschädel heimgesucht, ging ich zurück ins Schlafzimmer und nahm unterwegs mein Handy aus der Handtasche. Es wurden drei verpasste Anrufe meiner Mutter darauf angezeigt, doch das konnte warten, bis ich wieder nüchtern war. Sie würde einen Schreck bekommen, wenn ich sie mitten in der Nacht zurückrief. Ich kuschelte mich in meine Bettdecke und sah auf die Uhr. Es war erst zwei Uhr in der

Früh. Also hatte ich noch fünf Stunden, bis ich aufstehen musste.

Ich wollte mir gerade eben den Wecker stellen, da schoss mir mit Entsetzen in den Sinn, weswegen ich überhaupt getrunken hatte. Der Wecker durfte mich für die nächsten vier Wochen mal kreuzweise. Missmutig warf ich mein Handy auf den Nachttisch und schloss die Augen. Kurze Zeit später hörte ich ein lautes Schnurren, gefolgt von ein paar Stupsern an meinem Unterarm, damit ich Platz für meinen Stubentiger schaffte. Sein Brummen und die Vibrationen, die dadurch entstanden, machten mich sofort wieder müde und ich fiel in einen unruhigen Schlaf.

Als ich aufwachte, waren die Kopfschmerzen zu meiner Erleichterung verschwunden, meine Probleme jedoch leider nicht. Nach einer heißen Dusche und zwei starken Tassen Kaffee sah die Welt aber nicht mehr ganz so düster aus.

Eigentlich liebte ich Herausforderungen. Allerdings war ich lieber selbst dafür verantwortlich, statt die Entscheidungen von Kerlen treffen zu lassen. Der eine wollte mich loswerden und den anderen kannte ich nicht einmal. Der Name Braden Foster sagte mir etwas, doch ich konnte ihn nicht richtig einordnen. Ich wusste nicht mal, welche Art von Anwalt er war und das musste ich herausfinden, bevor ich meine Koffer packte. Deswegen schnappte ich mir meinen Laptop und googelte ihn kurzerhand.

Wow!, war das Erste, was mir zu dem Mann einfiel. *Prachtkerl* das Zweite. Braden Foster war der Inbegriff von Sex. Er gehörte zu den Top-Anwälten und hatte sich anhand der zahlreichen Artikel im Netz scheinbar einen Namen gemacht. Scheidungsrecht war sein Gebiet und sein Ruf schien ihm vorauszueilen. Ich konnte mich noch nicht entscheiden, ob das gut oder schlecht war. Er gewann fast jeden seiner Fälle und die Fotos, die vor dem Gericht geschossen wurden, sprachen Bände.

Auf allen Bildern scharrten sich die Leute um ihn, ob Männer oder Frauen. Ich konnte es ihnen nicht verübeln. Er war groß, schlank und sein schwarzes, kurzes Haar trug er nach hinten gestrichen. Seine Anzüge saßen wie angegossen und auf sämtlichen x-beliebigen Fotografien schrie alles an ihm nach Macht und der damit einhergehenden Selbstsicherheit. Seine Miene war stets gleich. Er lächelte nie, schaute aber immer direkt in die Kamera, als würde er den Fotografen auffordern, es mit ihm aufnehmen zu wollen. Angriffslust und Arroganz waren eine gefährliche Mischung. Ich war mir nicht sicher, ob ich so einem Mannsbild gewachsen war. Es dürfte nicht leicht werden, mich gegen ihn zu behaupten und das musste ich, ansonsten würde ich mich bald wieder auf Jobsuche befinden. Mr. Dunham war ein Witz im Gegensatz zu diesem Mann, noch dazu war er im Vergleich zu Braden Foster, rein optisch gesehen, quasi nicht existent.

Bei den Privataufnahmen war niemals dieselbe Frau auf den Bildern zu erkennen, sie wechselten ständig, was meiner Meinung nach tief blicken ließ. Er schien also kein Typ für dauerhafte Beziehungen zu sein und verheiratet war er auch nicht. Wahrscheinlich war er deswegen einer von diesen

Anwälten, die die Liebe und Romantik für einen Mythos aus Frauenzeitschriften hielten.

Ich stöberte noch eine Weile im Internet auf der Suche nach weiteren Informationen über ihn, doch erfolglos. Bis auf seine Auftritte bei Spendengalas oder ein paar verschwommener Aufnahmen beim Verlassen eines Nachtclubs in New Orleans gab es nichts. Braden Foster hatte sein Privatleben fest im Griff und das machte ihn noch geheimnisvoller für mich. Es gab keine Infos darüber, wie er zu seiner Familie stand und ob er Geschwister hatte. Mir fiel wieder ein, was mein Boss, beziehungsweise Ex-Chef über ihn gesagt hatte. Man sagte ihm nach, ein eiskalter Anwalt zu sein und wenn ich den Aussagen einiger Mandantinnen aus Zeitungsberichten glaubte, wurde ihm der Ruf gerecht. Alles, was Rang und Namen hatte, wurde von ihm vertreten und es war sehr auffällig, dass seine Kundschaft überwiegend weiblich war.

Die bezahlten bestimmt einen Teil der Rechnung in Naturalien, überlegte ich missmutig. Einen erneuten Bumsvorfall an meinem Arbeitsplatz konnte ich ebenso wenig gebrauchen wie den Umzug in eine fremde Stadt.

Genauso durcheinander wie vorher klappte ich den Laptop zu und benötigte dringend frische Luft. Es musste mir schnellstens ein Plan einfallen, wie ich es schaffte, meinem alten Leben in ein paar Wochen Lebewohl zu sagen. Nur der kleinste Gedanke an Abschied ließ mich den Wodka wieder herbei wünschen. Ich gab Spencer neues Futter und kramte einen Jogginganzug aus den Tiefen meines Kleiderschrankes hervor. Normalerweise verließ ich das Haus nie in legerer Kleidung, sondern immer gestylt, das war so eine Macke von mir. Selbst beim Yoga trug ich stylische Sachen und war geschminkt. Aber heute war mir nach Jogging und Pferdeschwanz. Das allein sagte schon viel über meinen Zustand aus. Ich hätte mir genausogut ein Schild mit *Ich bin am Arsch* umhängen können. Doch ich musste meine negativen Gedanken in positive Bahnen lenken, bevor ich vor Aufregung und Angst den Kopf in den Sand steckte.

„Bis später, Spencer, Frauchen muss jetzt erstmal Dampf ablassen!", rief ich meinem Mitbewohner zu, griff mir die Hausschlüssel und machte mich auf den Weg.

Ich war gerade den schmalen Weg zwischen meinem und dem Nachbargebäude entlanggelaufen, da wurde ich schon von Penny ausgebremst, die aus einem Café spazierte. Wir saßen oft stundenlang dort und es war fast wie ein zweites Wohnzimmer für mich. Sie trug Kaffee in der einen Hand und eine Papiertüte in der anderen. Penny blinzelte gegen das Sonnenlicht und legte ihren Kopf schräg.

„Liv, du lebst ja noch. Bei der Menge an Wodka hatte ich Angst, ich könnte nie wieder aus dem Haus gehen. Mann, tut mir der Schädel weh, deswegen habe ich mich heute Morgen krank gemeldet." Sie ging unter die Markise und ich sah, wie ihre Augenbrauen bei meinem Anblick nach oben wanderten. Ein ungläubiges Schmunzeln erschien auf ihrem Gesicht und ich verdrehte die Augen. „So hab ich dich seit Collegetagen nicht mehr gesehen", prustete sie los und ich streckte ihr die Zunge heraus.

„Mach dich nur lustig über mein Elend! Ich musste wegen dieser gigantischen Kopfschmerzen erst einmal frische Luft tanken. Das Outfit ist mein heutiges Statement an die Welt“, erklärte ich und schielte sehnsüchtig auf ihren Kaffeebecher.

„Pass lieber auf, dass die Nachbarn dir nicht Essen vor die Tür stellen, weil sie denken, du wärest unheilbar krank“, stichelte sie weiter und hielt mir wortlos den Becher hin. Nur sie kannte mich ungeschminkt und eigentlich hätte es auch so bleiben sollen.

Glücklich ergriff ich den Wachmacher, schnupperte seufzend daran, nahm einen kräftigen Schluck und gab ihn ihr anschließend zurück. Ich betrachtete meine Freundin, die selbst nach einer feuchtfröhlichen Nacht noch aussah, als könnte sie Regenbögen pupsen.

„Bald bin ich ohnehin weg, da kann ich mich ruhig mal gehen lassen“, überlegte ich laut. „Möchtest du eine Runde mit mir um den Block joggen?“, fragte ich sie mit flehendem Unterton, denn allein machte es noch weniger Spaß als zu zweit. Penny schüttelte abwehrend den Kopf und holte mit zwei Fingern eine riesige Sonnenbrille aus ihrer Jackentasche. Ihr Versuch, das ohne fremde Hilfe mit vollen Händen zu bewerkstelligen, hätte beinahe zu einem Kaffeedesaster geführt. Dieser schwappte gefährlich über den Rand und ein paar Tropfen tröpfelten auf ihr Oberteil. Hastig nahm ich ihr die Brille ab und setzte sie ihr auf die Nase.

„Puh, das war knapp. Natürlich gehe ich nicht mit dir joggen, bist du jetzt vollkommen verrückt? Ich bin froh, dass ich überhaupt geradeaus laufen kann“, stöhnte sie theatralisch und fabrizierte ein griesgrämiges Gesicht. „Außerdem hältst du nicht mal zehn Minuten durch. Ich werde das einzig Richtige tun und nach Hause torkeln. Dort werfe ich mich aufs Bett und werde den ganzen Tag netflixen!“

„Pah, ich habe so viel Wut im Bauch, dass es locker für drei Runden reicht“, erwiderte ich hochmotiviert und trabte nun auf der Stelle, wie ich es schon oft bei Joggern gesehen hatte. Um mich zu dehnen, beugte ich mich vornüber. Das war eine miese Idee, denn sofort meldete sich der Kaffee, der nicht drinnen bleiben wollte und mir die Kehle emporkroch. Rasch richtete ich mich wieder auf, um das Schlimmste zu verhindern. Penny ging in die entgegengesetzte Richtung und schaute noch einmal über ihre Schulter.

„Wenn du fertig bist, was vermutlich so in fünf Minuten der Fall sein wird, komm vorbei und wir faulenzen zusammen.“

„Keine Zeit, ich habe noch tausend Dinge zu planen. Meinen Eltern muss ich den Umzug auch noch irgendwie verklickern“, antwortete ich jetzt schon außer Atem und winkte ihr zum Abschied. Danach lief ich ungefähr eine Viertelstunde, bevor ich mich auf die nächste Parkbank sinken ließ. Ich hechelte wie ein Hund und bekam nicht genügend Luft. Mein Kopf meldete sich mit voller Wucht zurück und ich musste einsehen, dass sportliche Betätigung und ich niemals Freunde werden würden.

Kapitel 4

Zu Hause angekommen schloss ich den Briefkasten auf und fand dort einen dicken Briefumschlag mit der Adresse einer Anwaltskanzlei in New Orleans. Während ich die Stufen zu meiner Wohnung hoch schlurfte, riss ich den Umschlag auf und sah als erstes den Namen des Absenders, Braden Foster. Aufgeregt öffnete ich die Tür und warf sie hinter mir zu. Am Küchentisch setzte ich mich hin und Spencer sprang sofort auf meinen Schoss. Hastig las ich den Brief, bevor ich mir die anderen Seiten ansah.

Ms. Kennedy,

ich heiße Sie herzlich willkommen und möchte Ihnen danken, dass Sie den Umzug auf sich nehmen, um mich zu unterstützen. Anbei erhalten Sie Ihren neuen Arbeitsvertrag, den wir bei Fragen hier in New Orleans gern besprechen können. Darüber hinaus war ich so frei, Ihnen zwei Wohnungen herauszusuchen, die Sie jederzeit online anschauen können. Die Lage ist zentral und das Büro nicht weit entfernt. Ein Link zu dem direkten Standort ist als Randnotiz hinzugefügt. Für ein Umzugsunternehmen ist ebenfalls gesorgt, unten finden Sie die Telefonnummer. Dieses steht bereit, Sie müssen nur Bescheid geben. Der Wohnortwechsel ist sicher eine Herausforderung, doch ein Ortswechsel kann auch ein guter Neuanfang sein. Ich freue mich auf Sie und unsere Zusammenarbeit.

Hochachtungsvoll
Braden Foster

Mein Kater miaute und lenkte damit die Aufmerksamkeit auf sich. Ich kraulte ihn hinterm Ohr und blätterte durch die anderen Seiten. Er hatte sogar Bilder der Häuser und Innenaufnahmen der zwei Wohnungen beigefügt. Diese lagen wirklich zentral und strahlten mehr Luxus aus, als ich jemals besessen hatte.

Wie soll ich mir das denn leisten? Erwartete er von mir, dass ich Tag und Nacht für ihn arbeitete?

Ein Blick auf den Arbeitsvertrag beantwortete mir die Frage. Das Appartement war Bestandteil des Vertrages, die Miete fiel dementsprechend weg und das Gehalt war dennoch um einiges höher als bisher. Das wurde ja immer verrückter.

Mr. Dunham musste ja schwer von mir geschwärmt haben, dass Mr. Foster mich so reichlich bezahlte. Ich wusste ja, dass mein Ex-Chef mich dringend loswerden wollte, doch das überraschte mich trotzdem.

Vielleicht war Braden ja ein Krimineller und verdiente sein Geld mit Mafiascheidungen? Wohnten nicht viele zwielichtige Gestalten dort? Ich hatte mir mit Penny *American Horror Story* ansehen müssen. Die Staffel drehte sich laut Aussage meiner besten Freundin um eine Voodoo-Königin, was mir solche Angst machte, dass ich nach einer Folge aufgab. Gruselgeschichten waren nichts für mich, aber ich erinnerte mich, dass sie in meiner neuen Heimat spielte.

Was war, wenn er mehr von mir verlangte, als mein Arbeitsvertrag abdeckte?

Tausende Fragen geisterten durch mein lahmes Hirn und jede weitere brachte mein Blut in Wallung. Meine Angst biss mir förmlich in den Hintern.

Wieso hatte er dort keine Assistentin? Warum musste es ausgerechnet ich sein? Weshalb machte Braden Foster so einen Mordsaufriss? Diese Gedanken hatte ich gestern noch nicht gehabt und war auch nicht stutzig geworden, als Mr. Dunham mich darüber informierte. Ich konnte kaum meinen neuen Boss anrufen und mich nach seinen Beweggründen erkundigen.

Hm, ich glaube, es wurde Zeit, doch nochmal ein Gespräch mit meinem Ex-Chef zu führen, denn ohne Hintergrundinformationen würde mich nicht mal eine Vodoopriesterin dorthin befördern. Mein Bauchgefühl warnte mich, das mehr dahinter steckte, als es sollte und das log in der Regel nie.

„Was heißt, Sie können mir keine näheren Informationen geben? Es geht hier schließlich um mich und um meine Zukunft, da kann ich doch wohl Antworten erwarten!“, rief ich aus und rannte wieder einmal Rillen in den Fußboden meines Chefs. Dieser saß in seinem Stuhl und betrachtete mich, als wäre ich ein lästiges Insekt. Nicht nur, dass er mich zunächst nicht hatte sprechen wollen, er durfte mir angeblich auch keinerlei Auskunft erteilen. Bei allem, was recht war, da hatte er sich eindeutig die Falsche ausgesucht. Ich war ängstlich, frustriert und hasste es, wenn man mir Dinge vorenthielt.

„Wie ich bereits sagte, dazu darf ich mich nicht äußern“, entgegnete er und räusperte sich ein paar Mal.

Ich blieb stehen und stemmte meine Hände in die Hüften. „Das interessiert mich nicht! Ich möchte verstehen, warum ich dort hinsoll, und kommen Sie mir jetzt ja nicht damit, dass Sie mich vorgeschlagen haben. Das kaufe ich Ihnen nicht mehr ab. Ich kann mir beim besten Willen nicht vorstellen, dass Mr. Foster in New Orleans keine vergleichbare Fachkraft finden würde. Irgendetwas ist faul und ich muss wissen, was?! Also raus mit der Sprache oder wollen

Sie, dass ich jeden Tag wiederkomme?“, drohte ich ihm nun offen. In meinem gesamten Leben hatte ich noch nie so respektlos mit jemanden gesprochen.

„Setzen Sie sich. Sie machen mich ja ganz nervös, wenn Sie da so stehen“, wies er mich an. Ich gab ein wenig nach und nahm Platz. „Mr. Foster war vor einigen Wochen hier, um sich die Firma anzusehen. Er redete mit meinen Kollegen und auch mit mir über eine eventuelle Übernahme und was diese mit sich bringt.“ Mein Chef holte tief Luft und schaute aus dem Fenster. Erst dann sprach er weiter, ohne mich zu beachten, und mein Herz schlug mir bis zum Hals. „Mr. Foster hatte Sie mit ein paar Kolleginnen zusammenstehen sehen und nach Ihnen gefragt. Er schien sehr interessiert. Ich habe ihm erzählt, dass Sie für mich arbeiten und Ihre Sache ziemlich gut machen“, gab er zu. Argwöhnisch kniff ich meine Augen zusammen und ballte unter dem Tisch die Hände zu Fäusten. Was er da sagte, gefiel mir ganz und gar nicht. Nicht mal sein verstecktes Kompliment über meine Arbeit beruhigte mich. Diese Unterhaltung lief in eine Richtung, die mir eine Gänsehaut bescherte.

„Das war doch noch nicht alles!“, presste ich heraus und würgte in Gedanken.

„Er wollte Sie vor Ort, und zwar nur Sie. Mr. Foster meinte, dass seine jetzige Assistentin gehen würde und er einen fähigen Ersatz brauchte. Für mich war das der ideale Zeitpunkt, um Sie loszuwerden“, sprach er kühl weiter und sah mich schließlich an. „Wir wissen beide, dass wir nach der Geschichte neulich nicht mehr zusammen arbeiten können.“

Meine Augen formten sich jetzt zu Schlitzen und ich beugte mich ein Stück zu ihm vor. „Hat er sich meine Qualifikationen überhaupt angesehen? Und warum hat er mich nicht selbst darüber informiert?“, hakte ich aufgebracht nach.

Mr. Dunham nahm einen Kugelschreiber zur Hand und klickerte nervös damit herum. „Sie haben ihn nicht kennengelernt, Ms. Kennedy. Er ist jemand, zu dem man nicht Nein sagt. Natürlich habe ich ihm Ihre Akte gegeben und er schien sehr erfreut zu sein.“

„Dann hoffe ich einfach mal, dass ich dort besser aufgehoben bin als hier. Auf Wiedersehen, Mr. Dunham.“ Damit hatte ich alles gesagt. Ich ging genauso verwirrt, wie ich kam und musste mir eine Strategie überlegen, wie ich meinem neuen Boss die Stirn bot. Denn so viel war sicher: Ohne einen Plan, konnte mich New Orleans in einen Happs verschlucken und das galt es zu verhindern!

Kapitel 5

Drei Wochen später stand ich in meiner brandneuen Wohnung. Neben mir saß Spencer in seinem Katzenkorb und miaute anklagend vor sich hin. Die letzten Tage waren einfach an mir vorbei gerannt. Trotz des Angebots meines zukünftigen Chefs gab es Dinge, die er mir nicht abnehmen konnte. Meine Eltern und meine beste Freundin zurückzulassen, war das Schwerste, was ich bis dahin getan hatte.

Im Gegensatz zu Penny sah meine Familie den Umzug überraschend positiv. Meine Mom riet mir, mich neuen Möglichkeiten gegenüber aufgeschlossen zu verhalten. Mein Dad machte ständig Witze über Voodoo-Puppen und ob ich ihm eine schicken würde. Er war fasziniert von der Kultur und ich mir sicher, dass ein Besuch von Ihnen nicht lange auf sich warten lassen würde. Penny und ich hielten uns in den Armen und weinten um die Wette. Ihr Mann Patrick sprach irgendwann ein Machtwort und zog sie von mir weg, damit ich noch rechtzeitig meinen Flieger bekam. Ich versprach, mich zu melden, sobald ich angekommen war.

„Was sagst du, Spencer, können wir uns hier Zuhause fühlen?“ Ich bückte mich und machte den Korb auf. Mein Kater stolzierte aus seiner Behausung und spazierte mit hocherhobenem Schwanz durch die Zimmer.

Meine Wohnung befand sich im French Quarter und war laut Google sowie der Auskunft meines Chefs nur wenige Minuten von meinem Arbeitsplatz entfernt. Das Gebäude war von außen ein Blickfang, denn es war im Gegensatz zu den anderen Häusern eines der neueren Bauten. Es war aus Backstein und erinnerte an alte Zeiten, was mir sehr gefiel. Es war nicht bunt, vielmehr edel und passte trotzdem zum Gesamtbild der Straße. Ich hatte gelesen, dass nicht eines dieser Bauwerke jünger war als hundert Jahre. Mein Zuhause hatte wie die meisten einen schmiedeeisernen Balkon und einen tollen Ausblick auf die Nachbarschaft. Draußen war eine Energie zu spüren, die mit nichts zu beschreiben war. Wo Seattle eher ruhig und teilweise neblig wirkte, war New Orleans ein Regenbogen an Vielfältigkeit.

Ich warf meine Jacke über die Garderobe und schlenderte durch mein neues Heim. Die Möbelpacker hatten ausgezeichnete Arbeit geleistet und die Wohnung komplett eingerichtet. Eigentlich brauchte ich nichts weiter tun, als meine Klamotten in den riesigen, auf altgetrimmten Kleiderschrank zu hängen und das Körbchen meines Katers an die Seite meines neuen Himmelbettes zu stellen.

Ich hatte vor Ort eine Firma aufgetan, die die Wände neu strichen und tapezierten. Jetzt zierte diese ein zartes Grau und wunderschöner Stuck rahmte das Ganze ein. Meine Entscheidung, alles in weißem Holz zu kaufen, erwies sich als goldrichtig. Es war geradezu romantisch, doch ich mochte es.

Aus meinen zahlreichen Koffern kramte ich das Katzenfutter hervor und suchte die Küchenschränke nach einem Teller ab. An die neue Anordnung meines Geschirrs musste ich mich erst einmal gewöhnen. Ich klopfte mit einem Löffel an die Dose und schon rannte Spencer auf mich zu.

„So, mein Dicker, jetzt gibt es Bestechungsessen und dann wirst du mir hoffentlich nicht mehr ganz so übel nehmen, dass du so lange eingesperrt warst!" Spencer schaute nur auf das Schälchen und machte sich sofort darüber her, als ich es auf den Boden stellte. Sanft streichelte ich seinen Rücken, doch ein Fauchen seinerseits ließ mich zurückweichen. Mich hätten fünf Stunden in einer Transportbox ebenso wenig in Begeisterungsstürme ausbrechen lassen wie ihn. Leider gehörte das zu den Flugrichtlinien. „Okay, ich hab´s kapiert, du bist noch sauer. Aber wenn ich dir erstmal deine Leckerlis besorgt habe, wirst du auch wieder kuscheln wollen", prophezeite ich ihm und begab mich ans Auspacken.

Im Wohnzimmer fand ich einen riesigen Präsentkorb, der mit Köstlichkeiten aus der Region bestückt war. Neugierig drehte ich den Korb und wunderte mich, wer ihn mir wohl geschickt haben mochte. An der Seite war ein Kärtchen befestigt, dass ich aufgeregt aufklappte. Überrascht hielt ich den Atem an.

Liebe Ms. Kennedy,

willkommen in New Orleans. Ich hoffe, Sie werden sich bald wie zu Hause fühlen. Wir sehen uns in ein paar Tagen.

Hochachtungsvoll

Braden Foster

Mein Herz raste und ich las die Zeilen erneut. Wieso bekam ich einen Geschenkkorb von ihm? In meinem ganzen Leben hatte ich noch nie ein Willkommensgeschenk bekommen. War das hier so üblich? Mein Bauchgefühl sagte, dass es keineswegs so war und ich konnte mich nicht entscheiden, ob ich mich freuen oder ängstlich sein sollte. Nach mehreren Sekunden der Schockstarre entschied ich mich dazu, es einfach als nette Geste, ohne Hintergedanken zu sehen. Es war nur seine Art, mich zu begrüßen und ich würde ihm beim ersten Treffen freundlich dafür danken. Ich ließ die Karte auf den Tisch fallen und machte mich an die Arbeit.

Drei Stunden später war ich mit dem Gröbsten fertig und ging erst einmal unter die Dusche, um mir den Umzugsdreck vom Körper zu waschen. Danach fabrizierte ich mir meine typische Frisur, bestehend aus einem Dutt und einer Tolle. Ich zog ein schwarzes Blümchenkleid an und suchte in den verbliebenen Kisten nach meinen Mary-Janes. Mein Katerchen lag unter dem Bett und schmollte immer noch. Langsam sorgte ich mich ein wenig, dass diese Phase länger anhalten würde. Im Geiste notierte ich mir, ihm gleich mehrere Tüten seines Lieblingsfutters mitzubringen. Schließlich war er der Einzige hier, den ich kannte und ich liebte es, nachts mit ihm zu kuscheln.

Es dämmerte bereits, als ich aus dem Haus ging und mich eine Atmosphäre umfing, die mich schlichtweg umhaute. Im Abendlicht und mit den zahlreichen Laternen wirkten die Gassen mystischer und geheimnisvoller auf mich. Ich schlenderte die Straße entlang, saugte alles in mich auf und entdeckte unzählige Dinge, die ich unbedingt fotografieren wollte. Dann könnte Penny sehen, wie schön es hier war und sich, sobald wie möglich, in den Flieger setzen, um mich zu besuchen.

Ich wurde erschlagen vom Anblick der bunten Häuser, der lauten Gespräche, den vielen Menschen, die durch die Straßen liefen und das Leben genossen. Es kam mir vor, als wäre ich in einer anderen Welt gelandet. Es sprühte hier vor Energie und die Luft schien zu vibrieren. Völlig überwältigt schlenderte ich weiter. Irgendwann wurde es dunkel und erneut änderte sich die Umgebung. Aus großer Ferne sah ich Lichter, die die Nacht erleuchteten und ging wie magisch angezogen darauf zu. Als ich um die Ecke bog, erblickte ich einen Nachtclub, der der Zeit der vierziger Jahre entsprach. Opulent, laut und dekadent waren die Worte, mit denen ich nur den Einlass beschreiben würde. *Golden Pleasures* stand in roter Schrift oben drüber und vervollständigte meinen bisherigen Eindruck. Goldfarbene Säulen umrahmten den Eingang, vor dem ein Türsteher postiert war, der mich unwillkürlich an einen Schurken aus *Goldfinger* erinnerte. Breit wie ein Schrank und angsteinflößend ohne Ende.

Auf der Straße befanden sich viele teure Fahrzeuge, die dort parkten und deren Besitzer auf den Club zusteuerten. Ein grauer Bugatti Divo hielt direkt vor allen anderen, als hätte er jedes Recht dazu, sich vorzudrängeln. Ein großer, gutaussehender Kerl stieg aus dem Wagen.

Je näher ich kam, desto mehr hatte ich den Eindruck, diesen Mann zu kennen. Doch das konnte unmöglich sein, schließlich war ich erst ein paar Stunden hier. Außerdem hatte ich bis auf den Typen im Supermarkt mit niemandem gesprochen. Aber das Gefühl ging einfach nicht weg. Darum lief ich langsam die gegenüberliegende Straßenseite entlang und hatte nur Augen für ihn.

Als ich sein Profil sehen konnte, traf es mich wie ein Blitz. Das war Braden Foster! Ich blieb abrupt stehen und drängte mich dichter an die Häuserwand hinter mir. Keine Ahnung, warum ich mir vorkam wie eine Stalkerin, trotzdem tat ich es. Fasziniert starrte ich ihn an und beobachtete, wie er einer Brünetten die Wagentür aufhielt. Dann glitt seine Hand auf ihren unteren Rücken und er führte sie Richtung Eingang. Eine dominante Geste, jedenfalls wirkte sie so auf mich und ich spürte, wie mir nur bei seinem Anblick fürchterlich heiß wurde.

Ein nicht weniger hübscher Typ kam aus dem Club und gab Braden die Hand. Die beiden schienen sich zu kennen, denn sie machten einen vertrauten Eindruck. Der zweite Kerl war ein paar Zentimeter größer, breiter als mein neuer Chef und stand ihm in Nichts nach. Zusammen ergaben sie ein Bild, das mich weiche Knie kriegen ließ. Braden sah aus wie ein Mann, dem alles gehörte und der andere hatte eine Aura, die jedes Frauenherz zum Schmelzen brachte. Blinzelnd versuchte ich, diesen Sex auf vier Beinen in meinem Gehirn unterzubringen, da verschwand Braden auch schon mit der Schönheit im Nachtclub. Seufzend stieß ich den Atem aus und hatte gar nicht bemerkt, dass ich die Luft angehalten hatte.

Ich war zu neugierig, um jetzt zu kneifen, deswegen ging ich über die Fahrbahn direkt auf den Club zu. So uninteressiert wie möglich wirkend schlenderte ich die Straße entlang. Der Moment, wo er mich das erste Mal entdeckte, war fast magisch und ich spürte seinen Blick förmlich auf mir. Die Intensität ließ mich erschauern, ohne dass ich es verhindern konnte. Meine Handflächen fingen zu schwitzen an und ich klammerte mich an die Einkaufstüte, als würde mein Leben davon abhängen. Meine Schritte wurden schneller und ich war schon ein Stück an ihm vorbei, da rief er mir nach.

„Hey, sind Sie neu hier?“, fragte er neugierig und ich blieb unwillkürlich stehen.

Seine Stimme hatte einen rauen Klang, der mir durch und durch ging. Wie angewurzelt stand ich da und wusste nicht, wo meine natürliche Lockerheit geblieben war. Doch ich brauchte sie schleunigst zurück, denn ich wollte nicht wie eine Idiotin dastehen und nichts tun. Deswegen holte ich rasch tief Luft und drehte mich zu ihm um.

Er war mir entgegengekommen und mir nun näher, als ich angenommen hatte. Der Duft seines Aftershaves wehte zu mir herüber. Ich hätte mich nicht gewundert, wenn dort Pheromone eingearbeitet wurden, denn ich fühlte mich wahnsinnig zu ihm hingezogen.

Unter der Laterne konnte ich sein wunderschönes Gesicht genauer betrachten. Seine dunkelblonden Haare waren gestylt und sahen ein bisschen wild aus, als wäre er sich heute schon hundert Mal mit den Fingern hindurch gefahren. Er trug einen dunklen Anzug, der seine Muskeln toll in Szene setzte. Die oberen Knöpfe seines Hemdes waren offen und gaben ein wenig gebräunte Haut frei. Während ich ihn gnadenlos abcheckte, vergaß ich alles um mich herum. *So musste sich eine dumme Motte fühlen, die auf das Licht zuflog.* Nachdem ich mich an seinem Körper sattgesehen hatte, guckte ich in sein Gesicht. Er hatte einen breiten Kiefer und strahlend blaue Augen, die mich vergnügt ansahen. Etwas verlegen biss ich mir auf die Unterlippe und sah, wie sein Blick zu meinem Mund schnellte. Im Gegensatz zu mir blieb er Gentleman und schaute mir nur ins Gesicht.

Der erste Abend und du blamierst dich. Hör auf, ihn anzustarren, als wäre er was zu Essen, schimpfte ich im Stillen mit mir.

„Was haben Sie gesagt?", hakte ich verwirrt nach, denn ich konnte mich beim besten Willen nicht mehr erinnern, warum ich stehen geblieben war. Er kam noch ein Stückchen näher und seine Energie hüllte mich ein wie eine warme Winterdecke.

„Ich habe gefragt, ob Sie neu in der Stadt sind."

Angestrengt runzelte ich die Stirn und versuchte, mich auf das Gespräch zu konzentrieren. *Das kommt davon, wenn man nur auf diese wunderschönen Lippen sieht, und nicht auf das hört, was sie sagen*, dachte ich bei mir und antwortete ihm schließlich.

„Ich bin gerade erst angekommen und völlig überwältigt. Sie sind absolut umwerfend", sprudelte es aus mir heraus und ich gab mir innerlich eine kräftige Ohrfeige.

Der Fremde lachte überrascht auf und ich wollte nur noch verschwinden. Er war bestimmt der Meinung, dass ich mit geschultem Pflegepersonal unterwegs war, denn ich führte mich auf wie eine Irre! Warum musste mir sowas passieren? Und wieso bei ihm? Ich könnte doch jetzt nie in diesen Club gehen, ohne zu befürchten, ihm über den Weg zu laufen.

Mit letzter Hoffnung startete ich einen neuen Versuch und sprach rasend schnell. „Ich meinte den Club, der ist absolut umwerfend. Sorry, das muss die Müdigkeit sein", faselte ich weiter und spürte, wie er meine freie Hand in seine nahm. Überrascht über den Hautkontakt und das Prickeln, das durch meinen Körper lief, keuchte ich auf.

„Sie sind wunderschön und einfach hinreißend. Darf ich Sie zu einem Drink einladen?", fragte er auf so charmante Weise, dass ich fast zustimmte. Doch plötzlich fiel mir Spencer wieder ein und ich schüttelte mit dem Kopf. Seine Finger spielten mit meinen, als wären wir ein Paar, das zusammen auf der Straße stand und Händchen hielt.

Ich sah auf unsere Hände und danach entschuldigend in seine Augen. „Danke für die Einladung, aber ich kann nicht", erwiderte ich atemlos und wollte mich seiner Nähe entziehen. Allerdings ließ er mich nicht gehen, sondern hielt mich weiterhin fest.

„Darf ich dann wenigstens wissen, wie Sie heißen? Ich habe das Gefühl, Sie zu kennen!" Erneut machte er einen Schritt auf mich zu und schien in meinen Augen nach irgendwas zu suchen. Ich lächelte zögerlich und hätte am liebsten zu allem ja gesagt, egal, was er mit mir vorhatte. Doch ich durfte und würde nicht am ersten Abend von einem Fremden abgeschleppt werden.

„Wenn Sie nicht zufällig mal in Seattle waren, kann ich Ihnen versprechen, wir kennen uns nicht", antwortete ich vage und war wieder Herr meiner Sinne. Ich entzog ihm meine Finger, denn das Summen in meinem Unterleib wurde immer heftiger. Er ließ es zu und ich konnte sehen, wie sich bei dem Wort *Seattle* kurz seine Pupillen weiteten. Es war nur ein flüchtiger Augenblick, genauso schnell verschwunden, wie er aufgetaucht war. Er steckte seine Hände in die Hosentaschen und schien nicht gekränkt, sondern vielmehr noch interessierter zu sein.

„Tatsächlich war ich vor ein paar Wochen geschäftlich dort, aber an jemanden wie Sie würde ich mich erinnern, nicht wahr?“ Bei seinen Komplimenten wurde mir zum wiederholten Male warm und ich brauchte auf jeden Fall eine Abkühlung, sobald ich nach Hause kam. „Mein Name ist Jack, Jack Silver, und das hier ist mein Club. Ich würde mich freuen, wenn Sie meiner Einladung zu einem späteren Zeitpunkt folgen würden.“ Er zog eine Visitenkarte aus seiner Tasche und gab sie mir. Ich nahm sie entgegen und dabei berührten sich unsere Fingerspitzen ganz leicht. Das Prickeln war sofort wieder da und brannte sich einen Weg in meinen Unterleib.

„Mein Name ist Liv Kennedy. Ich finde Sie wirklich charmant, ehrlich, aber ich muss jetzt gehen“, entgegnete ich zögernd und sah mir noch einmal wehmütig den Eingang des Clubs an. Mittlerweile standen mehr Leute dort und alle sahen aus, als hätten sie mächtig viel Geld. Jack folgte meinem Blick und taxierte mich danach von der Seite. Schweren Herzens eiste ich mich los und hielt mir ein Hintertürchen offen, indem ich seine Antwort nicht rigoros ablehnte. Für alle Fälle, man wusste ja nie. „Sie haben von außen betrachtet jedenfalls einen wunderschönen Stil für Ihren Club gewählt. Vielleicht schaue ich ja mal vorbei.“

Ich nestelte an der Karte herum, ohne sie weiter anzusehen, und musste mir eingestehen, dass Jack dem neuen Boss absolut das Wasser reichen konnte.

Deswegen sollte ich schleunigst verschwinden, bevor ich ihn bat, mich jetzt auf der Stelle zu küssen. Nur bei dem Gedanken daran wurden meine Hände wiederholt feucht und das war beschämenderweise nicht das Einzige an mir. Er schien zu spüren, dass seine Zeit abgelaufen war, denn er lächelte dezent, was ihn noch gefährlicher wirken ließ und strich mit seinem Finger meinen Hals entlang.

„Ich bin mir sicher, wir sehen uns bald wieder, Olivia. Willkommen in New Orleans!“ Er drehte sich um und schritt durch den Eingang des Clubs, ohne zurückzublicken. Ich stand völlig verdattert auf dem Bürgersteig und fühlte mich, als hätte mich ein Bus gerammt. Nach ein paar Sekunden lief ich erst langsam, dann zunehmend schneller zu meiner Wohnung zurück. Zu meinem Glück funktionierte mein inneres Navi wenigstens einigermaßen und ich war eine halbe Stunde später zu Hause.

Spencer saß auf der Fensterbank und wartete schon auf mich. Er kam sofort zu mir und schmiegte sich an meine Beine. Ich schaltete nur die kleine Tischlampe im Flur an und zog die Schuhe aus. Immer noch benebelt von der Begegnung mit Jack lief ich mit der Einkaufstüte in die Küche und stellte sie auf die Arbeitsfläche. Laternenlicht spiegelte sich in den Fenstern wider, und ich gab Spencer sein Lieblingsfutter in eine neue Schale. Eine Zeitlang sah ich ihm gedankenverloren dabei zu, wie er sich über das Futter hermachte. Dann schnappte ich mir Jacks Visitenkarte und ging ins Bett.

Ich sah mir die Karte genauer an und schmunzelte im Angesicht der Schlichtheit, die einen krassen Gegensatz zu dem Club präsentierte. Sie war schwarz und in schnörkelloser Schrift standen seine Kontaktdaten auf ihr.

Jack Silver
Unternehmer
Inhaber des Golden Pleasures

Eine Telefonnummer war auch vorhanden, doch ich hatte nicht die Absicht, sie zu benutzen. Wahrscheinlich war es eh die des Clubs, welcher Geschäftsmann gab schon seine private Nummer heraus, obwohl alles an ihm *geheimnisvoll* schrie? Es gab sicher hunderte von Frauen hier, die diese Karte besaßen und sich wünschten, er würde eine Nacht zwischen ihren Beinen verbringen. Allein die Ladys vorm Eingang hängten mich optisch um Meilen ab. Ich tat seine Flirterei mit einem Schnauben ab und ärgerte mich über meine Naivität.

Doch sobald ich an seinen Körper und sein Gesicht zurückdachte, war ich mir sicher, dass er Sex bestimmt unheimlich gut drauf hatte. Ich warf die Visitenkarte auf den Nachttisch und wälzte mich noch eine ganze Zeitlang unruhig hin und her. Er war zu sexy und zu selbstbewusst. Wenn ich an seine warmen Hände dachte, gestand ich mir ein, dass ich sie gern auf mir gespürt hätte.

Schwachsinn!, rief ich mich zur Ordnung. Konzentrier dich auf die neue Arbeit. Du hast keine Zeit für Flirtereien, vor allem nicht mit so einem gefährlichen Exemplar wie ihm. Wahrscheinlich hatte er mich morgen schon vergessen. Ein Mann wie Jack oder auch Braden würde kaum eine Nacht allein verbringen.

Kurz bevor ich einschlief, hatte ich immer noch das Gefühl, dass ich was Wichtiges übersehen hatte.

Es war etwas, das er am Ende zu mir sagte, ehe er ging. Ich analysierte jedes Wort unserer Unterhaltung und stockte, als mir einfiel, dass er mich Olivia genannt hatte und nicht Liv. Woher wusste er meinen richtigen Namen? Hatte er nur geraten? *Musste wohl so sein*, dachte ich, denn schließlich waren wir uns vorher nie begegnet. Ich schob mein Bauchgefühl beiseite und schalt mich eine paranoide Tussi. Warum sollte ausgerechnet er mich in Seattle gesehen haben?

Kapitel 6

Die restliche Woche verbrachte ich damit, die Gegend zu erkunden und mich ein bisschen mit der neuen Lage anzufreunden. Die ersten zwei Nächte bekam ich kaum Schlaf, da hier eine brütende Hitze herrschte. Ich hatte zwar jedes Fenster weit offengelassen und konnte dennoch nicht schlummern, weil mich der nächtliche Tumult auf den Straßen wachhielt. New Orleans war pulsierend und lebendig, während mir Seattle mittlerweile vorkam, als wäre es in den Dornröschenschlaf gefallen. Irgendetwas ließ mich nicht zur Ruhe kommen.

Ich wusste nicht, ob es Heimweh war oder die innere Unruhe, dass hier etwas Großes auf mich wartete. Meine beste Freundin fehlte mir unglaublich, denn es gab so viele Plätze, die ich ihr gern gezeigt hätte. Alleine war es seltsam und Spencer war ebenfalls noch immer nicht ganz der Alte. Er hatte sich angewöhnt, tagsüber auf dem Balkon zu liegen und den Tauben aufzulauern. Erst abends kam er wieder rein und machte es sich mit mir vor dem Fernseher gemütlich.

Inzwischen hatte ich auch die meisten anderen Bewohner des Hauses kennengelernt. Die Nachbarn waren nett, kommunikativ und fast alle in meinem Alter. Ben und Leo wohnten unter mir und stellten den Traum eines schwulen Paares dar. Ich war sofort hin und weg von den beiden, denn sie erfüllten das klassische Klischee. Ben war Ingenieur und kümmerte sich um die Neugestaltung des Pontalba Building, ein Häuserblock, der eine lange Geschichte hatte. Leo war Friseur und eindeutig der weibliche Part in der Beziehung. Er hatte eine Wimpernverlängerung und trug Klamotten, die auch in Pennys Kleiderschrank passen würden. Bei meinem Haar geriet er praktisch in Verzückung und ich musste ihm versprechen, mich irgendwann von ihm umstylen zu lassen. Natürlich willigte ich ein, obwohl ich ein wenig ängstlich war, was das Ergebnis anging. Zusammen waren sie großartig und luden mich sofort zu sich zum Essen ein.

Dann gab es da noch Cindy, die ein süßes Café um die Ecke hatte. Ich ahnte, dass ich wahrscheinlich Stammkundin bei ihr werden würde, denn sie machte spitzenmäßigen Cappuccino.

Heute war mein letzter freier Abend, bevor es morgen in die Höhle des Löwen ging. Ich hatte mir den Kopf zerbrochen, was ich an meinem ersten Tag anziehen sollte. Vieles meiner Kleidung war für diese Hitze einfach nicht gemacht. Ich war zwar schon shoppen gewesen, allerdings fand ich nicht den Stil, den ich bevorzugte. In einem Laden konnte ich mich dann doch dazu hinreißen, ein paar luftige Klamotten zu kaufen. Nun besaß ich neue kurzärmlige Blusen und vier Kleider mehr im Schrank.

Um mich vor dem morgigen Tag abzulenken, wollte ich noch einen Spaziergang machen und einen kleinen Zwischenstopp bei Cindy einlegen, um mir einen Espresso zu genehmigen.

Leider kam ich nicht weit, denn kurz vor dem Bistro ging eine andere Ladentür auf und eine völlig verstörte Frau lief mir in die Arme. Ihre Augen waren schreckgeweitet und sie zitterte wie Espenlaub. Sie schubste mich kreischend zur Seite, drehte sich nochmal Richtung Laden und rief laut: „Sie sind doch nicht ganz dicht, Josephine. Mein Alfred hatte keine Affäre mit seiner Therapeutin! Er war ein guter Mann!“ Dann jaulte sie auf und ballte die Hand zur Faust. Ich trat eilig beiseite und bekam immer mehr den Eindruck, dass hier echt seltsame Gestalten wohnten. Allerdings war der Auftritt der bestürzten Person nichts gegen die Erscheinung, die aus der Tür schoss und fast den Perlenvorhang mitriss.

„Della Mae, ich kann nichts dafür, dass er sich nicht im Griff hatte! Du musst mir glauben, auch für mich war es kein schöner Anblick, den faltigen Hintern deines Gatten zu betrachten!“, rief sie der aufgelösten Dame hinterher, die daraufhin wütend aufschrie.

O Gott, das wurde ja immer verrückter. Ich kicherte über so viel Irrsinn. Kopfschüttelnd lief ich schnell vorbei und war in Gedanken bereits bei meiner Kaffeebestellung, da hielt mich diese schrullige Alte namens Josephine am Arm fest.

„Ich kenne Sie doch“, fing die Frau zu reden an und ich drehte mich schockiert in ihre Richtung. Durch das Spektakel war mir ihre Aufmachung irgendwie entgangen, aber nun beäugte ich die schillernde Person ausgiebig. Sie war Afroamerikanerin, hatte einen seidenen Turban auf dem Kopf drapiert und ihr buntes Gewand ging ihr bis zu den Füßen. Schrill beschrieb sie nicht mal annähernd. Ihr Lidschatten war knallblau und ihre Creolen so riesig, dass kleine Kinder lässig durchspringen könnten.

In meinem ganzen Leben hatte ich noch nie so viel Farbe gesehen. Sie stellte Penny locker in den

Schatten. Die seltsame Frau unterzog mich auch einer Musterung und lächelte danach beängstigend.

„Es war nicht meine Schuld, wissen Sie? Das mit Della Mae meine ich. Ihr verstorbener Mann trat während der Séance nur in Unterhemd in Erscheinung und bat mich, es ihr zu sagen. Was hätte ich denn tun sollen?"

„Wie bitte? Eine Séance? Das wird ja immer besser. Ich dachte wirklich, die Geschichten um diese Stadt wären übertrieben. Doch nein, ich bin mitten in einer Folge *True Blood* gelandet", schlussfolgerte ich und konnte nicht glauben, was hier passierte. Ich guckte wiederholt auf ihren Turban und versuchte, mir ein Lachen zu verkneifen. „Außerdem müssen Sie sich irren. Andauernd denken die Menschen hier, dass sie mich kennen würden. Das kann aber nicht sein, schließlich bin ich erst seit einer Woche hier", berichtigte ich sie und zog an meinem Arm.

„Nein, Schätzchen, ich habe Sie in einer Vision gesehen. Kommen Sie rein und ich erzähle es Ihnen", forderte sie mich auf und ihr Griff wurde fester. Langsam kam ich mir wirklich vor wie in einer *Harry Potter/ True Blood*-Produktion und sie war Professor Trelawney. Alles war total spooky und ihre Art, mich anzusehen, machte mir irgendwie Angst.

„Hören Sie, nichts für ungut, aber ich bin nicht interessiert an irgendwelchem Hokuspokus!"

„Glauben Sie mir, ich kann Ihre Zukunft sehen", versuchte sie es erneut und ich blickte hinauf auf das Schild, das über der Tür hing. *Madame Josephines Welt der Magie* stand dort und ich kicherte los.

„Da Sie wohl Madame Josephine sind, gebe ich Ihnen den Rat, es bei ahnungslosen Touristen zu versuchen. Dieses ganze Voodoo- und Aberglaube-Ding ist nicht meins, dennoch wünsche ich Ihnen viel Erfolg“, erwiderte ich mit einem Augenzwinkern und drehte mich um.

„Du kommst wieder. Ich kann es sehen. Irgendwann wirst du vor die Wahl gestellt werden, aber du musst deinem Herzen folgen!“

Ich blieb stehen, schaute über meine Schulter und schüttelte den Kopf. „Sicher! Ich möchte Sie ungern beleidigen, doch ich werde niemals einen Fuß in Ihr Geschäft setzen. Mit einem haben Sie allerdings Recht, ich entscheide immer mit dem Herzen!“

„Das wirst du auch müssen und es wird eine harte Probe für euch alle. Für dich, für sie, aber am Ende wird alles gut“, antwortete sie kryptisch und ich runzelte die Stirn.

„Gute Nacht, Madame Josephine, ich hoffe, Sie finden genug Opfer, die Ihnen den Quatsch glauben.“ Ich marschierte schnellstens ins Café und bestellte mir einen doppelten Espresso und einen Schnaps. Gab es eigentlich nur Verrückte in dieser Stadt?

Später in meinem Bett schrieb ich kurz Penny, dass ich jemanden getroffen hatte, der bunter herumlief als sie. Daraufhin tippte sie zurück, dass Beweisfotos nötig wären, damit sie mir glaubte. Wir texteten uns ein paar Minuten hin und her und sagten uns, dass wir einander vermissten. Ich versprach, mich morgen zu melden, und wir verabschiedeten uns.

Nicht nur, dass die Irre mir die ganze Nacht mit ihren Phrasen im Kopf herumschwirrte, nein, ich hatte die unbestimmte Befürchtung, sie noch öfter zu sehen.

Kapitel 7

Montagmorgen stand ich pünktlich vor dem Gebäude, in dem sich die Kanzlei Foster befand und wischte mir die feuchten Hände an meinem Rock trocken. Der Garden District war eine viel höhere Gehaltsstufe und hier waren die Mieten bestimmt irrsinnig hoch. Mein Boss hatte sein Büro in bester Lage. Das sagte einiges über ihn und seine Mandanten aus. Ein nervöser Blick in die Fensterfront zeigte mir, dass ich mir mehr Mühe gegeben hatte, um gut auszusehen, als es sonst der Fall war. Ich wollte am ersten Tag einen guten Eindruck machen. Es hatte überhaupt nichts damit zu tun, dass mein Chef heiß war, redete ich mir erfolglos ein.

Ich hatte mich für einen engen schwarzen Bleistiftrock mit Nadelstreifen entschieden. Dazu trug ich eine weiße Spitzenbluse und eine Weste, die ich passend zum Rock gekauft hatte. Meine hohen Stilettos klackerten über den Marmorboden, als ich die Eingangshalle betrat und zur Empfangsdame ging, die hinter einer imposanten Rezeption saß. Sie passte perfekt zur Einrichtung. Kühl, ruhig und edel wirkte sie auf mich. Neugierig schaute sie mich an und verzog keine Miene. Nur eine Augenbraue wanderte vermutlich aufgrund meiner Kleidung ein wenig nach oben, ansonsten blieb sie stumm und sah mich abwartend an.

„Wo finde ich das Büro von Braden Foster?“, fragte ich sie höflich und erntete sofort einen abschätzigen Blick.

„Er ist vormittags im Gericht. Aber falls Sie möchten, können Sie eine Nachricht für ihn hinterlassen. Sobald er Zeit hat, ruft er umgehend zurück", ratterte sie ihre einstudierten Sätze hinunter und ich stoppte sie, bevor sie mich weiter abbügeln konnte.

„Nein, Sie verstehen das falsch, ich bin seine neue Assistentin", entgegnete ich freundlich und schenkte ihr ein Lächeln. Einen Moment schien sie irritiert, doch dann lächelte sie mich an.

„Oh, entschuldige bitte. Es ist mir mittlerweile in Fleisch und Blut übergegangen, eine Absage herunterzuleiern, wenn eine attraktive Frau nach Braden fragt", erklärte sie mir und stand auf, um mir die Hand zu reichen. „Ich bin Felicitas, aber du kannst mich Kit nennen."

„Freut mich auch, Kit. Ich bin Olivia Kennedy, doch alle nennen mich Liv."

„Es ist schön, dass du hier bist, denn der Chef ist noch angespannter als sonst. Seit seine Assistentin nicht mehr da ist, mache ich den Telefondienst für ihn. Komm mit, dann zeig ich dir dein Büro." Wir betraten den Fahrstuhl und Kit drückte den Knopf für die dritte Etage. Aufgeregt zupfte ich an meiner Bluse herum und war gespannt, was mich erwartete. Ich drehte mich zu ihr und fragte sie ein wenig aus.

„Wie ist er so? Ich meine, ist er nett oder hat er irgendwelche Macken? Und wohin ist seine vorherige Assistentin verschwunden?"

„Braden ist ruhig und besonnen, aber kühl. Er macht keine Kompromisse, weder in seinem Job noch sonst wo. Letzteres hab ich nur gehört", verriet sie mir augenzwinkernd. Meine Fragen waren wohl nicht unüblich, denn auch hier sprach sie schnell und effizient, als hätte sie das schon hundertmal gesagt. „Er kommt immer eine halbe Stunde vorher und bleibt bis weit nach sechs in seinem Büro. Wenn er nicht hier ist, steht er vor Gericht und lässt regelmäßig die Männer seiner Mandantinnen für ihren Betrug bluten. Ach ja, er mag es gar nicht, wenn man ihm widerspricht. Typisch Mann, falls du mich fragst. Deine Vorgängerin ist aus privaten Gründen gegangen."

Das waren ein paar interessante Einblicke und ich inzwischen supernervös. „Wieso vertritt er meist nur Frauen?"

Kit machte mir mit ihrem Gesichtsausdruck klar, dass es mehrere Antworten auf diese Frage gab. Sie überlegte kurz, bevor sie mir antwortete. „Sagen wir mal so … er ist verdammt gut in seinem Job. Braden hasst es, wenn man Frauen weh tut. Auch mich hat er schon vertreten und ich bin dank ihm meinen Arsch von Ex-Mann losgeworden. Er ist der beste Scheidungsanwalt in New Orleans und es wird dich nicht überraschen, dass er dadurch sehr begehrt ist." Die Art, wie sie das sagte, ließ darauf schließen, dass die Frauen nicht nur an einer kompetenten Beratung interessiert waren.

Es gab einen dezenten Klingelton, die Türen des Fahrstuhls öffneten sich und ich lief Kit hinterher. Dieses Stockwerk war genauso kühl, wurde aber von ein paar atemberaubenden Bildern aufgelockert. Im Vorbeigehen konnte ich nicht genau erkennen, was auf den Gemälden zu sehen war, doch nach Feierabend würde ich sie mir ausführlicher ansehen. Am Ende des Flurs bemerkte ich einen wunderschönen Schreibtisch, der schräg neben seinem Büro stand und jede Menge Akten, die auf dem Tisch lagen. Das musste dann wohl mein Arbeitsplatz sein. Wir schienen die einzigen auf der Etage zu sein und ich war froh, nicht mehr mit vielen anderen zusammen eingepfercht zu arbeiten. Ich würde zwar in einem großen Flur arbeiten, aber er war hübsch. Hinter dem Schreibtisch befand sich eine weitere Tür, durch die ich eine Art Küche erkennen konnte und ich hoffte inständig, dass es dort eine Kaffeemaschine gab. Vor einer großen Milchglastür, durch die man nicht hindurchsehen konnte, blieb Kit stehen.

Sie drehte sich zu mir um und zeigte hinter sich. „Hier ist die Höhle des Löwen. Er ist zwar noch nicht da, aber du sollst schon loslegen und dir alles anschauen. Ich wünsch dir einen tollen ersten Tag." Sie tätschelte meine Schulter und ich versuchte, meine Nervosität in den Griff zu bekommen.

„Ich danke dir, Kit. Vielleicht können wir ja mal die Pause miteinander verbringen. Da ich gerade erst angekommen bin, kenne ich mich hier noch nicht so gut aus und habe keine Ahnung, wo man hier schnell und lecker essen kann."

„Dann bist du bei mir genau richtig. Ich hole dich zum Mittag hier ab und zeig dir ein Bistro, gleich um die Ecke. Du wirst danach nie wieder dieselbe sein. Dort gibt es ein vegetarisches Avocado-Omelett, das du nicht mehr vergisst", schwärmte sie mir beim Weggehen vor und mir lief bereits das Wasser im Mund zusammen. Vor Aufregung hatte ich heute Morgen nichts runter bekommen und bereute es jetzt schon.

„Ich bin dabei“, erwiderte ich glücklich. Wenigstens hatte ich schon mit einer netten Person gesprochen. Nun hoffte ich, dass der Chef nicht allzu schwierig werden würde.

Mittags hatte ich den größten Teil der Akten durchgesehen und war so in die Arbeit vertieft, dass ich nicht mitbekam, wie jemand an meinen Schreibtisch trat. Ich befand mich rücklings zum Tisch und hatte mich gerade zur untersten Ablage des Schrankes gebeugt, als mich ein Räuspern hochfahren ließ.

„Verfluchter Mist!“, schrie ich auf und war zu Tode erschrocken. Japsend drehte ich mich um, strauchelte ein wenig auf den hohen Absätzen und hielt mir die Hand auf die Brust.

Braden Foster stand vor mir und seine Mundwinkel zuckten belustigt. Seine Augen waren fast grau und ich starrte ihn einfach nur an. Mein ohnehin schon rasendes Herz legte noch einen Gang zu und ich hoffte inständig, nicht in Ohnmacht zu fallen.

„Guten Tag, Ms. Kennedy. Ich wollte Sie nicht erschrecken. Geht es Ihnen gut?“, fragte er mich und seine Stimme war tief und dunkel. Wie leckere Zartbitterschokolade, die auf der Zunge schmolz. *Stopp, beruhige dich, er ist schließlich dein Chef!* Ich versuchte, durch die Nase zu atmen und meine Hitze mit wedelnder Hand zu vertreiben.

„Es tut mir leid, Sie haben mich erschreckt. Ich war so in Gedanken, dass ich nicht auf meine Umgebung geachtet habe“, erklärte ich, mir weiter vorm Gesicht herumfuchtelnd, bis ich merkte, wie dämlich ich mich benahm.

Zögerlich ließ ich meine Finger zum Ausschnitt meiner Bluse gleiten und zog nervös am Kragen. Seine Augen wanderten mit jeder meiner Bewegungen mit. Mr. Fosters Blick wurde intensiver, je mehr ich mich wand. Ich musste dringend an meiner Körperbeherrschung arbeiten, verdammt. Eilig ging ich um den Schreibtisch herum und begrüßte ihn, wie es normale Menschen tun würden.

„Hallo, mein Name ist Olivia Kennedy und ich bin ab heute Ihre Assistentin", sprach ich ihn halbwegs zivilisiert an und streckte ihm meine Hand hin. Er sah erst mich, dann meine Finger an. Als sich unsere Hände berührten, spürte ich dasselbe Knistern, das ich vor ein paar Tagen bei Jack empfunden hatte.

„Schön, dass Sie sich so gut zurechtfinden. Es tut mir leid, dass ich nicht hier war, um sie willkommen zu heißen. Mein Name ist Braden Foster, aber das wissen Sie ja bereits. Ich werde Sie heute weitgehend in Ruhe lassen, denn es wartet ein Geschäftsessen auf mich. Für morgen steht ein neuer Fall an und ich möchte, dass Sie mir dafür alle Unterlagen auf meinen Schreibtisch legen. Es ist der Fall Bingman gegen Reynolds." Er lächelte und ich war hoffnungslos verloren.

„Natürlich, das ist kein Problem. Ich bin so gut wie fertig mit meinem Ablagesystem und nehme mir als Nächstes den Computer vor. Sie wissen schon, eigenes System und so." *Und so*?! Was stimmte denn nicht mit mir? Ich stellte mich kerzengerade hin und überlegte, was ich noch zu ihm sagen wollte. Ach ja, die Sache mit dem Korb ließ mir kaum Ruhe. „Vielen

Dank für den Präsentkorb. Ich liebe gutes Essen und auch Spencer mochte die kleinen eingelegten Sardinen“, meinte ich und bemühte mich um einen ordentlichen zweiten Eindruck. Stirnrunzelnd sah er mich an und sein Lächeln war verschwunden.

„Keine Ursache, ich möchte, dass Sie sich hier wohlfühlen. Allerdings wusste ich nicht, dass Sie mit ihrem Freund hierhergezogen sind.“ Seine grauen Augen musterten mich durchdringend.

Mir entfuhr ein Lachen über die Vorstellung, dass ich einen Partner hatte, und beantwortete seine Frage, ohne nachzudenken. „Ich und einen Freund, reinste Zeitverschwendung. Spencer ist mein Kater und einziger Mitbewohner.“ Jetzt war es offiziell: *Er würde mir kündigen, ehe der erste Arbeitstag vorbei war.* Sein Handy gab einen Klingelton von sich und er griff in seine Anzugtasche, holte es heraus und nahm ab. Bevor er in seinem Büro verschwand, drehte er sich noch einmal zu mir um und hielt eine Hand vor den Hörer.

„Sie haben bislang eindeutig die falschen Männer kennengelernt“, behauptete er und ging weiter, ohne auf eine Antwort von mir zu warten.

Kopfschüttelnd setzte ich mich an meinen Schreibtisch, starrte ein paar Minuten benommen auf den Bildschirm und war nicht imstande, irgendwas zu erkennen. Braden Foster war auf dem Papier schon ein Prachtexemplar, doch in Natura und mit dieser Stimme bescherte er bestimmt nicht nur mir ein feuchtes Höschen. Ich musste schnellstens eine Möglichkeit finden, ihn wie ein neutrales Wesen zu sehen. Quasi wie die Schweiz mit Stacheldrahtzaun drumherum. Er war mein Chef und das durfte ich niemals vergessen.

Meine mir auferlegte Devise wie ein Mantra vor mich hinsagend, überstand ich den ersten Tag. Don´t fuck the Company! Schade nur, dass die Company so dermaßen scharf war.

Kapitel 8

„Erzähl, wie war dein erster Tag? War er so sexy, wie er bei Google aussieht oder noch heißer? Ist er nett oder ein Arsch? Nun sag schon und lass mich hier nicht länger warten“, redete Penny los, sobald ich sie angerufen hatte. Es gab nicht mal eine freundliche Begrüßung von ihr. Sie wusste, wie hibbelig ich gewesen war, doch ihre Fragenattacke haute mich ein wenig um.

„Dir auch einen tollen Abend, beste Freundin“, fing ich ironisch an und hörte sie am anderen Ende kichern. „Mein erster Tag war soweit ganz gut. Ich habe Kit kennengelernt, sie arbeitet an der Rezeption des Hauses und ist wahnsinnig nett. Wir waren mittags zusammen essen und wenn du wüsstest, wie lecker …“ Weiter kam ich nicht, denn sie grätschte mir dazwischen.

„Scheiß aufs Essen, ich will wissen, ob du Hottie Foster gesehen hast und wie er so tickt!“

Ich lachte laut auf und kuschelte mich in meine Bettdecke. Spencer lag neben mir und schnurrte gemütlich. Seine Schmollphase war endlich vorbei.

„Mr. Foster ist … okay, denke ich.“

„Was heißt hier, du denkst? War er kotzbrockig zu dir? Wenn ja, solltest du von vornherein die Fronten klären“, schlug sie mir vor und ich nickte zustimmend.

„Er war nicht unhöflich, sondern charmant. Zur Begrüßung hat er mir sogar einen Korb voller Leckereien zukommen lassen. Allerdings habe ich mich eher wie eine blöde Tussi verhalten“, gab ich zerknirscht zu. Es war mir immer noch peinlich, wie unsere Begegnung abgelaufen war. „Erst habe ich geflucht, weil er mich erschreckt hat, dann dumm rumgefaselt und zu guter Letzt habe ich ihm erzählt, dass ich für Männer nichts übrig hätte. Fantastisch, oder?“ Ich vergrub mein Gesicht im Kopfkissen und hörte nur schwach, was Penny antwortete. „Was hast du gesagt? Ich war gerade damit beschäftigt, mich zu Tode zu schämen!“, hakte ich nach.

„Ich sagte, dass es typisch für dich ist. Erst bist du unsicher und danach entwickelst du dich zur Dompteurin aller Anwälte“, erwiderte sie gelassen und ich fühlte mich augenblicklich nicht mehr ganz so schlecht.

„Ich bin mir sicher, dass Foster nicht so tickt wie Arschgeige Dunham. Dieser Mann nimmt den gesamten Raum ein. Ehrlich, wenn du ihn sehen könntest, würdest du automatisch in Dessous hüpfen“, schwärmte ich ihr vor und sah ihn im Geiste vor mir. Dieser Kerl war geschaffen für Anzüge und ich hätte zu gern gewusst, wie er darunter aussah.

„So heiß also, ja? Dann muss ich dich wohl früher besuchen kommen, als geplant“, witzelte sie und ich hörte ihren Mann hinter ihr geräuschvoll knurren. „Ist ja gut, Schatz. Niemand ist so toll und großartig wie du“, besänftigte sie ihn und ich schmunzelte über die beiden. Penny würde niemals nach anderen gucken. Das musste sie auch gar nicht, denn mit Patrick hatte sie den Jackpot gezogen.

„Ich werde mir ab morgen eine professionelle Seite zulegen, ansonsten muss ich noch bis Ende der Woche reichlich neue Unterwäsche einkaufen!“

Penny lachte so laut, dass ich das Handy weghielt, um einem Hörschaden vorzubeugen. Als sie sich wieder beruhigt hatte, hörte ich weiterhin die Heiterkeit in ihrer Stimme.

„Du schaffst das schon, Liv. Am Ende wirst du alles richtig machen. Hauptsache, die Chemie stimmt und du bekommst endlich einen ruhigen Arbeitsplatz."

„Ich habe eher die Panik, dass meine Chemie zu gut zu seiner passen möchte. Doch Spaß beiseite, ich freue mich auf die Arbeit und das ist definitiv mehr, als ich in den letzten drei Jahren behaupten konnte", erwiderte ich gut gelaunt und gähnte herzhaft.

„Wir telefonieren morgen, okay? Schlaf gut und wenn du nicht einschlafen kannst, zähl heiße nackte Anwälte, die über Zäune springen", verabschiedete sie sich und ich schüttelte amüsiert den Kopf.

„Du hast einen Knall, aber ich liebe Dich. Gute Nacht!" Ich legte auf und schlief sofort ein.

Die nächsten zwei Wochen vergingen wie im Flug. Mein neuer Chef war kaum im Büro, sondern entweder vor Gericht oder bei Geschäftsessen. Letzteres kam und ging jeden Tag in Form einer anderen Person, und immer waren diese weiblich. Die Frauen sahen allesamt gut aus, waren offensichtlich reich und die meisten von ihnen maßlos arrogant. Ausnahmslos alle hätten mich am liebsten erwürgt, weil ich sie vor der Bürotür dieses Mannes ausbremste. Es handelte sich immer um einen Notfall oder sonst eine billige Ausrede, um mit ihm sprechen zu können. Aber wenn sie keinen Termin hatten, mussten sie gehen. Einige gaben an, alte Bekannte zu sein, doch ich hatte strikte Anweisungen. Nun wusste ich, wie Kit sich gefühlt haben musste. In den vierzehn Tagen hatte ich mehr Ladys einen Korb gegeben, als privat an der Männerfront in meinem gesamten Erwachsenenleben.

Das Schlimmste an der Sache war, dass mein Boss sich sehr darüber zu amüsieren schien, wie ich sie behandelte. Seine Instruktion beinhaltete eine lange Liste von Damen, die in zwei Kategorien eingeteilt wurden. Erwünscht und sofortiges Abwiegeln. Ich tippte eher auf Verflossene und die, die ihn erst bezahlten, dann flachlegten. Außerdem erwischte ich ihn ein paar Mal, wie er die Tür offenließ, um meinen verbalen Auseinandersetzungen mit den Frauen zu lauschen.

Als seine aktuelle Mandantin Mrs. Reynolds an einem Mittwochabend kurz vor Feierabend in nichts als einem kleinen Fummel, den man unmöglich Kleid nennen konnte, um die Ecke kam, reichte es mir.

„Ich muss sofort zu ihm, es ist ein Notfall!“, rief sie bereits vom Fahrstuhl aus und ich schielte rasch in Richtung Büro. Mein Boss zuckte anhand ihrer piepsigen Tonlage zusammen und mein bösartiger Zwilling übernahm die Kontrolle. Ich hatte keine Lust mehr, seine abgenutzten Liebschaften/ Mandantinnen abzuwürgen.

„Sie sehen ganz verstört aus, Mrs. Reynolds. Soll ich Ihnen ein Glas Wasser holen?“, fragte ich unschuldig und erntete einen giftigen Blick.

„Nein, ich will augenblicklich zu Braden, ich meine Mr. Foster. Wir haben etwas …“ Sie überlegte scheinbar krampfhaft, was für eine Ausrede sie wählen sollte. Ich half ihr bei der Entscheidung und lachte mir innerlich den Arsch ab.

„Geschäftliches zu besprechen? Einen Moment, er hat sofort für Sie Zeit“, erwiderte ich, stand auf, lief zu seinem Büro und klopfte an.

„Was ist? Ich bin beschäftigt!“

Ich streckte meinen Kopf durch den Spalt und versuchte mich an einem seriösen, neutralen Gesichtsausdruck. „Mrs. Reynolds ist da und möchte Sie sprechen“, sagte ich und konnte zuschauen, wie sich seine Laune verschlechterte. Um Mrs. Reynolds nicht Zeugin dieses Gespräches werden zu lassen, betrat ich sein Büro und schloss hinter mir die Tür. Die vergangenen vierzehn Tage war er nie unhöflich oder aufdringlich geworden und damit eine hundertprozentige Steigerung zu meinem alten Job. Aber dieser Harem ging mir gewaltig auf die Nerven. Er brauchte einen Denkzettel und wer eignete sich besser dafür, als eine üppige Brasilianerin, die mit ihrer Stimme Hunde zum Jaulen brachte?

„Teilen Sie ihr bitte mit, dass ich beschäftigt bin“, bat er mich. „Diese Frau treibt mich in den Wahnsinn“, murmelte er hinterher und ich verkniff mir ein Lächeln.

„Das müssen Sie ihr leider selbst sagen“, fing ich an und er sprang entrüstet aus seinem Stuhl. „Ich habe seit genau zehn Minuten Feierabend und deswegen ist es nicht mehr meine Aufgabe“, erklärte ich ihm mit süßlichem Tonfall und er kniff die Augen zusammen.

„Ernsthaft? Sie lassen mich mit ihr alleine? Das ist höchst unprofessionell von Ihnen!“ Er riss an seiner Krawatte und einen Augenblick lang hatte ich

Mitleid. Dann jedoch klingelte mein Telefon zum hundertsten Mal, und ich wusste, es war nur eine weitere Tussi, die mit ihm sprechen wollte.

„Sorry, Boss, aber ich mache seit meinem zweiten Tag nichts anderes, als ihre Mandantinnen …“, dabei betonte ich das Wort *Mandantinnen* so, dass seine eine Augenbraue nach oben wanderte „… abzuwehren. Ich weiß nicht, wie gut Sie sind, hoffe allerdings, ich finde es eines Tages heraus. Ähm, ich meine, dass ich Sie live vor Gericht sehe, doch ich bin nicht Ihr Bodyguard für diese … diese … Schnepfen!“ O Gott, hatte ich seine Klientinnen gerade tatsächlich als Schnepfen bezeichnet?! Was stimmte denn nicht mit mir?!

Anstatt mich zusammenzustauchen, wie es sein gutes Recht gewesen wäre, lachte er los. Perplex blinzelte ich ihn an und fand, dass er noch nie attraktiver ausgesehen hatte. Seine kühle Art war weg und er wirkte viel entspannter. Er machte eine scheuchende Bewegung mit der Hand und wischte sich mit der anderen eine Träne aus dem Augenwinkel.

„Gehen Sie, Liv. Ich werde mit der sogenannten Schnepfe alleine fertig und sorge dafür, dass Sie nicht mehr belästigt werden.“ Sprachlos nickte ich nur und drehte mich ohne ein weiteres Wort um. „Ach, und was ich Ihnen noch sagen wollte, bevor Sie für heute Schluss machen: Ich würde Ihnen unheimlich gern demonstrieren, wie gut ich wirklich bin. Einen schönen Abend wünsche ich Ihnen!“

„Ihnen auch“, wisperte ich und hatte das Gefühl, mein Kleid war in den letzten zehn Sekunden geschrumpft. Er hatte mit mir geflirtet. *Das hatte er doch, oder nicht?* Meinte er das nun auf den Job bezogen, oder wollte er mir echt was Unanständiges zeigen? Gedankenverloren verließ ich sein Büro, griff an meinem Schreibtisch angekommen meine Tasche vom Boden und machte die Lampe auf ihm aus.

„Hey, was ist denn jetzt? Hat er nun für mich Zeit oder nicht?“, keifte mich Mrs. Reynolds an und ich zuckte zusammen. Bei seiner Ansage hatte ich sie völlig vergessen.

„Gehen Sie ruhig rein, er wartet bereits auf Sie“, antwortete ich hastig und eilte zum Fahrstuhl. Erneut riss ich an meinem Ausschnitt herum und spürte, wie ein feuchter Schweißfilm mein Dekolleté benetzte. In der Kabine drückte ich den Knopf für die untere Etage und sah noch einmal auf.

Dort stand er, Hände in den Hosentaschen, das Jackett offen und mit einem Blick, der mir durch und durch ging. Neben ihm befand sich die plappernde Mandantin, doch er beachtete sie nicht. Er hatte nur Augen für mich, bis die Fahrstuhltüren sich schlossen.

Stöhnend legte ich den Kopf in den Nacken und überlegte, wie ich diesen Mann abweisen sollte. Vorausgesetzt, er würde es darauf anlegen, müsste ich alles an Selbstbeherrschung aufbringen, um nein zu ihm zu sagen.

Kapitel 9

Seit jenem Abend hatte sich etwas zwischen uns verändert. Braden war immer öfter in seinem Büro und die Anzahl an potenziellen Damenbesuchen und Anrufen hatte sich deutlich verringert. Ich konnte endlich tun, wofür ich bezahlt wurde. Meine Aktenschränke waren jetzt nach meinem System geordnet und die aktuellen Fälle lagen bereits auf seinem Schreibtisch. Jeden Morgen war er schon vor mir im Büro und er blieb auch, nachdem ich Feierabend machte.

Braden Foster war ein Arbeitstier und ich hätte zu gerne gewusst, was er in seiner Freizeit tat. Mit ziemlicher Sicherheit trieb er eine Menge Sport, so viel stand für mich fest. Einen solchen Körper bekam man nicht, ohne etwas dafür zu tun. *Er sieht bestimmt hinreißend aus, wenn er verschwitzt auf dem Laufband läuft*, grübelte ich verträumt und schob mir eine weitere Praline in den Mund. Diese Köstlichkeiten waren Teil seines Geschenks und schmeckten teuflisch gut, was irgendwie passend war, denn sobald ich an ihn dachte, kamen mir sündige Gedanken. Ich schloss die Augenlider und gab mich der Süßigkeit und meinem Kopfkino hin.

„Störe ich Sie?“, fragte mein Boss in dem Moment, als ich gerade seufzte.

Hastig machte ich die Augen auf und schmiss die Schachtel auf den Tisch. Ich spürte Hitze meine Wangen hinaufsteigen und blickte angestrengt auf meine lackierten, roten Fingernägel.

„Nein, natürlich nicht. Ich habe mich nur einen Augenblick hinreißen lassen. Von den Pralinen, meine ich“, stotterte ich vor mich hin und hörte ihn leise lachen. Ich sah auf und begegnete seinem Blick. Er war definitiv amüsiert und schaute abwechselnd von mir zu der Box. „Möchten Sie eine? Die schmecken fürchterlich gut und schließlich haben Sie sie mir geschenkt.“ Ich hielt ihm das Konfekt entgegen und er nahm sich eine. In seiner Hand sah selbst eine Schokokugel noch unwiderstehlicher aus. Wie in Zeitlupe sah ich dabei zu, wie er sich die Schokolade in den Mund steckte und anschließend seinen Finger ableckte. Ich schluckte trocken und auch das entging ihm nicht.

„Sie haben recht, die Dinger sind verdammt lecker. Ich tue uns jetzt beiden den Gefallen und stöhne nicht wie Sie vor Wonne“, neckte er mich und mir wurde immer heißer. „Was ich eigentlich wissen wollte, war, ob Sie morgen mit vor Gericht wollen, wenn ich Mrs. Reynolds vertrete? Ich kann Ihnen versprechen, der Ehemann wird sich noch wünschen, dass er es nicht mit dem Gärtner getrieben hätte.“ Mir klappte der Mund vor Überraschung auf und ich war furchtbar neugierig auf die ganze Geschichte.

„Der Gärtner? Oha, ich denke, dass würde jede Frau traumatisieren“, entgegnete ich mitfühlend, doch er schüttelte bereits den Kopf.

„Sie brauchen kein Mitleid mit ihr haben, denn sie war die Erste, die dem Gärtner einen Blowjob in der Abstellkammer verpasst hat. Nur war sie so schlau, mich zu engagieren.“ Er zwinkerte mir zu und ich nickte, als wäre es völlig logisch, dass man in der Ehe betrog.

„Ich weiß nicht, ob ich es gut finde, dass Sie die Frau unterstützen, aber ich habe schon eine Menge über ihre Verhandlungstaktik gelesen. Sie sind scheinbar sehr gut und ich möchte nicht gegen Sie antreten müssen. Ich komme also gerne mit und schau mir an, wie Sie dem armen Mann die Hosen ausziehen."

Er legte den Kopf schräg und stibitzte sich eine weitere Praline. Ohne darüber nachzudenken, schlug ich ihm auf die Hand. Bei Schokolade hörte meine Freundschaft auf. Braden zog überrascht die Finger weg und wieder stahl sich ein Lächeln auf seine vollen Lippen.

„Sie teilen nicht gern, was?", hakte er nach und ich zog schuldbewusst die Schultern hoch.

„Sorry, das war reiner Reflex. Ich liebe Süßigkeiten, was man auch unschwer erkennen kann", antwortete ich und stand auf, um ein paar Umschläge aus dem Schrank hinter mir zu holen. Er brachte mich ständig dazu, wie eine Idiotin zu antworten.

„Ich finde Sie schön, so wie Sie sind. Außerdem kenne ich keine Frau, die diese Kleider so gut tragen könnte, wie Sie", entgegnete er mit dunkler Stimme, die mich sofort erschauern ließ. Erhitzt von seinen Worten wagte ich einen kurzen Blick über die Schulter und erwischte ihn dabei, wie er mir auf den Hintern schaute.

„Hey, Sie sollten mir nicht auf den Hintern starren, das gehört sich nicht! Bei meinem alten Chef musste ich mich schon mit genügend Entgleisungen beschäftigen." O Gott, mein Mund war mal wieder schneller als mein Verstand gewesen, darüber hatte ich gar nicht reden wollen.

Er sagte nichts und es sah auch nicht so aus, als wollte er sich dafür entschuldigen. Vielmehr befeuerte er mein armes Herz mit weiteren Komplimenten. „Es ist die Wahrheit, ganz einfach. Sie sind bildschön und ich wäre ein Narr, wenn ich das nicht erkennen würde!"

„Solange Sie nur in mein Gesicht schauen, kann ich damit leben", gab ich verlegen zu und ging zurück zu meinem Platz.

„War Ihr alter Chef wirklich so ein Dreckskerl?" Er schien angewidert und zornig zu sein.

„Eigentlich möchte ich nicht darüber sprechen", erwiderte ich knapp, doch er ließ nicht locker.

„Ich möchte aber gerne wissen, was für Entgleisungen Sie meinen und wenn es um Ihren ehemaligen Chef geht, dann erst recht", hakte er gnadenlos nach und ich gab auf.

„Sie haben Ihn doch kennengelernt. Er hat mich immer mal wieder angegraben. Je öfter ich ihn abblitzen ließ, desto schlimmer wurde meine Arbeit dort. Kurz, bevor Sie mich abgeworben haben, hat er eine Mandantin auf dem Damenklo in der Kanzlei gebumst", erzählte ich offen, schließlich hatte ich nichts zu verlieren. Deshalb konnte ich ihm genauso gut verklickern, dass ich solch ein Verhalten widerlich fand. „Ich finde es abstoßend, wenn man seine niederen Instinkte nicht bis nach Feierabend aufschieben kann. Sex und Arbeit sind zwei Dinge, die ausschließlich getrennt stattfinden sollten. Eine Beziehung am Arbeitsplatz wird nie gut enden", sprach ich weiter, während er mich intensiv musterte.

„Sie denken also nicht, dass man gleichzeitig miteinander schlafen und zusammenarbeiten kann?", fragte er und ich nickte entschlossen. „Nicht mal, wenn es zwischen beiden so knistert, dass die Luft schwer wird und man nichts lieber möchte, als den anderen gegen die Wand zu drücken und zu küssen?“ Jedes Wort ließ mich feucht werden und die Art, wie er mich dabei ansah, führte dazu, dass ich ihm zustimmen wollte.

„Am Ende wird immer jemand verletzt“, flüsterte ich heiser und räusperte mich, um den Kloß im Hals loszuwerden.

„Das muss nicht so laufen.“

„Haben Sie Sex in Ihrem Büro?“, fragte ich, ohne nachzudenken, und bereute es im selben Augenblick. „Sorry, das müssen Sie natürlich nicht beantworten. Es war falsch von mir, Sie so etwas zu fragen.“ Er stützte beide Hände auf die Arbeitsfläche meines Tisches auf und beugte sich näher zu mir. Seine Hände waren schön, seine Finger lang und gepflegt. Ich stellte mir vor, wie er diese in mein Haar grub und mich küsste. Mein Atem ging immer schneller und ich konnte nichts daran ändern. Er machte mich ganz wuschig.

„Ich hatte noch nie Sex in meinem Büro. Auch nicht in diesem Flur, nicht an der Wand und nicht im Fahrstuhl. Aber ich würde gerne“, knurrte er leise und ich ließ meiner Fantasie freien Lauf. Ach, was sage ich, es war kein Lauf, es war ein verdammter Sprint und alles hatte etwas mit versautem Sex zu tun.

Die Luft zwischen uns wurde zunehmend dicker, als würde sich das komplette Universum nur auf uns konzentrieren. Mein Herzschlag fühlte sich an wie das dumpfe Trommeln einer Voodoo-Beschwörung und ich konnte sehen, wie Braden sich immer näher zu mir beugte.

„Warum wollten Sie gerade mich? Ich zermartere mir das Hirn, doch mir fällt kein wirklicher Grund ein. Ich bin zwar super in meinem Job, aber so gut …“, stockend hielt ich inne.

Er war jetzt so dicht vor mir, dass ich seinen Atem auf den Lippen spürte. Sanft und so erotisch, dass ich mir über meine leckte, um mehr davon zu bekommen. Aus geringer Entfernung sah ich die kleinen braunen Sprenkel, die sich um das Grau seiner Iris verteilten. Sein Puls schlug heftig an seiner Halsschlagader, genau im Takt mit meinem. Ich wollte nicht denken, verzehrte mich nur nach seinem Mund auf meinem und wollte bloß einen einzigen Kuss. Deshalb schloss ich meine Augenlider und gab mich dem Moment hin.

„Störe ich zufällig?“, hörte ich eine mir bekannte Stimme und der Nebel in meinem Kopf verpuffte schlagartig. Ich riss die Augen auf und versuchte, mein tosendes Herz zu beruhigen. Neben uns stand Jack Silver und schaute aufmerksam zwischen Braden und mir hin und her. Ich rutschte mit dem Hintern bis ans Ende des Stuhls und das mit derart viel Wucht, dass ich ein paar Zentimeter rückwärts rollte. *Wo waren die schwarzen Löcher, wenn man sie mal brauchte?*

Ich hatte zu Hause ständig seine Visitenkarte in die Hand genommen, dann aber doch wieder auf den Nachttisch gelegt. Meine Zweifel bissen mir gerade in den Arsch. Er sah wahnsinnig gut aus in seiner dunklen Jeans, den Boots und einem Hemd, das er bis zu den Ellenbogen hochgekrempelt hatte. Ganz, ohne es zu wollen, verglich ich die zwei Männer miteinander.

Jack hatte eine unterschwellige Wildheit in sich, die mich anmachte. Und Bradens Art führte dazu, dass ich komplett auf meine Unterwäsche verzichten wollte. Gäbe es eine Art Männerbingo, bei dem ich mir den Preis hätte aussuchen dürfen, wäre ich aufgeschmissen gewesen. Eine Frau konnte sich nicht zwischen diesen Hotties entscheiden, das war schlicht unmöglich. Außer natürlich, einer von den beiden wäre ihr Chef, dann war es zwar eine Schande, aber ein riesiges Tabu! Trotz meines schwachen Augenblicks von gerade eben war ich froh, dass es nicht zu einem Kuss gekommen war.

Braden stand Jack mittlerweile gegenüber und taxierte ihn offen. Es wurde offenbar ein stummes Duell ausgetragen und ich hatte keinen blassen Schimmer, was dort besprochen wurde. Sekunden später schlug Braden ihm auf die Schulter, als wäre nichts passiert.

„Hey, ich habe dich nicht hier erwartet. Hatten wir einen Termin?“, erkundigte sich mein Boss völlig entspannt und ohne ein Anzeichen, dass es diesen prickelnden Moment gegeben hatte. Sein Tonfall war nun nicht mehr einlullend, sondern scharf und klar.

„Um ehrlich zu sein, bin ich nicht deinetwegen hier“, antwortete Jack und sah zu mir herüber. Ich saß immer noch zwischen Schrank und Tisch und bekam das mit dem Denken nicht unbedingt gut hin. Die beiden waren also Freunde. *Wie gut sie sich wohl kannten? Und wieso war Jack hier?*

„Woher wissen Sie, wo ich arbeite?“ Es war nicht die herzlichste Begrüßung, doch irgendwas war hier faul. Ich wusste nur nicht, was mir komisch vorkam. Er ging an Braden vorbei und hielt mir die Hand hin. Perplex nahm ich sie und ließ mich aus dem Stuhl ziehen.

„Verzeihen Sie, Olivia. Ich wollte Sie wiedersehen und wie der Zufall will, habe ich gesehen, wie Sie vor ein paar Tagen in diesem Gebäude verschwanden. Daraufhin habe ich Kit unten am Empfang ausgehorcht, wohin das zauberhafte Geschöpf verschwunden ist. Sie war so freundlich, es mir zu sagen. Ich möchte Sie um ein Date bitten!“

Seine Antwort klang plausibel, doch noch immer sagte mir mein Bauchgefühl, dass das nicht alles war. Misstrauisch verschränkte ich die Arme vor der Brust, weil ich nicht wusste, was ich mit meinen Händen anstellen sollte.

„Vielen Dank für das Kompliment, ich fühle mich geschmeichelt“, erwiderte ich nun höflicher und sah, wie sich ein Grübchen auf Jacks Kinn zeigte.

„Jack, ich denke, Liv hat sehr viel zu tun, also störst du nur, alter Kumpel“, meldete sich jetzt mein Boss zu Wort und ich schaute ihn fragend an.

„Ich denke, das kann sie gut allein entscheiden, Braden. Außerdem dachte ich, wir waren uns einig“, knurrte Jack ihn an und mein Blödsinn-Radar schlug voll aus. Die beiden hatten mich scheinbar vergessen. Sie starrten sich erneut an und keiner schien nachgeben zu wollen.

„Also ich kann mich nicht erinnern, etwas versprochen zu haben. Deshalb halte ich es für angebracht, wenn wir alles weitere in meinem Büro besprechen“, räumte mein Chef ein und zeigte mit dem Finger auf die Tür.

Jack schob Braden zur Seite und ergriff nochmal meine Hand. Er hob sie an und setzte einen zarten Kuss auf meinen Handrücken. Verwirrt fragte ich mich immer noch, was hier abging, doch seine Berührung ließ mich alles andere als kalt.

„Sie haben meine Frage nicht beantwortet, Olivia!" Ich linste zu meinem Boss, der mich ansah, als würde er es mir am liebsten verbieten wollen. Aber ich wollte mir nicht vorschreiben lassen, was ich tun sollte. Schon gar nicht von ihm. Er war mein Chef, auch wenn ich das für ein paar Minuten vergessen hatte. Jack kam genau richtig, um das Ganze wieder in sichere Bahnen zu lenken.

„Natürlich gehe ich gern mit dir aus, Jack. Ich sage dir Bescheid, wann es am besten passt." Die Höflichkeitsformeln mit dem Siezen legte ich beiseite, denn hier fand eindeutig ein *Wer hat hier den härtesten-Wettbewerb* statt und ich brauchte dringend frische Luft.

Aufgewühlt atmete ich tief aus und sah dabei leider einmal zu oft zu Braden. Dieser hatte eine böse Miene aufgesetzt und ein Muskel an seinem Kiefer zuckte gefährlich. Jack schien es nicht zu stören, denn er küsste mich auf die Wange, hielt kurz inne und ließ mich dann los.

„Ruf mich an, Olivia, oder noch besser, du gibst mir gleich deine Nummer", forderte er mich auf und ich schrieb sie hastig auf einen Notizzettel. Ich fühlte mich von Braden beobachtet und mied die Konfrontation, indem ich starr auf den Tisch blickte.

Diese Situation war sowas von verrückt, dass ich heute Abend einen kräftigen Rotwein brauchte, um das zu verdauen. „Dann warte ich auf deinen Anruf.

Auf Wiedersehen“, verabschiedete sich Jack, während mein Arbeitgeber seinen Kumpel mit Blicken gerade um die Ecke brachte.

„Weißt du was, ich habe es mir anders überlegt. Ich brauche einen Drink und du wirst mir Gesellschaft leisten, Jack“, knurrte mein Boss und zog seinen Freund am Ärmel hinter sich her.

Noch lange, nach dem sich die Aufzugtüren schlossen, stand ich am selben Fleck und hatte das Gefühl, ich wäre im falschen Film. Hatte ich es wirklich fast zugelassen, dass mein Chef mich küsste? Und hatte ich mich tatsächlich mit dem besten Freund meines Vorgesetzten verabredet, nur, um Grenzen zu setzen? Ja, zum ersten Punkt und nein, zum zweiten. Jack war genauso heiß wie Braden. Diese Männer sprachen die niedersten Instinkte in mir an, allerdings sollte mir die Entscheidung nicht schwerfallen. Aber das tat es, sehr sogar. Ich fand sie beide toll, doch nur einer kam für eine Verabredung in Frage. Und das war nicht mein Boss.

Kapitel 10

Am nächsten Tag konnte ich live miterleben, wie es aussah, wenn mein Chef schlechte Laune hatte und sie anschließend an seinem Gegenüber vor Gericht ausließ. Die Gegenpartei brachte gelegentlich lahme Argumente vor. Sie hatten scheinbar vor, einen Vergleich herauszuhandeln, doch Braden machte kurzen Prozess. Im wahrsten Sinne des Wortes, denn nach einer halben Stunde war das Drama vorbei und Mrs. Reynolds eine reiche, geschiedene Frau.

Wir standen vor dem Gebäude, die Sonne prallte auf uns nieder und trotzdem überlief mich ein Frösteln, wenn ich zu ihm rübersah. Er hatte mich kaum beachtet und konzentrierte sich nur auf seine Mandantin. Diese versuchte gerade, ihn davon zu überzeugen, einen Siegescocktail mit ihr zu trinken.

„Ach, kommen Sie, Braden. Ich bin jetzt eine freie Frau und ich denke, wir sollten auf unseren Sieg anstoßen!" Dabei machte sie so einen übertriebenen Schmollmund, dass ich meine Grimasse hinter vorgehaltener Hand verbarg.

Bradens Blick flog kurz zu mir und auch bei ihm sah ich den Anflug eines Augenrollens. Ich hoffte, dass er wegen gestern nicht sauer auf mich war. Peinliche Spannungen waren das Letzte, was ich zwischen uns wollte. Deswegen versuchte ich mich an einem Rettungsversuch.

„Entschuldigung, wenn ich mich einmische, aber haben Sie freitags nicht immer einen Termin um die Mittagszeit?" Mrs. Reynolds schaute mich an, als hätte sie mich am liebsten vor den nächsten Bus geschubst und mein Chef stellte sich dumm.

„Was soll das für ein Termin sein, Ms. Kennedy?“ *Wo war denn das vertraute Olivia geblieben? Auf einmal wieder so förmlich?* Ich bekam noch ein Schleudertrauma von seinen unterschiedlichen Reaktionen. Trotzdem gab ich nicht so schnell auf.

„Jeden Freitag um ein Uhr gehen Sie mit Mr. Silver golfen, oder irre ich mich?“, fragte ich mit hochgezogenen Augenbrauen, die ihm signalisieren sollten, dass er mit der Ausrede aus dem Schneider war. Doch entweder er wollte nicht, dass ich ihm half oder er war schlichtweg zu begriffsstutzig, um es zu verstehen. Er ignorierte mich, lächelte seine Mandantin an und nahm ihre Hand, sodass sie sich bei ihm unterhaken konnte.

„Jetzt, wo Sie frei sind, kann ich unmöglich zu einem Drink Nein sagen“, stimmte er ihr zu und ich stand verwundert da. Bis gerade eben hatte er sich einen Scheiß aus ihr gemacht. Er war jedes Mal halb unter seinen Schreibtisch gekrochen, um sich vor ihr zu verstecken. Und nun ließ er es zu, dass sie fast an ihm hochkletterte? Kopfschüttelnd biss ich mir auf die Innenseite meiner Wange, um ihm nicht zu erklären, was für ein Schwanzdenker er war.

Sie liefen gemeinsam die Treppen hinunter und beachteten mich nicht weiter. Unten angekommen, drehte er sich kurz in meine Richtung.

„Sie können für heute Feierabend machen, Ms. Kennedy. Ich wette, Sie haben bestimmt noch etwas Wichtiges vor!“

Sein Blick sprach Bände und mir ging langsam ein Licht auf. Er war eifersüchtig! Gleich besser gelaunt spazierte ich arschwackelnd an ihm vorbei und antwortete ihm im Vorbeigehen.

„Sie haben vollkommen Recht, Mr. Foster. Ich hoffe, Sie werden Ihr Wochenende genauso genießen wie ich!“ Damit stolzierte ich davon und schwor mir, mich königlich zu amüsieren!

Ich rief Jack noch am selben Tag an und verabredete mich für den darauffolgenden mittags mit ihm. Ein Date für den Abend hielt ich für zu gefährlich, darum bat ich ihn, mir die Stadt zu zeigen. Penny und ich beratschlagten ausführlich, was ich anziehen sollte. Am Ende wurde es ein weißes Sommerkleid mit schwarzen Rosen, dazu schwarze Pumps und meine Haare waren zu einem Dutt hochgesteckt. Es war unmöglich, bei dieser Hitze die Haare offenzulassen. Hier in New Orleans war der Sommer wirklich ein Sommer. Es war heiß, geradezu schwül und ich hatte mir schon drei Ventilatoren für die Wohnung gekauft, nur, um nicht einzugehen. Spencer machte es scheinbar gar nichts aus. Der kleine Tyrann lag in der prallen Sonne und aalte sich. Verstehe einer die Katzen!

Um zwölf Uhr klingelte es an meiner Haustür und ich stolperte fast über Spencer, der sich genau diesen Augenblick aussuchte, um sich an mir zu reiben. Fluchend fiel ich auf die Tür zu und hielt mich keuchend am Türrahmen fest.

„Du böser Kerl! Pass auf, dass ich dich nicht doch noch kastrieren lasse!“, schimpfte ich mit ihm und riss die Tür auf.

Jack stand mit einem Blumenstrauß vor mir und schaute neugierig über meine Schulter. „Wessen Bälle sind in Gefahr? Ich hoffe, du meintest nicht meine“, begrüßte er mich und wirkte trotz meines Gefluches eher interessiert als abgeschreckt. Peinlich berührt deutete ich auf Spencer, der misstrauisch mein Date beäugte.

„Der da war gemeint. Ich schwöre, manchmal habe ich das Gefühl, er ist auf der Suche nach einem neuen Frauchen“, mutmaßte ich und trat zur Seite, damit er hinein kommen konnte. Er ging zielstrebig zu meinem Kater, kniete sich hin und kraulte ihn hinterm Ohr. Anstatt wie sonst die Krallen auszufahren, schmiss sich dieser kleine Verräter auf den Rücken und zeigte seinen dicken Bauch.

„Wie heißt er? Du bist ja ein niedliches Kerlchen“, sprach Jack mit meinem Mitbewohner, der sich in seiner Aufmerksamkeit sonnte. Ich schüttelte angesichts der neuen Männerfreundschaft den Kopf und suchte nach meiner Handtasche.

„Das ist Spencer und eigentlich mag er keine Menschen. Scheint aber, als würde er bei dir eine Ausnahme machen“, erwiderte ich fasziniert, da mein Kater nun auch noch zu schnurren anfing.

Jack erhob sich aus der Hocke und kam auf mich zu. Er reichte mir den Blumenstrauß, der bezaubernd aussah und fantastisch roch. „Die hier sind für dich und auch wenn es schmalzig klingen mag, du siehst wunderschön aus!“ Dabei schaute er mir in die Augen und ich bekam eine Gänsehaut am ganzen Körper. Fahrig griff ich nach den Blumen und steckte meine Nase hinein, um meine aufkeimende Röte zu verstecken.

„Dankeschön, sie sind traumhaft. Ich stelle sie nur kurz ins Wasser und dann können wir los.“ Danach eilte ich in die Küche, holte eine Vase, füllte sie mit Wasser und brachte den Strauß anschließend ins Wohnzimmer, um ihn auf dem Tisch abzustellen.

Jack stand mittlerweile vor meiner Fotowand und sah sich die Bilder an. Heimlich beobachtete ich ihn aus den Augenwinkeln. Heute lagen seine Haare wild durcheinander, seine Jeans schmiegte sich großartig an seinen fabelhaften Hintern und er trug ein schlichtes, schwarzes Shirt. Es lag eng genug an, dass ich seine Muskeln darunter erkannte. Ich mochte Männer, die selbstbewusst waren, ohne ihrem aufgeblasenen Ego Luft zu verschaffen. Er nahm den Raum ein, als wäre es selbstverständlich. Ich ging zu ihm und schnappte einen Hauch seines Aftershaves auf. Er roch toll, nach Mann und Moschus. Die Bartstoppeln am Kinn verrieten mir, dass er sich heute nicht rasiert hatte und auch das gefiel mir. Er war ungezwungen und sexy. Zu gern hätte ich meine Hand ausgestreckt und mit den Fingern über seinen Kiefer gestrichen. Ich stellte mir vor, wie sich dieser Drei-Tage-Bart an meiner Haut anfühlen würde. *Stopp!, denk an was anderes, an … Mr. Dunhams knittrigen Hintern*! Perfekt, meine Libido hatte ihre Eisdusche bekommen und ich konnte mich wieder auf normale Dinge konzentrieren.

„Sind das deine Eltern?“, fragte er und wies auf ein Foto, das meine Mom, meinen Dad und mich bei meiner Abschlussfeier am College zeigte. Sie strahlten wie ich um die Wette.

„Ja, sie waren stolz, dass ich trotz einiger Schwierigkeiten meinen Abschluss gemacht habe“, erwiderte ich und bekam sofort Heimweh nach ihnen. Jack sah mich fragend von der Seite an. Ich zuckte mit den Schultern und erzählte ihm ein bisschen von damals.

„Es hört sich dramatischer an, als es ist. Meine Liebe zu den Fünfzigern hatte ich seit der Highschool und als ich aufs College ging, wurde meine Kleidung ein wenig femininer“, erklärte ich tonlos und spürte, wie sein Blick meinen Körper entlangfuhr. Ich starrte weiterhin auf das Foto und versuchte, meine Emotionen im Griff zu behalten. „Einige Professoren dachten sich, dass es eine Art Masche wäre, um gute Noten zu bekommen. Daraufhin haben mich zwei von ihnen ihre Vorurteile bei jeder Gelegenheit spüren lassen. Ich musste mich doppelt so sehr anstrengen, wie die anderen in meinem Kurs. Aber das ist Schnee von gestern und spielt heute keine Rolle mehr.“ Ich sah sein grimmiges Gesicht und hätte mir gern selbst eine Ohrfeige gegeben. Man erzählte keine rührseligen Geschichten beim ersten Date! „Hey, mach nicht so ein Gesicht. Es ist lange her und ich bin drüber hinweg. Ich kann mich gut allein verteidigen, glaube mir.“ Zur Beruhigung streichelte seinen Arm und er runzelte die Stirn.

“Trotzdem finde ich es nicht gut, was du erzählt hast und kann genau wie Braden ausrasten, wenn man Frauen diskriminiert.“

„Jetzt habe ich die gute Stimmung ruiniert, es tut mir leid. Wollen wir unsere Verabredung lieber verschieben?“ Ich fühlte mich schlecht, weil ich es vermasselt hatte.

Er nahm meine Hand und erzeugte damit wieder dieses leise Prickeln in meinem Bauch. Es sollte unmöglich sein, dass mein Herz genauso schnell schlug wie bei Braden. Aber Jack bewies mir gerade das Gegenteil und dass er so feinfühlig war, fand ich süß.

„Auf gar keinen Fall. Wir beiden werden den French Market unsicher machen. Ich zeige dir dort das beste Essen, was du jemals zu dir genommen hast“, erwiderte er mit einem Lächeln, das meine Knie weich werden ließ.

„Dann würde ich sagen, lass uns gehen, denn ich habe einen Mordshunger!“

Kapitel 11

Der French Market mit seinen unzähligen Marktbuden und den vielen Gerüchen war unglaublich, sodass mir ganz schwindelig wurde. Dadurch, dass hier einige Länder beheimatet waren, gab es Spezialitäten, die ich nicht kannte. Dieser Markt war eindeutig für Touristen aufgebaut, überall gab es Souvenirs zu kaufen und ich wusste, Penny würde hier ein Vermögen ausgeben. Wir schlemmten saftige Flusskrebse, die auf der Zunge zergingen. Dann liefen wir die Stände entlang und Jack erzählte mir ein paar Dinge über die Geschichte von New Orleans. Es war wahnsinnig interessant und im Geiste machte ich mir Notizen, was ich mir alles anschauen wollte.

Zum Abschluss gingen wir ins Café du Monde, wo wir Beignets als Nachtisch aßen und uns gegenseitig vorschwärmten, wie lecker sie waren.

„Ich habe das Gefühl, ich kann nie wieder was essen, aber es war so gut“, stöhnte ich beim letzten Bissen. Pappsatt und zufrieden war es mir egal, ob er mich für einen Vielfraß hielt.

Jack lehnte sich im Stuhl nach hinten und klopfte sich auf seinen Waschbrettbauch. „Hier würde bestimmt noch eins reinpassen, allerdings müsste ich morgen früh zusätzliche zehn Runden joggen.“ Im Gegensatz zu mir war er fit wie ein Turnschuh.

Ich schaute auf seine Hand und dann weiter in sein Gesicht. „Du brauchst dir nicht wirklich Sorgen um deine Figur zu machen, Jack. Ich dagegen muss aufpassen, dass mein Kleid nicht reißt!“

Er beugte sich vor und nahm wie selbstverständlich meine Hand. „Du bist die atemberaubendste Frau, die ich je gesehen habe und nein, ich übertreibe nicht. Du strahlst Sinnlichkeit aus, hast Humor und ich mag es, mit dir essen zu gehen, weil du nicht nur an einem Salatblatt herumkaust, wie die meisten Frauen, die ich kenne“, entgegnete er entschlossen und fuhr mit seinem Daumen über meine Fingerknochen. Ich mochte seine direkte Art, denn er gab mir das Gefühl, etwas besonderes zu sein.

Verlegen lächelte ich ihn an und strich mit meinem Zeigefinger seinen Arm entlang. „Und ich mag, wie du mich ansiehst. Du scheinst mir nicht der Typ zu sein, der bei den Ladys Probleme hat“, überlegte ich laut und zog ein Unendlichkeitszeichen über seinen Ärmel.

„Wenn ich dir jetzt zustimme, würdest du mich für einen arroganten Arsch halten, stimmt‘s?“

Ich lachte auf und biss mir auf die Unterlippe. „Eigentlich glaube ich nicht, dass du arrogant bist, das mit dem Arsch wird sich noch herausstellen“, gab ich mit einem Schmunzeln zurück.

Jack zwinkerte mir zu und rückte mit dem Stuhl an meine Seite, ohne meine Hand loszulassen. Er überraschte mich mit seiner offensiven Art und das fand ich gut.

„Die Tatsache, dass ich einen Nachtclub besitze, der ziemlich … speziell ist, bringt eine gewisse Bekanntheit mit sich. Die Frauen sind neugierig und benutzen mich gern als ihre Eintrittskarte“, erklärte er mir und wartete offensichtlich auf meine Reaktion.

Meine Neugierde war prompt erwacht und ich wollte wissen, wie es in dem Club zuging. „Was meinst du mit speziell? Kommen nur die Reichen und Schönen hinein? Hast du einen BDSM-Club, in dem die Männer alles bekommen, was sie sich zu Hause nicht holen können?“ Ich lächelte bei der Vorstellung und hörte sofort damit auf, als ich sein ernstes Gesicht sah. „Du willst mich auf den Arm nehmen, oder? Es ist tatsächlich wirklich ein Peitschen-Studio?“, brachte ich leicht entsetzt heraus. Nicht, dass mich diese Art von Sex anekelte, schließlich waren meine Bücher und das, was dort geschah, äußerst anregend. Ich fand einige Dinge ziemlich heiß, doch es selbst auszuprobieren war eine andere Geschichte.

Jack legte den Arm um meine Schulter und führte seine Lippen ganz nah an mein Ohr. „Ich kann dich beruhigen, es gibt keine Folterkammern in meinem Club. Aber manche Besucher suchen den Kick und den biete ich ihnen. Du würdest dich wundern, was dir dort alles gefallen könnte“, raunte er mir zu und ließ seinen Mund sanft über mein Ohrläppchen gleiten.

Die Härchen auf meinen Armen stellten sich sofort auf und meine Atmung ging immer schneller. Sein Finger fuhr langsam meinen Arm hinauf und blieb an der Kuhle meines Halses liegen. Wir waren umringt von Menschen, Leuten, die bestimmt sahen, wie er mich hier am helllichten Tag verführte. Für einen kurzen Augenblick schloss ich meine Augenlider, sperrte den Rest der Menschheit aus und gab mich seiner Stimme hin.

„Ich möchte dich gern mitnehmen. Dir zeigen, wie es sein kann, alle Ängste hinter sich zu lassen und nur noch zu fühlen. Es interessiert mich, wie du auf neue Erfahrungen reagierst!“ Ich strich fahrig mit der Zungenspitze über meine trockenen Lippen und hoffte, er würde mich hier und jetzt küssen. „Wenn ich nur daran denke, dich langsam auszuziehen, jeden freigelegten Zentimeter zu küssen, werde ich hart“, sprach er heiser weiter und ich keuchte leise auf. „Sieh mich an“, forderte er mich auf und ich tat, was er verlangte. Dieser Mann stellte allein mit seiner Stimme Sachen mit mir an, dass ich feucht wurde und mir mehr wünschte. Sein Blick war durchdringend, hungrig und ich konnte der Versuchung nicht widerstehen.

Ich entschloss mich, diejenige zu sein, die ihn zuerst küsste. Ein wenig von meiner Unabhängigkeit musste ich mir bewahren. Er sollte nicht denken, dass ich die devote Rolle einnahm, nur, weil er mir versaute Dinge zuflüsterte. Darum drehte ich mich in meinem Stuhl um, sodass ich ihm gegenüber saß, und legte meinen Mund auf seinen. Ich küsste ihn mit offenen Augen, denn ich wollte seine Reaktion nicht nur fühlen, sondern auch sehen. Seine Pupillen weiteten sich überrascht und ich spürte sein Lächeln an meinen Lippen. Dann grub er seine Hand in meine Haare und übernahm die Kontrolle.

Ich wehrte mich nicht, warum sollte ich? Wenn es nach mir gegangen wäre, säße ich schon nackt auf seinem Schoß und würde mich an seiner Härte reiben. Ein leichter Zug an meinem Haar und ich stöhnte in den Kuss hinein. Jetzt war er es, der mir zeigte, wie sehr er mich wollte und ich konnte nicht genug bekommen. Seine Zunge öffnete meine Lippen und stieß zärtlich gegen meine. Er tastete, erkundete und streichelte mich. Unbewusst krallte ich meine Hände in sein Shirt und zog ihn näher zu mir heran. Er küsste so gut, wie er aussah! Leidenschaftlich, sinnlich und sowas von verführerisch, dass mir nach wenigen Minuten die Luft ausging. Trotzdem hörten wir nicht auf.

Ich biss ihm sanft in die Unterlippe und entlockte ihm ein Keuchen. Dadurch angespornt erwiderte ich den Kuss mit der Gewissheit, dass ich nie besser geküsst worden war. Jacks Hand strich mein Bein entlang, immer weiter hinauf, bis er sie auf meinen unteren Rücken legte. Dort spreizte er seine Finger und gab mir das Gefühl, beschützt zu werden. Es war absolut irrwitzig, denn ich war weder in Gefahr noch brauchte ich Schutz. Allerdings mochte ich, was es symbolisierte. Er zeigte mir, wie es mit ihm sein könnte.

Plötzlich schoss mir Braden in den Sinn und die Art, wie er die Frau vorm Club angefasst hatte. Da fand ich die Geste dominant. Wieso dachte ich genau jetzt an ihn und versuchte, Parallelen zu ziehen? *Du bist total bescheuert*, schnauzte ich mich innerlich an.

Nach Atem ringend machte ich mich von ihm los und sah mich hektisch zu allen Seiten um. Niemand hatte uns beobachtet, nicht mal der Kellner, der gerade am Nebentisch abkassierte, nahm Notiz von uns. Diese Stadt war wirklich anders als Seattle. Hier würde wahrscheinlich nicht mal eine Hexenbeschwörung auf offener Straße für ein müdes Lächeln sorgen. Ich betastete meine geschwollenen Lippen und fühlte mich ein bisschen benommen.

„Das war wow! Ich weiß nicht, was das gewesen ist, aber ich fand es verdammt gut“, sagte ich atemlos und bekam erneut dieses unglaubliche Schmunzeln zu sehen. Er streichelte meine Wange und löste dann den Griff an meinem Rücken. Sofort spürte ich den Verlust und hätte ihn um ein Haar gebeten, mich nie wieder loszulassen.

Ich brauche dringend Sex und mein Freund aus Gummi muss heute eine Sonderschicht einlegen, nahm ich mir vor. Es konnte nicht sein, dass mich ein einziger Kuss in die Teenagerzeit beförderte. Ich war achtundzwanzig und eigentlich nicht leicht zu beeindrucken.

„Das war jedenfalls nicht nur ein Kuss und du bist verrückt, wenn du glaubst, du wirst mich so schnell los“, antwortete er rau und verschlang mich mit seinem Blick.

„Ich war wirklich so naiv zu denken, dass du mir am helllichten Tag nicht gefährlich werden würdest. Da habe ich mich wohl geirrt!“

Er wackelte verwegen mit den Augenbrauen und winkte dem Kellner zu, der prompt kam und die Rechnung brachte. Jack stand auf und zog mich zu sich hoch. Dann legte er beide Arme um mich und hielt mich gefangen.

„Du warst diejenige, die mich geküsst hat. Das zeigt mir nur, dass du genau die Frau bist, nach der ich gesucht habe. Wer von uns zweien gefährlich ist, wird sich noch herausstellen“, flüsterte er mir ins Ohr.

Ich lehnte mich an ihn und inhalierte seinen Duft. Mein Herz hatte mittlerweile Konfetti geworfen und sich auf ihn gestürzt. Mein Kopf dagegen zog sich sicherheitshalber den Helm über und beobachtete das Ganze ziemlich kritisch. Niemals zuvor hatte mich ein Kerl so umgehauen. Ausgenommen vielleicht Braden. Der stand allerdings nicht auf der Haben-Seite, deshalb küsste ich den Mann vor mir und genoss das Kribbeln. Dieses Mal blieb es jugendfrei und endete viel zu schnell.

„Ich weiß zwar nicht, ob das eine Rolle spielt, aber ich bin gespannt, es herauszufinden!“, gab ich zurück.

Hand in Hand schlenderten wir durch das French Quarter, sahen uns ein paar Läden an und ich fühlte mich endlich angekommen. Ich wusste nicht, ob es nur an Jack lag, doch ich mochte die Stadt und wie sie tickte. Wir unterhielten uns über mein Leben in Seattle und dass ich es immer weniger vermisste. Von sich gab er nicht sehr viel preis, und das fachte meine Neugier nur noch weiter an.

Am späten Nachmittag brachte er mich nach Hause, küsste mich vor der Haustür, bis ich nicht mal mehr meinen Namen kannte und verabschiedete sich dann. Er verhielt sich wie ein Gentleman, obwohl ich ahnte, dass das nur die Spitze des Eisbergs war. Jedes Mal, wenn wir uns berührten, fühlte es sich an wie irgendetwas Großes. Etwas, das sich kaum in Worte fassen ließ. Es war nicht nur Lust, sondern ging tiefer. Ich konnte mich unmöglich in ihn verguckt haben, das war mir in so kurzer Zeit noch nie passiert.

Das änderte jedoch nichts daran, dass wir uns das restliche Wochenende Nachrichten hin und her schickten. Und auch nicht an dem Umstand, dass ich mit einem fetten Dauergrinsen durch die Gegend lief. Wie gesagt, es war unmöglich, aber fühlte sich verdammt gut an!

Kapitel 12

Am Montag meldete sich Braden nur kurz per Telefon, dass er die nächsten drei Tage nicht kommen würde. Er nannte mir keine Gründe, und obwohl es mich ohnehin nichts anging, war ich enttäuscht. Seine Stimme klang weder verärgert noch erfreut, sondern neutral und nichtssagend. Es hätte mich beruhigen sollen, tat es aber nicht. Stattdessen überlegte ich fieberhaft, ob er vielleicht mit Mrs. Reynolds gevögelt hatte, und ärgerte mich im gleichen Augenblick, dass ich überhaupt darüber nachdachte. Schließlich mochte ich Jack und das war auch gut so.

Als ich nach dem Telefonat auflegte, sah ich mir meinen Notizblock genauer an. Ich hatte während unseres Gespräches tatsächlich Herzchen gemalt. Sauer riss ich das Papier in winzige Fetzen und schmiss diese in den Papierkorb. Ich war doch wirklich nicht ganz dicht. Es konnte einfach nicht sein, dass ich mich zu beiden Männern hingezogen fühlte. Dummerweise brauchte mein Herz einen Schlag mit der Konfettikanone, denn auch bei Braden schlug es schneller, als es sollte.

Mittags holte mich Kit ab und wir gingen in unser Stamm-Café. Schon nach wenigen Wochen hatte ich eine Freundin in ihr gefunden. Kit war genau wie ich Single und lebte seit ihrer Kindheit in New Orleans. Jeden Tag während des Essens erzählte sie mir Geschichten. Meist waren es schaurige, über die sagenumwobene Stadt, die Geister, Hexen und anderen Gruselkram. Dabei liefen bei mir immer

Szenen aus Gruselfilmen ab. Heute hatte sie eine Story über die große Voodoo-Königin auf Lager.

„Du bist jetzt knapp einen Monat hier. Wie gefällt es dir hier und hast du schon all die Legenden rund um das Thema Voodoo inhaliert?“, fragte sie mich, während sie ihren Kaffee mit Zucker süßte und dann umrührte.

Nachdenklich schluckte ich den Bissen des Sandwiches hinunter und wischte mir mit der Serviette den Mund ab. Ich wollte nicht riskieren, dass mir wie letzten Mittwoch ein Klecks Salatcreme aufs Kleid fiel. „Tatsächlich habe ich mich schon sehr gut eingelebt. Mir gefällt eigentlich alles hier. Nun muss ich nur noch die Zeit und Energie finden, um mir das Nachtleben vorzunehmen. Was die Voodoo-Sache angeht, bin ich ein echter Schisser. Ich mag mir gar nicht vorstellen, was sie hier vor hundert Jahren getrieben haben. Meine Fantasie spielt mir dann Szenen von kopflosen Hühnern und zugenähten Mündern vor!“ Ich schüttelte mich und bekam prompt Gänsehaut, denn ich mochte es nicht, mich zu gruseln.

Penny war ein leidenschaftlicher Splatterfilm-Fan, doch ich guckte lieber Streifen aus den Fünfzigern oder die achtziger Jahre Klassiker. Wo Herzschmerz und Romantik drauf stand, das war genau meins. Von Thrillern und Horror ließ ich die Finger. Alpträume waren vorprogrammiert und bei *Es* hatte ich Spencer nachts aus dem Bett getreten, weil ich dachte, er wäre ein Monster. Nach dieser Erfahrung konnten mir solche Filme gestohlen bleiben.

Kit kicherte und trank einen Schluck Kaffee, wobei sie genießerisch die Augen schloss.

„Verdammt, ich hatte gehofft, wir würden mal einen Horror-Abend machen, aber das kann ich wohl knicken, du Schisshase! Dabei gibt es hier so viele tolle Mythen. Da wäre zum Beispiel der der Voodoo Königin Marie Laveau. Hast du schon mal was von ihr gehört?“

„Na ja, nur vom Hörensagen. Meine bekloppte Nachbarin Madame Josephine ist mir zweimal über den Weg gelaufen und das reicht mir vollkommen. Die ist sowas von schräg. Ich schleiche regelrecht an ihrer Tür vorbei, damit sie mich nicht in ihre Wohnung oder in ihr Geschäft zieht“, erwiderte ich und dachte mit Schrecken an den Tag zurück, als diese Irre zwei Türen weiter ihre Einkäufe reinschleppte. Seitdem war ich auf Zehenspitzen durch den Hausflur gehastet. Ich wusste allerdings nicht, wie lange ich sie noch auf Abstand halten konnte. Sie war ziemlich penetrant und rief mir auch bei unserem zweiten Wiedersehen zu, dass ich mein Schicksal in die eigene Hand nehmen müsste, während ich wieder einmal die Flucht ergriff.

„Ah, Madame Josephine, die ist ganz harmlos“, beteuerte Kit und ich sah sie entrüstet an. „Doch wirklich, sie ist toll im Karten legen und kann dir aus dem Kaffeesatz deine Zukunft voraussagen“, sprach sie locker weiter, als wäre das völlig normal.

„Verzeih, wenn ich dir da widerspreche, aber du glaubst nicht ernsthaft an dieses Zeug, oder?“

Kit zuckte mit den Schultern und nickte dazu. „Eigentlich schon. Alles, was sie mir gesagt hat, ist auch eingetroffen. Du solltest zu ihr gehen. Sie ist richtig gut. Im Gegensatz zu Marie Laveau, deren Geschichte viele Rätsel aufgibt. Sie war die Tochter eines weißen Farmers und einer Afroamerikanerin. Damals, 1794, einfach undenkbar. Diese Frau hatte eine Menge reiche Leute um sich gescharrt, praktizierte Voodoo-Shows und geheime Zeremonien. Es soll Blutopfer und Schlangenanbetungen gegeben haben!“

Ich lauschte ihr gespannt, denn es war mir unvorstellbar, dass es eine Zeit gab, in der die Menschen derart abergläubisch waren.

„Das hört sich total nach Schauermärchen an. Was ist aus ihr geworden? Hat man sie auf dem Scheiterhaufen verbrannt? Ich bin so froh, damals nicht gelebt zu haben“, entgegnete ich schockiert. Wie oft waren Frauen wohl als Hexe bezeichnet worden, um sie loszuwerden?

„Irgendwann gab ihre Tochter Maries Tod bekannt und machte im Namen ihrer Mutter mit den Ritualen weiter. Auch sie verschwand einige Zeit später spurlos. Viele Anhänger pilgern noch heute zu der Grabstätte, obwohl diese schon vor ein paar Jahren zerstört wurde. Wer ist so krank und buddelt eine Leiche wieder aus?“

Angeekelt verzog ich mein Gesicht. „Geistige Tiefflieger tun so etwas. Jetzt lass uns von Erfreulicherem reden“, schlug ich vor. „Sonst musst du heute Nacht bei mir bleiben, um mich zu beschützen.“ Ich rief dem Kellner zu, dass wir zahlen wollten.

„Zu einer Pyjamaparty sage ich nicht Nein“, antwortete sie und wackelte mit den Augenbrauen.

„Falls du auf Kuscheleinheiten hoffst, muss ich dich enttäuschen. Dieser Luxusbody ist für Männer reserviert“, neckte ich sie, während wir nach dem

Bezahlen vor die Tür gingen. Brütende Hitze schlug uns entgegen und ich spürte sofort, wie mir der Stoff der Bluse an der Haut klebte.

„Verdammt, ist das heute heiß. Was deinen Luxuskörper angeht, keine Sorge, ich habe zwar auf der Highschool mal herumexperimentiert, doch es war nicht meins. Ich bin auf der Suche nach einem stürmischen Kerl, der meinen hungrigen Körper zum Erbeben bringt“, erklärte sie grinsend.

„Unvorstellbar, dass du noch Single bist. Hier sind so viele attraktive Männer und ich wüsste nicht, wie ich mich bei der Auswahl entscheiden sollte.“

Wir betraten das Gebäude, in dem wir arbeiteten, und stöhnten synchron auf, als uns die Klimaanlage kühle Luft entgegen blies. Da ich noch Zeit hatte und mein Chef eh außer Haus war, setzte ich mich zu ihr an den Empfang.

„Klar laufen hier tolle Typen herum. Aber den Richtigen zu finden, ist nicht gerade einfach. Blinde Kuh zu spielen ist erfolgreicher, glaube mir. Es gibt eine Handvoll Männer, die mich interessieren, doch ich bin nicht unbedingt eine Flirtkönigin“, meinte sie trocken und ich schubste sie an.

„Dann wird es erst recht Zeit für einen Mädelsabend! Wir beide ziehen um die Häuser und lassen es ordentlich krachen!“ Ich fand meine Idee gut, denn ich war nicht gern allein unterwegs und Kit hatte sich zu einer super Freundin entpuppt. Sie hielt mir die Hand zum High-Five hoch und ich schlug freudig ein.

In dem Moment kam ein Kurier in die Eingangshalle und schnaufte genau wie wir vor ein paar Minuten. In der Hand trug er einen riesigen bunten Blumenstrauß, der so gigantisch war, dass wir kaum sein Gesicht erkennen konnten. Bei uns angekommen, legte er den Strauß auf die Ablage und wischte sich mit dem Arm über die Stirn. Er war ansehnlich, Anfang zwanzig und die Art, wie er Kit ansah, war definitiv nicht rein beruflich. Während er sie staunend anstarrte, fielen ihm fast die Augen aus dem Kopf. Kit hingegen glotzte ihn an wie Bambi. Ich musste mich zusammenreißen, um nicht loszulachen. Sowas Unbeholfenes hatte ich noch nie gesehen. Scheinbar hatte sie bei ihren nichtvorhandenen Flirtkünsten nicht übertrieben.

„Hi, ich bin Ted“, sagte der hübsche Kerl und meine Freundin winkte ihm zu. Im Ernst, sie winkte und ich biss mir auf die Innenseite meiner Wange, um es nicht noch peinlicher zu machen.

„Hi, ich bin Kit. Was möchtest du? Ich meine, was kann ich für dich tun?“, stammelte sie herum und fuhr sich nervös durchs Haar. Es war wie in einem Teenie-Film, wo sich die Hauptdarsteller zum ersten Mal sahen und begriffen, dass das andere Geschlecht gar nicht so schlecht war.

Ted holte einen Lieferschein aus seinem hautengen Oberteil hervor, und ich wunderte mich, wo er dort den Platz dafür gefunden hatte. Er wollte ihn gerade auf den Tresen legen, da flutschte er ihm aus den Händen und segelte zu Boden. Eine leichte Röte machte sich auf seinen Wangen breit und Kit glotzte ihn weiterhin fasziniert an.

Er trug einen dieser Sport-Einteiler, der nicht viel der Fantasie überließ. Es sah aus wie ein Ganzkörperkondom. Als er sich bückte, sprang Kit von ihrem Stuhl und beäugte seinen Hintern ganz ungeniert. Kopfschüttelnd sah ich woanders hin, denn das hier war das schlechteste Balzverhalten der Geschichte. Gott sei Dank hatte er keinen Fahrradhelm auf. Ich weiß, Sicherheit ging vor, aber ich fand den Anzug allein schon unsexy. Vor allem, weil man genau sah, was er vorne zu bieten hatte.

Er kam schnell wieder zu uns hoch und Kit zuckte zurück. Verlegen schob er ihr das Blatt hin und suchte nach einem Stift. Sie kam ihm zuvor und hielt ihm einen Kugelschreiber aus ihrer Box entgegen.

„Für wen ist der?“, fragte Kit und schnupperte an den Blumen.

„Der ist für eine Ms. Olivia Kennedy“, antwortete er und war sichtlich froh, dass die Pflanzen nicht für seine Angebetete waren. Kit riss die Augen auf, guckte mich erstaunt an und deutete auf mich. Ich war genauso überrascht wie sie. Niemand schickte mir Blumen. Im Ernst, ich hatte in meinem ganzen Leben noch keinen Strauß geliefert bekommen. „Würden Sie hier bitte unterschreiben?“, forderte er mich auf und ich unterschrieb.

Vorsichtig nahm ich den Blumenstrauß entgegen und roch an den dicken Blüten. Es waren rosafarbene Pfingstrosen und Callas, die zusammen einfach bildschön aussahen.

„Ähm, also wenn ich schon hier bin, würdest du vielleicht mit mir einen Kaffee trinken gehen?“ Ted sah meine Freundin an, als hielte er sie für das Schönste auf der Welt. Seine Hände zitterten leicht, da der Beleg förmlich in seinen Fingern vibrierte. Kit überlegte kurz. Ich sah ihr an, dass sie die Situation völlig überforderte. Für ihn fühlte sich das Warten auf eine Antwort bestimmt wie Stunden an und ich tat so, als wäre ich mit den Rosen beschäftigt.

„Kaffee hört sich gut an, aber jetzt kann ich nicht weg. Wie sieht es mit heute Abend aus? Es sei denn, du trinkst abends keinen Kaffee, dann natürlich nicht. Falls doch …“ Ich kniff ihr unauffällig ins Bein, damit dieses Gestammel aufhörte. Sie verzog das Gesicht und schaute verlegen auf den Boden.

„Für Kaffee ist jede Zeit perfekt. Soll ich dich nachher hier abholen? Ich meine, wenn du mir sagst, wann du Feierabend hast, komme ich vorbei!“, erwiderte er enthusiastisch und ich war jetzt schon gespannt, wie ihr erstes Date laufen würde.

Kit nickte eifrig und kritzelte etwas auf ein Blatt Papier. „Hier ist die Nummer von meiner Arbeit, die da drunter ist meine private Handynummer. Ach ja, um fünf mache ich hier Schluss!“ Mit diesen Worten gab sie ihm den Zettel, den er in seinem Sportanzug versteckte und schenkte ihr ein strahlendes Lächeln.

„Dann bin ich pünktlich wieder hier, ich freue mich!“, verabschiedete er sich und rannte fast gegen die Glastür, weil er sich im Gehen nochmal zu ihr umdrehte. Als er fort war, setzte sie sich hin und schaute mich fassungslos an.

„Das ist er, das ist der Eine! Heilige Scheiße, ich hab mich noch nie so dämlich angestellt. Er ist bestimmt einige Jahre jünger als ich. Ist das schlimm? Soll ich lieber absagen? Aber ich hab ja nicht mal seine Nummer?!“ Kit stand kurz vor einem Nervenzusammenbruch und ich tätschelte beruhigend ihre Schulter.

„Schht, hör auf. Er ist süß, mag dich und du scheinst ihn auch ziemlich toll zu finden. Also denk nicht über so unwichtigen Kram wie einen möglichen Altersunterschied nach und schau einfach, was passiert“, sprach ich ihr Mut zu. „Du hast im Übrigen tatsächlich nicht übertrieben, was deine Flirttechnik angeht“, zog ich sie auf und sie streckte mir die Zunge heraus. Dann vergrub sie ihr Gesicht in den Händen und fing zu lachen an.

„Das war dermaßen daneben, er muss mich für bescheuert halten.“ Sie gluckste und ihr Körper schüttelte sich vor Lachen. Ich konnte nicht anders, ich stimmte mit ein, bis mir die Tränen kamen. Das war wirklich ein Desaster gewesen, doch am Ende hatten sie ein Date.

„Er scheint auf bescheuert zu stehen und wer so ein Teil in der Öffentlichkeit trägt, der muss einfach belohnt werden. Auf jeden Fall weißt du genau, was für einen durchtrainierten Körper er hat“, munterte ich sie auf und sie schaute mich belustigt an.

„Das ist wahr. Er hat einen heißen Hintern“, schwärmte sie und ihr Blick fiel wieder auf den Blumenstrauß in meiner Hand. „Von wem sind die? Hast du nicht gesagt, du hattest noch keine Zeit, dich umzuschauen? Scheinbar hattest du das doch! Wer ist der Kerl und warum weiß ich nichts davon?“ Ich krümmte mich innerlich. Was hielt sie wohl von der Tatsache, dass ich mich mit Jack traf, der ein Freund meines Chefs war?

In dem Strauß steckte eine Karte, die mir vorher nicht aufgefallen war. Ich zog sie heraus und legte die Blumen auf den Tresen, um sie öffnen zu können. Als ich die Zeilen las, musste ich unwillkürlich lächeln.

Ich kann es kaum erwarten, dich wiederzusehen.

Besuch mich am Wochenende in meinem Club, dann darfst du dir selbst ein Bild machen. Ich lege meine Hand dafür ins Feuer, dass es dir gefallen wird.

Jack S.

„Moment mal, ich glaube, ich spinne. Du hast was mit Jack Silver?“, quietschte sie mir ins Ohr. Ich hatte gar nicht bemerkt, dass sie über meine Schulter gelinst hatte. Verlegen stopfte ich die Karte in die Blumen zurück und machte ein zerknirschtes Gesicht.

„Woher weißt du, dass es der Jack ist? Außerdem ist das zwischen uns völlig harmlos. Jedenfalls bis jetzt“, gab ich zu. „Er war der erste Mann, den ich hier in New Orleans traf. Sein Club hat mich neugierig gemacht und wir kamen vor ihm ins Gespräch. Vor ein paar Tagen kam er her und bat mich um ein Date. Er ist toll, sexy und charmant. Dazu kann er dermaßen gut küssen, dass ich weiche Knie bekommen habe!“

„Na ja, so viele Jack S., die einen Nachtclub haben, wird es in New Orleans nicht geben“, antwortete sie auf meine Frage. „Unglaublich, du angelst dir sofort den Jackpot. Das hat Braden bestimmt nicht gefallen“, mutmaßte sie und ich legte den Kopf schräg, denn ich wusste nicht, was sie damit andeuten wollte. Sie sah mein verwundertes Gesicht und ruderte schnell zurück. „War nur so dahin gesagt, du solltest nicht auf mich hören. Ich rede dummes Zeug.“ Fahrig warf sie den Papierkorb mit dem Fuß um und ließ sich viel Zeit mit dem Aufsammeln des Inhalts.

Ich verharrte, bis sie fertig war, und verschränkte meine Arme vor der Brust. „Raus mit der Sprache! Was genau hast du denn mitbekommen?“, hakte ich interessiert nach. Mein vorsichtiges Bauchgefühl meldete sich erneut und ich wollte endlich wissen, was Sache war.

„Puh, na schön. Ich habe zufällig ein Gespräch aufgeschnappt, als sie auf den Fahrstuhl warteten. Es ging um eine Frau. Braden meinte, sie gehöre ihm, schließlich würde sie bald für ihn arbeiten und Jack solle die Finger von ihr lassen. Daraufhin erwiderte Jack, dass die Jagd eröffnet wäre und der Bessere gewinnen möge. Es wurde ziemlich hitzig zwischen den beiden. Ich habe sie noch nie so erlebt!"

Bei jedem Wort wurde mein Lächeln breiter, denn dann hatte ich die Zeichen doch richtig erkannt. Auch wenn ich mich nicht so sehr über Bradens Interesse freuen sollte, tat ich es ungemein.

„Zu dem Zeitpunkt wusste ich ja nicht, dass sie über dich reden, das musst du mir glauben, Liv. Ich hatte das Ganze schon wieder vergessen. Aber nach diesem Blumenstrauß ergibt das alles einen Sinn!" Sie musterte mich aufgeregt und ich wollte schnellstens wissen, was es über die zwei zu erzählen gab. Leider war meine Mittagspause längst um und ich musste dringend nach oben.

Meine Gedanken rasten wie ein wildgewordenes Frettchen in meinem Bauch umher und ich konnte mir nicht erklären, warum mich beide Männer so faszinierten. Die Gewissheit, dass es nicht nur ein Machtspielchen, sondern etwas Ernsteres sein könnte, machte mich auf irgendeine Weise high. *Naive Närrin, du kannst nur einen haben*, schalt ich mich und sah Kit verwirrt an.

„Liv, sag doch was. Du machst mir Angst. Du siehst aus, wie jemand, der vom Bus gerammt wurde", meinte sie verwirrt, denn ich hatte ihr nichts von dem unangebrachten Herzklopfen erzählt. Das würde ich erstmal für mich behalten. Ich wusste ja selbst nicht, warum ein solches Chaos in mir tobte. Innerlich lief ich auf Hochtouren und freute mich schon aufs Wochenende, obwohl auch Zweifel an mir nagten.

„Mach dir keine Gedanken, ich muss das Gesagte erstmal verdauen. Es ist schon irgendwie merkwürdig, dass sie sich über mich unterhalten haben, obwohl sie mich noch nicht kannten. Ich werde aber herausfinden, wieso es so war“, antwortete ich, schnappte mir die Blumen und ging Richtung Fahrstuhl.

„Was hast du vor? Willst du nicht noch ein bisschen bleiben? Wir sollten über deinen sehr gutaussehenden Chef sprechen, denn ich habe das Gefühl, du verschweigst mir was!“

„Nein, das tue ich nicht und ich muss jetzt schleunigst nach oben. Ich höre das Telefon schon von hier aus klingeln. Du weißt ja, alle wollen den sexy Anwalt“, entgegnete ich mit einem Augenzwinkern und drückte den Knopf für meine Etage, während ich einstieg. „Lass uns Samstag ausgehen! Wir statten dem *Golden Pleasures* einen Besuch ab. Dann werden wir ja sehen, wie gut er wirklich ist!“

„Meinst du den Club oder Jack? Ich freue mich jedenfalls drauf, und wünsch mir Glück für mein Date heute Abend!“, rief sie mir hinterher.

„Das muss ich dir nicht wünschen, den Typen hat es sowas von erwischt. Aber trotzdem toi, toi, toi.“ Die Türen schlossen sich und ich konnte das Wochenende kaum erwarten.

Kapitel 13

Den Rest des Tages bekam ich nur am Rande mit. Das Gefühlschaos in meinem Inneren zerriss mich fast. Wieso konnte ich nicht ganz klar sagen, dass Jack die bessere Wahl war? Ein reicher Kerl, der vermutlich reihenweise Höschen-Trophäen sammelte und einen Nachtclub betrieb, der höchstwahrscheinlich alle Tabus sprengte, konnte nur gut im Bett sein! Außerdem war er nett, zuvorkommend und witzig. Aber war er wirklich an einer Beziehung mit einer Assistentin interessiert? Theoretisch hatte ich nichts gegen einen One-Night-Stand. Praktisch mochte ich Jack sehr und wusste nicht, ob mir einmal reichen würde.

Eigentlich war ich mir sicher, dass wir in den Club reinkommen würden, trotzdem machte ein Blick auf die Karte aus mir einen regelrechten Hasenfuß. Ich hatte nicht vor, zu kneifen, doch selbst meine toughe Seite hatte ihre Bedenken, ob er nicht eine Nummer zu groß für mich war. Immer wieder schielte ich auf den Strauß. Ich hatte ihn direkt vors Fenster gestellt, damit ich ihn jederzeit anschauen konnte.

Das Telefon klingelte ununterbrochen und hielt mich davon ab, meinen wirren Gedanken nachzugehen.

Nach Feierabend lief ich von den aufdringlichen Mandantinnen verschwitzt und genervt Richtung Wohnung. Meine unangemessene Eifersucht machte mich rasend. Es stand mir nicht zu, aber änderte nichts an dem Zustand, indem ich mich befand.

Um mich zu Hause abzukühlen, holte ich mir zwei Packungen meiner Lieblingseiscreme aus dem Supermarkt. Ich war gerade an dem Laden der verrückten Hellseherin vorbei gekommen, da hörte ich bereits die Perlen vom Eingang klimpern.

Bitte lieber was auch immer, nicht sie, betete ich an irgendjemanden, der vielleicht mit mir Erbarmen haben würde. Ich konnte Madame Josephine wirklich nicht ertragen. Nicht, wenn ich schwitzte wie ein Tier.

„Schätzchen, ich habe schon auf Sie gewartet. Kommen Sie rein und lassen Sie uns in Ihre Zukunft sehen!“, rief sie mir hinterher und ich blieb stehen.

Unhöflichkeit gehörte sich nicht, deswegen drehte ich mich zu ihr um und zeigte mit dem Kinn auf meinen Einkauf. „Es ist jetzt ganz schlecht, Madame Josephine. Hier drin befindet sich Eis und das schmilzt bei den Temperaturen“, antwortete ich und setzte dabei einen bedauernden Blick auf.

„Ich habe einen Eisschrank, meine Liebe. Kommen Sie rein und lassen Sie uns anfangen!“

„Aber ich möchte keine spooky Ansage von Ihnen. Mein Tag war echt anstrengend und ich will einfach nur nach Hause“, jammerte ich und trottete trotzdem hinter ihr her.

Es musste an der Hitze liegen, die mich wie ein treues Schaf hinterherdackeln ließ. Drinnen erwarteten mich zwar jede Menge Räucherkerzen, doch sie besaß tatsächlich eine Klimaanlage. Sie nahm mir meine Tasche ab und ging in einen Nebenraum. Ich schätzte, dass sich dort eine Küche befand.

Bestimmt braute sie in ihrer Hexenküche Vielsafttrank und Liebesschwüre zusammen. Neugierig sah ich mich um und war geflasht von so viel Firlefanz. Der Laden war durch das gedimmte Licht und die bunten Glühbirnen düster und gleichzeitig gemütlich. Regale voller Tinkturen, Gläser mit Kräutern und dunkle Flaschen, deren Inhalt man nicht erkennen konnte, standen hier aneinandergereiht. Der Verkaufstresen hatte eine Glasplatte, unter der sich Edelsteine in allen Größen und Formen befanden. Überwältigt von der Auswahl ging ich weiter, bis ich an ein Bücherregal kam. In ihm fand ich Ratgeber für Zaubersprüche und moderne Heilkunst. Bei dem Titel *Voodoo für Dummies* lachte ich laut auf. Es war genauso, wie ich es mir vorgestellt hatte.

Langsam trat ich in die Mitte, an einen runden Tisch mit vier Stühlen. Er war aus dunklem Holz und ich fast enttäuscht, dass dort keine Glaskugel lag.

„Schätzchen, ich bin nicht *so* eine Wahrsagerin. Ich kann dir die Karten legen, wenn du möchtest, aber erstmal trink diesen Kaffee. Das wird dich wieder aufmuntern“, sagte sie gutmütig und stellte eine kleine Mokkatasse auf den Holztisch. Sie setzte sich hin und wies mir den Platz gegenüber zu. Dass sie scheinbar wusste, was ich dachte, verbuchte ich als jahrelange Erfahrung mit Skeptikern wie mir.

„Was solls. Schlimmer kann mein Tag ja nicht werden“, brummelte ich erschöpft und ließ mich auf den Stuhl fallen. „Was passiert, sobald ich das austrinke? Sie haben da nicht irgendwas Komisches hineingemischt, oder?“

Madame Josephine schüttelte mit dem Kopf, sodass ihre großen Creolen klimperten. „Das habe ich nicht nötig. Ich kenne Leute wie Sie“, meinte sie freundlich und ich fühlte mich sofort schuldig. Doch bevor ich mich rechtfertigen konnte, redete sie weiter. „Wenn man hier nicht aufgewachsen ist, kennt man die Geschichte nicht. Die Touristen kommen herein, um zu Hause etwas zu erzählen. Die meisten Einheimischen hingegen glauben wie ich an die Hellseherei."

„Entschuldigung, ich wollte Sie nicht beleidigen. Meine Mom sagt immer, lass die Leute leben, wie sie leben wollen, und das beherzige ich. Darum seien Sie mir bitte nicht böse, wenn ich Ihnen sage, dass ich nicht mal zu der Tourifraktion gehöre. Ich glaube einfach nicht daran", erwiderte ich angespannt und trank den Kaffee in einem Zug aus. Er war stark, aromatisch und schmeckte ziemlich lecker.

„Als ich Sie das erste Mal sah, wusste ich Ihre Geschichte. Ich hatte von Ihnen geträumt und das passiert mir selten. Lassen Sie mich Ihnen helfen, zu verstehen."

„Was verstehen?", fragte ich nun ängstlich, denn was sie andeutete, fand ich gruselig. Sie griff nach meiner leeren Tasse und schwenkte sie ein paar Mal herum. Dann drehte sie das Trinkgefäß um, stellte es kopfüber auf den Unterteller und brachte es anschließend wieder in die normale Position zurück. „Was machen Sie da? Ich hätte die Kaffeetasse auch einfach in die Küche bringen können." Verwirrt und kritisch zugleich beäugte ich ihren Auftritt.

Sie lächelte, ohne mir zu antworten, und zog aus ihrer Tasche einen Stapel Tarotkarten. Sie waren größer als reguläre Spielkarten und kunstvoll bemalt. Ich war sofort in höchstem Maße alarmiert und rutschte unruhig auf dem Stuhl herum.

„Das können Sie schön vergessen, Lady. Ich habe gute Manieren, aber sobald Sie mir nur eine verdammte Karte legen, renne ich schreiend davon“, drohte ich und machte mich für einen schnellen Abflug bereit. Madame Josephine hob beschwichtigend die Hände und schob die Karten an den Rand des Tisches.

„Ich wusste ja, dass es nicht leicht werden würde. Beruhigen Sie sich, Sie machen ja sogar die friedlichsten Geister kirre!“ Ich schnaubte empört und zeigte auf die Mokkatasse.

„Was wird das jetzt? Warum um Himmels willen haben Sie die Tasse umgedreht?“, fragte ich genervt und entdeckte hinter ihr ein paar Köpfe, die verdächtig nach echten Schrumpfköpfen aussahen. „Igitt, ich hoffe für Sie, dass die Dinger unecht sind, ansonsten sehe ich für den nächsten Gesundheitscheck schwarz“, murmelte ich angewidert und trommelte ungeduldig mit den Nägeln auf den Tisch.

„Wenn ich den Mokka nicht gebraucht hätte, um Ihnen etwas über sich zu erzählen, dann wären Sie mit einem starken Baldriantee besser versorgt gewesen. Die Köpfe sind nur Requisite, die Touristen stehen auf solchen Kram“, entgegnete sie verschnupft und ich rollte mit den Augen. „Wir sollten jetzt schauen, was die Zukunft mit sich bringt.“ Ihre Stimme klang nun tiefer und ich verkniff mir ein weiteres Schnauben. Sie nahm die Tasse, stellte sie beiseite und sah sich den Teller an. Dabei kniff sie ihre Augenlider zusammen und runzelte die Stirn.

„Und was sehen Sie? Gewinne ich im Lotto? Kriegt mein ehemaliger Chef Chlamydien oder noch viel besser, Sie sehen meinen Traummann, der schon parat steht“, mutmaßte ich ironisch. Als sie mir in die Augen sah, blieben mir die restlichen zynischen Argumente im Halse stecken.

„Der Kaffeesatz ist sehr dunkel, das heißt, Sie haben aktuell ein paar dringende Fragen. Sie belasten Sie, wenngleich Sie sich nicht erklären können, warum das so ist. Ich kann hier einen Buchstaben erkennen. Es ist ein J, sagt Ihnen das etwas?“ Obwohl ich nicht an diesen Hokuspokus glaubte, spürte ich, wie meine Hände zu zittern anfingen. Es musste ein Zufall sein, dass es ein J war. Ich sah es ebenfalls, aber mit viel Fantasie konnte es auch ein Regenwurm sein. Deswegen wischte ich mir die Hände am Kleid ab und atmete tief ein. „Schauen Sie hier, da ist ein zweiter Buchstabe.“ Ich beugte mich weiter über den Tisch und schaute auf die Stelle, die sie mir zeigte. Es war tatsächlich ein B.

Schockiert wich ich zurück und krallte meine Finger in den Stoff. „Das ist ein Trick. Sie haben irgendwas auf den Teller getan, damit diese Dinge auftauchen“, beschuldigte ich sie mit bebender Stimme.

„Ich mache das seit mehr als vierzig Jahren und nur selten kommen zwei Buchstaben vor. Darum wollte ich Sie sehen. Sie sollten sich nicht ängstigen, sondern akzeptieren.“

„Ich kann Ihnen nicht folgen. Zwei Buchstaben sind doch nichts Besonderes. Es könnte ein Zufall sein.“

„In diesem Fall sind es zwei Vornamen und das wissen Sie auch, Liv. Jetzt schauen Sie nicht so erschrocken. Ich kenne Ihren Namen von dem

Briefkasten an unserem Haus“, antwortete sie belustigt und ich stieß den Atem aus. Dann blickte sie wieder auf den Teller und fuhr fort. „Hier am oberen Rand. Da sieht man die Umrisse eines Babys.“

„Das kann nicht stimmen“, klärte ich sie unter Lachen auf. „Ich date gerade erst seit ein paar Tagen jemanden, da ist ein Kind wohl eine Fehlinformation Ihrerseits.“

„Das Baby steht nicht für Schwangerschaft, sondern für eine Affäre, die durchaus tiefer gehen könnte.“

Damit hatte sie mir die Luft aus den Segeln genommen. Mit meiner Gegenwehr biss ich bei ihr auf Granit. Die Nackenhaare stellten sich mir auf und ich wollte dringend hier weg.

„Wie gesagt, ich habe erst vor Kurzem einen Mann kennengelernt und ich finde ihn nett. Für eine Affäre bin ich nicht geschaffen, ich mag es gern verbindlich. Deswegen muss ich wohl vorsichtiger mit meiner Partnerwahl sein.“ Ich fand dieses Gespräch mehr als befremdlich.

„Man sollte Jack nicht unterschätzen. Die Gefühle, die sie füreinander haben, sehe ich klar und deutlich. Aber es gibt noch einen weiteren Mann. Er ist im Dunkeln und ich kann ihn nicht erkennen, doch er möchte ans Licht. Dieser Mann will, dass Sie ihn wahrnehmen.“ Wie von einer Tarantel gestochen fuhr ich im Sitz hoch und stolperte fast über meine eigenen Gliedmaßen.

„Was sind Sie?“, fragte ich erschrocken. Meine Beine konnten sich nicht entscheiden, ob sie wegrennen oder bleiben sollten. Mein Kopf dagegen war schon längst unterwegs. „Woher wissen Sie, dass sein Name

Jack lautet? Haben Sie mich verfolgt? Nur das Sie Bescheid wissen, ich glaube nicht an sowas!“

„Wie gesagt, ich kann die Zukunft sehen. Dass Sie nicht glauben, ändert nichts daran, dass ich Recht habe. Sie wissen, wer der andere Mann ist und früher oder später werden Sie sich ihm stellen müssen. Ich denke, Sie sehen ihn bereits sehr gut. Bis zu Ihrer Entscheidung sollten Sie sich die Zeit geben, Ihre Gefühle zu sortieren.“

„Und falls ich das nicht kann? Sie bringen mich mit Ihren Aussagen komplett durcheinander. Statt mir zu helfen, machen Sie es nur schlimmer“, klagte ich und deutete auf die Küche. „Ich möchte gerne mein Eis zurück und dann will ich gehen, sofort!“

Madame Josephine stand auf und ging ohne ein Wort davon. Sie schien weder beleidigt, noch zeigte sie irgendwelche Regungen, ganz im Gegensatz zu mir. Stoisch war die beste Beschreibung für sie. Bei mir konnte man es wohl einen Totalausfall nennen.

Sie kehrte zurück, reichte mir meine Tüte und legte dabei ihre Hand auf meine. „Liv, jedes Zeichen hat einen Grund. Auch wenn Sie jetzt noch nicht daran glauben, denken Sie bitte über meine Worte nach. Ich wollte Sie nicht durcheinanderbringen. Vielmehr möchte ich, dass wir irgendwann gute Freundinnen werden.“

„Mir ist klar, dass Sie es gut meinen und an den Hokuspokus glauben. Für mich ist das nichts. Das Leben ist nicht vorherbestimmt“, erklärte ich ihr und entwand mich ihrem Griff. Dass sie Jacks Namen genannt hatte, überstieg meine Vorstellungskraft und ich überlegte fieberhaft, woher sie den Namen wissen konnte.

„Sie glauben doch an die Liebe. Die können Sie auch nicht dirigieren und trotzdem findet sie ihren Weg“, antwortete sie mit einem seligen Lächeln.

„Touché, aber ich finde lieber ohne Ihre Wahrsagerei heraus, wohin mein Weg mich führt. Dieser andere Mann sollte sich an die Dunkelheit gewöhnen. Er und ich haben keine Zukunft. Vielleicht sollten wir beim nächsten Mal einen einfachen Kaffee trinken gehen, denn um Freundinnen werden zu können, müssen wir uns eindeutig besser kennen lernen.“

„Das ist eine gute Idee. Ich wünsche Ihnen viel Spaß am Wochenende und ich freue mich auf unser nächstes Wiedersehen!“

Ich überging ihre Bemerkung mit dem Wochenende und tat es als leere Phrase ab, bevor ich noch vollends durchdrehte. „Bestimmt sehen wir uns im Hausflur, hierher komme ich gewiss kein zweites Mal. Ich drücke Ihnen die Daumen, dass Ihr Geschäft weiterhin gut läuft.“ Damit verabschiedete ich mich von ihr und rannte hinaus.

Gruselige, alte Tante, doch sie hatte mehr gesehen, als ich wahrhaben wollte.

Wahrscheinlich hatte sie ein Gespräch mit Penny mitbekommen, als ich auf dem Balkon saß und telefonierte. Das wird es gewesen sein, alles andere war unmöglich. Es gab weder Hexen noch magischen Kaffeesatz. Auf keinen Fall konnten schrullige Damen aus dem Rest der Kaffeeplörre meine Zukunft erkennen. Ich brauchte dringend Eis, um mich abzulenken, ansonsten würden bei mir sämtliche Sicherungen durchbrennen.

Kapitel 14

Am Samstag war ich so aufgeregt, dass ich schon die Wohnung aufgeräumt, die Wäsche gewaschen und meinen Kater fast in die Flucht getrieben hatte. Einerseits war ich gespannt auf den Club und was mich dort erwartete. Andererseits freute ich mich, Jack wiederzusehen. Ich fand es gut, dass wir uns mit dem Kennenlernen Zeit nahmen, doch ich wollte ihn wieder küssen und vielleicht sogar noch mehr als das tun.

Er war wie ein Magnet, der mich anzog. Jeden Tag schaute ich auf die Blumen und immer wanderten meine Gedanken zu ihm. Ich konnte meine Aufregung nicht mal mit Kit besprechen, denn die hatte in der Mittagspause ständig Besuch von Ted. Es schien super mit den beiden zu laufen und ich war neugierig, was sie mir alles heute Abend zu erzählen hatte.

Braden machte sich weiter rar und kam den Rest der Woche auch nicht ins Büro. Ich war erleichtert. Na gut, erleichtert war gelogen. Dennoch ging ich jede Wette ein, dass er bereits von meiner Verabredung wusste. Wahrscheinlich hatte er die letzten Tage in den Armen einer reichen, betrogenen Frau verbracht. Das sollte mich freuen, tat es aber nicht.

Ich rief bei Penny an, doch leider erreichte ich sie nicht, was ich sehr merkwürdig fand. Sie ging grundsätzlich ans Telefon, selbst, wenn sie arbeitete. Ich hinterließ ihr eine Nachricht auf der Voicemail und hoffte, sie meldete sich bald zurück. Wir hatten

schon eine Woche nicht miteinander gesprochen und sie fehlte mir. Meine Eltern waren spontan zu einer Kreuzfahrt aufgebrochen und schipperten jetzt fröhlich durch die Karibik. Wenigstens amüsierten sich die zwei, denn ich hatte eine Postkarte mit Cocktailgläsern und einem lustigen Gruß bekommen. Einen Monat dauerte diese Luxusfahrt und ich gönnte es den beiden von Herzen. Sie hatten ihr Geld ständig für mich zur Seite gelegt, damit ich studieren konnte und während des Colleges nicht arbeiten musste. Es wurde also höchste Zeit, dass sie an sich dachten.
Unruhig tigerte ich in meiner Wohnung herum und überlegte, was ich die restlichen Stunden machen sollte, bevor Kit zu mir kam. Spencer saß wie immer auf dem Balkon und döste in der Sonne. Wenn Katzen braun werden könnten, wäre meine das reinste Brathähnchen! Er hatte sich gut an unser neues Zuhause gewöhnt und ich war mir sicher, dass es bestimmt eine Katzen-Lady in der Nachbarschaft gab. Für seine Verhältnisse war er unheimlich agil und oft stundenlang verschwunden.

Mein Handy klingelte und riss mich aus meiner Gedankenblase. Es zeigte eine fremde Nummer an. Eigentlich hatte ich gehofft, noch eine Nachricht von Jack zu bekommen, doch seine Telefonnummer war im Telefon eingespeichert.

„Hallo?“, fragte ich zerstreut und schlenderte währenddessen in die Küche, um mir Eis aus dem Gefrierfach zu holen.

„Ms. Kennedy? Ich bin es, Braden Foster!“ Vor Schreck fiel mir fast der Becher mit dem Eis aus der Hand.

„Ist etwas passiert? Habe ich das Büro nicht abgeschlossen?“ Ich geriet in Panik, was ich in der Kanzlei vergessen haben könnte.

„Olivia, beruhigen Sie sich, Sie haben nichts falsch gemacht“, hörte ich ihn besänftigend auf mich einreden.

„Sie haben mich ganz schön erschreckt! Aber wenn im Büro alles in Ordnung ist, warum rufen Sie mich an? Es ist Samstag und ich habe frei!“

Er lachte und das Geräusch war ungewohnt und sexy. Seine Stimme klang etwas heiser. Sie war perfekt für Bettgeflüster und andere Dinge. Er sollte öfter lachen. Nur nicht in meiner Gegenwart, ansonsten konnte ich für nichts garantieren.

„Ich wollte Sie fragen, ob Sie heute Abend mit mir ausgehen?“, fragte er jetzt wieder ernst.

Überrascht hielt ich mein Handy vor mich und starrte es an. Bat er mich tatsächlich um ein Date? Wo kam das plötzlich her? Wir hatten uns die ganze Woche nicht gesehen und da beschloss er spontan, mich einzuladen? Er musste doch wissen, dass ich mich mit Jack traf. Umso ungewöhnlicher fand ich seine Bitte. Der erste impulsive Gedanke war, zuzusagen, aber im gleichen Augenblick schalt ich mich eine Schlampe, denn ich war längst verabredet und er immer noch mein Boss. Wie sagte man höflich nein und wieso ergriff mich Wehmut bei der Vorstellung, ihm eine Absage erteilen zu müssen?

„Olivia, sind Sie noch dran?“

„Ähm, ja, ich bin da. Hören Sie, Mr. Foster, es schmeichelt mir unheimlich, doch wie ich Ihnen schon erklärte, halte ich das für keine gute Idee. Außerdem bin ich bereits anderweitig verplant“, erwiderte ich stockend und entfernte mit einer Hand den Deckel der Eisverpackung.

„Ich mag es, wie Sie meinen Namen aussprechen!“ Das brachte mich völlig aus dem Konzept. Vor Aufregung riss ich fast die Schublade aus der Halterung, griff mir einen Löffel und setzte mich an den Küchentisch. Meine Beine hatten die Konsistenz von Wackelpudding angenommen.

„Flirten Sie mit mir?“

„Ich wäre ein Narr, wenn ich es nicht tun würde. Wo gehen sie beide denn hin?“, erkundigte er sich mit knurrendem Unterton und dieses Geräusch ließ mich erschauern. Warum musste er bloß mein Chef sein? Es war seltsam, in Jacks Gegenwart geriet Braden vollkommen in Vergessenheit, umgekehrt war es aber genauso. Sprach ich mit meinem Vorgesetzten, existierte Jack nicht länger. Was war nur los mit mir?!

„Kit und ich wollen ins *Golden Pleasures*“, antwortete ich automatisch und schob mir schnell einen Löffel Eis in den Mund. Es ging ihn nichts an, mit wem ich ausging, doch ich wollte keinen Keil zwischen die beiden Männer treiben.

„Irgendwie habe ich mir sowas gedacht. Dann kann ich Ihnen nur noch einen tollen Abend wünschen. Es wird Ihnen dort gefallen.“ Ich konnte nicht definieren, ob es ihn störte, dass ich dorthin gehen würde oder nicht.

„Trotz allem hoffe ich, Sie haben einen angenehmen Abend. Sie werden sicherlich keine Schwierigkeiten haben, eine andere Begleitung zu finden“, erwiderte ich und schlug mir mit dem Eislöffel gegen die Stirn. Mein eifersüchtiger Unterton war deutlich zu hören.

„Keine ist ein annähernd ausreichender Ersatz für Sie. Aber ich akzeptiere Ihre Entscheidung, jedenfalls fürs Erste. Wir sehen uns im Büro. Auf Wiedersehen, Olivia."

„Bis Montag", gab ich leise zurück und hörte, wie er auflegte.

Braden war verdammt hartnäckig und die winzigen Anspielungen, die er von sich gab, brachten mein Herz zum Stolpern. Ich hoffte inständig, dass es sich am Montag nicht komisch zwischen uns anfühlen würde. Mit Bauchweh dachte ich daran und fürchtete, dass sich mein neues Zuhause allmählich zum Alptraum entwickelte, nur, weil der Chef und meine Libido zusammen rummachen wollten. Wunderbar, jetzt hatte ich erneut einen Boss, der mich gern vögeln würde. Nur mit dem großen Unterschied, dass ich diesmal freiwillig mitgemacht hätte, wären die Umstände anders.

Der Eisbecher wurde leerer und mein Kopf immer benebelter. Kopfschüttelnd legte ich irgendwann den Löffel beiseite und sah mir das traurige Ergebnis meiner Fressorgie an. Der Becher war leergegessen und ich wusste wieder ganz genau, warum mir niemals die Kurven ausgehen würden.

Kapitel 15

Mich von den zwei Männern abzulenken, war schwieriger als gedacht. Unter der Dusche und beim Rasieren sämtlicher Körperteile grübelte ich über sie nach. Ob sie schon mehrfach um eine Frau gebuhlt und wer wohl am Schluss gewonnen hatte? Keine Frau sollte sich zwischen den beiden entscheiden müssen, das war einfach nicht fair. Ich versuchte, mich nur noch auf Jack zu konzentrieren, und war aufgeregt, ihn endlich wiederzusehen. Dieser Kerl schien genauso viel um die Ohren zu haben wie Braden. Ständig war er unterwegs und ein einziges Date war mir schlichtweg zu wenig. Durch seine Textnachrichten und die Art, wie er mir schrieb, hoffte ich, dass mich am Ende keine böse Überraschung erwartete. Falls doch, würde ich ihm leider schrecklich wehtun müssen.

Nachdem ich mich geschminkt und frisiert hatte, lief ich in mein Schlafzimmer, um mir Unterwäsche und ein Kleid herauszusuchen. Ich jaulte schmerzverzerrt auf, als ich plötzlich auf etwas Stacheliges trat. Als ich nach unten sah, lag dort sowas wie ein Hühnerknochen auf dem Boden. Mit spitzen Fingern hob ich das widerliche Teil auf und rannte angeekelt in die Küche, um es in den Müll zu werfen. Auf dem Weg dorthin fand ich noch mehr Überreste und schrie erneut auf. Ich musste sofort an irgendwelche Rituale denken, die mit Hühnern zu tun hatten. Seit meinem unfreiwilligen Besuch bei Madame Josephine hatte ich ein wenig im Internet gegoogelt. Sie hatte mit den Bedeutungen recht behalten, doch ich weigerte mich, an so ein Zeug zu glauben.

Zurück aus der Küche wollte ich schnell ins Schlafzimmer, um mich fertig zu machen. Ein schmatzendes Geräusch ließ mich innehalten und einen vorsichtigen Blick ins Wohnzimmer werfen. Dort saß mein durchgeknallter Kater mit einem halben, gebratenen Hähnchen in der Mitte meiner Couch. Er knabberte selig vor sich hin und war wahrscheinlich im Katzenhimmel.

„Du böser, böser Kater“, rief ich und er hielt ertappt mit seinem Festmahl inne. „Woher hast du das Hühnchen und warum zum Teufel liegt der Scheiß in der gesamten Wohnung verteilt?“ Wütend sah ich ihn an und bekam natürlich keine Antwort. Ich schnappte mir das angefressene Teil und er fauchte mich an. „Krieg dich wieder ein, Spencer. Lass mich das Ding auf den Balkon schmeißen, da darfst du es weiter fressen, aber nicht hier!“ Hastig griff ich mir ein Handtuch, wickelte es um mich und legte das eklige Vieh auf einen Teller. Ich ging in die Küche, entfernte die Knochen, damit er sich nicht verletzte, denn bei dem Vielfraß regierte eindeutig der Hunger vor der Vernunft. Spencer rannte mir maunzend hinterher und stürzte sich erneut auf das Festmahl, sobald ich es auf den Boden stellte.

„Du bist wirklich unmöglich, ehrlich. Als würde es bei mir nichts zu futtern geben!“ Ich lief ins Bad und wusch mir gleich zweimal die Hände. Der Kater war eindeutig bekloppt und eigentlich hätte ich ihm das Hühnchen wegnehmen und entsorgen sollen.

Dann ging ich ins Schlafzimmer, zog mir Spitzenunterwäsche an und durchforstete meinen

Kleiderschrank nach dem perfekten Outfit. Ich hatte ein enges, schwarzes Etuikleid, das einen langen Beinausschnitt besaß. Dieses zog ich zusammen mit meinen Lackschuhen an und war soweit fertig.

Pünktlich um neun stand Kit vor der Tür. Sie trug wie ich ein schwarzes Kleid. Ihres war kürzer und hatte einen wunderschönen tiefen Ausschnitt am Rücken.

„Du hast wohl einiges vor“, begrüßte ich sie anerkennend und nahm sie in den Arm. Sie errötete ein wenig und umarmte mich ebenfalls.

„Und du siehst aus, als würdest du ein Shooting für einen Kalender machen wollen. Der Look ist einfach toll“, erwiderte sie und ließ mich los.

„Dann sehen wir beide heute heiß aus. Ich frage mich, was Ted von deinem Outfit hält?“

Die Röte wanderte ihr bis zum Hals und sie zupfte am Saum ihres Kleides herum. „Er findet es ausgesprochen gut. Ich hätte beinahe absagen müssen“, erklärte sie lächelnd und ich sah sie gespielt entrüstet an.

„Du kleines Luder. Wieso hast du ihn nicht mitgenommen? Mich stört es nicht, wenn er uns begleitet!“

„Aber mich. Wir wollen einen Mädelsabend machen und er versteht das. Wir haben abgemacht, dass ich mich melde, sollten sich deine Pläne ändern. Wenn du Jack in die Hände fällst und er dich in diesem Kleid sieht, bin ich sowas von Geschichte“, meinte sie und schnalzte mit der Zunge. Jetzt war ich diejenige, die sich ertappt fühlte. Ich schaute auf meine lackierten Fußnägel und wippte vor und zurück. Das war so eine Macke von mir, denn ich konnte schlecht mit Komplimenten umgehen.

„Sollen wir hier was trinken oder sofort losgehen?“, fragte ich sie und ging voran ins Wohnzimmer, wo meine Tasche und meine Schlüssel lagen.

„Wenn du den armen Mann weiter auf die Folter spannen willst, dann können wir gern noch hierbleiben. Das ist eine tolle Wohnung. War bestimmt schwer, an sie heranzukommen.“ Ich wunderte mich über ihre Aussage und gab ihr zu verstehen, sich alles anschauen zu dürfen. Sie schlenderte durch die Räume und schaute sich neugierig um. Ich war stolz, was ich mit wenig Geld gezaubert hatte.

„Nein, eigentlich nicht. Sie gehört mit zum Job und Braden hat sie für mich ausgesucht“, erwiderte ich und zuckte zusammen, als sie hinter meinem Rücken überrascht aufschrie. „Was ist los? Hast du noch einen Knochen gefunden?“ Kit kam im Eiltempo auf mich zu und starrte mich fassungslos an.

„Du willst mir sagen, dass Braden dir diese Wohnung bezahlt und es Teil deines Jobs ist?“ Ich nickte unbeholfen und überlegte, warum sie das so zu schocken schien.

„Du bist sowas von am Arsch, Liv. Der Mann will dich und das, was er da abzieht, ist ziemlich clever von ihm!“

„Wie meinst du das? Er hat gesagt, dass das Standard wäre und ich habe es ihm geglaubt. Der ganze Umzug ist von ihm organisiert worden. Du deutest doch wohl nicht an, dass er mich kaufen will?“ Meine Hände schwitzten bei dem Gedanken, mir eine neue Bleibe suchen zu müssen. Kit strich mir über den Arm und versuchte, mich zu beruhigen.

„Hey, ich möchte nur anmerken, dass er niemals nette Dinge tut, ohne vorher zu überlegen. Seine letzte Assistentin wurde schwanger und natürlich hat er ihr einen Korb mit Babysachen zukommen lassen. Das war es aber auch. Eine Wohnung zu mieten, noch dazu in dieser Lage, ist echt heftig. Dich unbedingt hierher zu locken, ist darüber hinaus ein ganz anderes Kaliber. Ich halte Braden für einen zielstrebigen Mann und ich denke nicht, dass er dich kampflos an Jack verlieren wird.“ Bei ihrer Aussage bekam ich weiche Knie, darum setzte ich mich auf die Couch und sah sie fassungslos an.

„Du siehst Gespenster, wirklich. Klar, kam mir das mit dem Appartement und die Sache an sich komisch vor, doch es ist nicht unüblich. Er kann diesen Aufwand unmöglich aufgrund meines Aussehens betrieben haben. Sollte das tatsächlich der Fall sein, hat er eine Fehlinvestition getätigt. Braden weiß, dass ich keine Affäre innerhalb meines Jobs anfange. Glaube mir, ich habe mir das Hirn zermartert, warum er ausgerechnet mich haben wollte. Ich klammere mich an die Hoffnung, dass er mich eingestellt hat, weil ich so gut bin“, witzelte ich herum, um die Spannung loszuwerden, die sich in mir aufstaute. „Er ist ein toller Chef, ein gutaussehender Mann und ich mag ihn“, gab ich schließlich zu.

„Du magst ihn wie einen Kumpel? Oder ist es eher: Du magst ihn und möchtest seinen Körper anknabbern?“ Sie schaute mich erwartungsvoll an und ich stieß einen tiefen Seufzer aus.

„Ich will ihn nackt, pur und das am besten in meinem Bett, doch er ist mein Boss und damit tabu!" Zur eigenen Bekräftigung meiner Worte nickte ich wie verrückt und sie setzte sich mir gegenüber.

„Das wird ihn nicht davon abhalten", antwortete sie trocken und ich lachte auf.

„Da habe ich aber ein Wörtchen mitzureden! Und jetzt lass uns nicht mehr von mir sprechen, sondern von deinem neuen Freund." Ich versuchte, das Thema zu wechseln, um nicht auszurasten. Deswegen erzählte ich ihr nichts von Bradens Anruf. Sie würde auf jeden Fall ausflippen. Ich konnte nicht einschätzen, ob sie es gut fand, dass er mich begehrte, darum behielt ich meine tieferen Gefühle für mich.

„Was soll ich sagen? Ich bin verschossen in diesen Kerl. Er ist witzig, süß und im Bett eine Rakete", plauderte sie drauflos. Ich öffnete währenddessen den Sekt und goss uns ein.

„Eine Rakete, so so! Er macht dich scheinbar sehr glücklich, denn ich habe unsere gemeinsamen Mittagessen echt vermisst. Ich wollte dich viel früher ausquetschen, doch entweder hattest du schon Feierabend oder hast telefoniert. Deswegen bin ich jetzt umso neugieriger", gestand ich ihr und prostete ihr zu.

„Er ist zwei Jahre jünger, aber das stört ihn nicht. Er mag die gleiche Musik, kann gut kochen und arbeitet seit drei Jahren als Kurier. Nebenbei studiert er BWL. Er ist einfach toll", schwärmte sie weiter und ich freute mich wahnsinnig für sie.

„Wie kann es sein, dass ihr euch noch nie begegnet seid?"

„Das war sein erster Tag auf der neuen Route. Es war total süß, denn er hat mir gestanden, wie erleichtert er war, dass die Blumen für dich waren“, erzählte sie mit Herzchen in den Augen.

„Das war mir sofort klar. Hast du nicht gehört, wie der riesige Stein von seiner Brust geflogen ist? Habt ihr euch jeden Tag gesehen?“, hakte ich neugierig nach und machte es mir auf der Couch so bequem, wie das mit dem engen Kleid möglich war. Kit hatte ihre Schuhe ausgezogen und die Beine untereinander geschlagen.

„Er kam jeden Tag zum Mittag vorbei und dann haben wir die ganze Zeit nur rumgeknutscht. Ich habe bestimmt zwei Kilos durchs Knutschen verloren“, meinte sie augenzwinkernd und trank einen Schluck Sekt. „Frag mich nicht, wie er die Routen geplant hat, aber er war immer pünktlich und abends hat er mich abgeholt. Doch ab nächste Woche gehört die Mittagszeit wieder dir“, versprach sie mir entschuldigend, dabei konnte ich sie nur zu gut verstehen.

„Hey, wegen mir musst du ihm nicht absagen. Es ist zwar schon eine Weile bei mir her, aber ich weiß noch, wie es ist, verliebt zu sein. Du brauchst kein schlechtes Gewissen haben.“ Tatsächlich war ich ein wenig traurig, dass Jack sich nicht so ins Zeug legte. Er war Geschäftsmann und hatte einen Club zu leiten, dennoch nagte es an mir.

„Wieso schaust du so nachdenklich?“, fragte Kit und ich fühlte mich ertappt.

„Ich habe gerade überlegt, wie glücklich du bist und das ich mir wünsche, auch jemanden zu finden, der alles für mich stehen und liegen lässt.“

„Sagt die Frau, der zwei der erfolgreichsten und schärfsten Männer im ganzen Süden zu Füßen liegen“, entgegnete sie ironisch und ich verdrehte die Augen. Ich zeigte mit dem leeren Sektglas in ihre Richtung.

„Nur einer davon darf eine Rolle spielen. Alles andere wäre beruflicher Selbstmord. Oder möchtest du, dass ich mir nach ein paar Wochen hemmungslosem Sex mit Braden einen neuen Job suchen muss?“

„Oh man, du bist wirklich eine Schwarzseherin, Liv. Könnte es nicht sein, dass er dich länger behalten möchte, vielleicht sogar für immer?“, fragte sie hoffnungsvoll.

„Ich reiße dir die rosarote Brille nur ungern vom Kopf, aber der Mann ist spezialisiert auf Scheidungen. Glaubst du da ernsthaft, er ist bereit für eine Liebe, die ewig hält?“, schnaubte ich amüsiert auf und war gespannt auf ihre Antwort. Sie ließ sich ein bisschen Zeit damit und ich verteilte den Rest des Sekts auf die Gläser.

„Ich denke, dass du am Ende glücklich wirst, egal, mit wem. Du bekommst den hemmungslosen Sex und die Liebe deines Lebens!“

„Auf die Liebe und auf die Hoffnung, die bekanntlich ja zuletzt stirbt“, brachte ich kichernd hervor und wir exten den Sekt.

Nachdem wir beide nochmal im Bad einen Zwischenstopp eingelegt hatten, um unseren Lippenstift nachzuziehen, waren wir bereit, uns ins Nachtleben zu stürzen.

„Bist du auch so aufgeregt wie ich? Hoffentlich kommen wir überhaupt hinein“, überlegte Kit, während wir uns auf den Weg machten.

„Schon vergessen, er hat mich dorthin eingeladen. Natürlich werden wir reinkommen“, meinte ich optimistisch und hoffte, wir würden keine Diskussionen mit dem Türsteher führen müssen. Meine Freundin hakte sich bei mir unter und schubste mich fröhlich mit der Hüfte an.

„Dann wollen wir ihn nicht warten lassen, oder?“

„Du hast Recht, je eher wir da sind, desto schneller kann der Spaß beginnen. Ich bin wirklich gespannt, was uns dort erwartet.“

„Meinst du echt, das ist so ein Peitschenladen?“, fragte sie schüchtern und ich grinste über beide Ohren.

„Ich habe keine Ahnung, aber wundern würde es mich nicht. Wir passen gegenseitig auf uns auf, was kann da schon schiefgehen?“

Kapitel 16

In der Bourbon Street herrschte Samstagabend reger Betrieb. Überall waren die Menschen gut gelaunt, saßen vor den Cafés oder gingen wie Kit und ich in einen Nachtclub. Es war genug Stimmung auf der Straße, sodass man locker draußen hätte feiern können. Je näher wir dem Club kamen, desto zappeliger wurde meine Freundin. Mittlerweile hatte ich den leichten Eindruck, dass sie nicht viele Erfahrungen gemacht hatte, was Sex anging. Ich für meinen Teil hatte ein paar Dinge ausprobiert, doch niemals etwas in die Richtung, die wir beide befürchteten.

„Hör auf, so panisch zu gucken, du machst mich total nervös", raunte ich ihr zu und verkniff mir ein Lachen. Kit schaute mit großen Augen auf die protzigen Autos und die ellenlange Schlange, die sich vor dem *Golden Pleasures* bildete.

„Ich kann nichts dafür, ich mach mir gleich ins Höschen", gestand sie mir und wir blieben am Ende der wartenden Besucher stehen.

„Es wird toll, ganz bestimmt", versuchte ich, sie zu beruhigen, und bekam selbst ein flaues Gefühl in der Magengegend. Die Gäste vor uns schrien geradezu nach Protz und Glamour. Ich war nicht schwer einzuschüchtern, doch hier kam ich mir underdressed vor.

„Was wird der arme Ted nur denken? Ich glaube, ich schreibe ihm kurz, dass wir uns später im gegenüberliegenden Café treffen." Bevor ich sie davon abbringen konnte, hatte sie ihr Handy in der

Hand und tippte wild drauf los. Sie wartete einen Moment auf eine Antwort und die Schlange bewegte sich langsam vorwärts.

„Was hat er geantwortet?“, erkundigte ich mich und schaute mir gespannt die ankommenden Autos an.

„Er sagt, er wäre erleichtert, denn er hätte nichts Passendes zum Anziehen“, entgegnete sie und wirkte noch verängstigter als vor ein paar Minuten.

„Sollen wir lieber nicht hinein gehen? Du siehst aus, als würdest du gleich einen Abflug machen. Wir können auch in einen anderen Club oder in eine Bar!?“

Sie schüttelte energisch mit dem Kopf und reckte ihr Kinn vor. „Papperlapapp, wir werden da reingehen. Ted und ich haben ausgemacht, dass ich ihn anrufe, wenn ich hier verschwinde. Wann bekomme ich schon die Chance auf einen Abend im *Golden Pleasures*? Außerdem wartet jemand sehnsüchtig auf dich“, antwortete sie und hakte sich erneut bei mir ein.

Ein weiteres Auto fuhr vor und bevor ich ihr antworten konnte, verschlug es mir die Sprache. *Dieser Mistkerl*, dachte ich aufgebracht und war trotzdem nicht fähig, die Augen von ihm zu lassen. Braden stieg aus dem Wagen und sah zum Niederknien aus in seinem dunkelblauen Anzug mit schwarzem Hemd. Seine Haare hatte er nach hinten gegelt und das verlieh ihm einen gefährlichen, fast raubtierhaften Touch. Ein Stoß in meine Rippen ließ mich zusammenfahren.

„Ach du Kacke, das ist doch Braden. Weiß er, dass du heute hier bist?“ Sie klang aufgeregt und ich tat völlig unbeeindruckt.

„Es kann sein, dass er vorhin angerufen und mich um ein Date gebeten hat“, gab ich missmutig zu.

Kit schaute mich an, als hätte ich nicht mehr alle Latten am Zaun. „Und das erzählst du mir erst jetzt?! Wieso hast du mir das verheimlicht?!“, erwiderte sie geknickt und ich bekam ein fürchterlich schlechtes Gewissen.

„Es tut mir leid, okay? Ich wusste nicht, wie du zu der Sache stehst“, entschuldigte ich mich und behielt meine Nemesis im Auge.

„Was denkst du denn von mir? Ich kann Geheimnisse für mich behalten und dass er auf dich steht, ist nicht wirklich eins“, gab sie zu bedenken und ich knickte ein.

„Mein Geheimnis ist, dass ich beide mag. Das ist total schräg und ich habe das Gefühl, mir platzt der Schädel, sobald ich darüber nachdenke!“ Ich sah mich hektisch um, ob jemand unsere merkwürdige Unterhaltung verfolgte, aber niemand achtete auf uns.

Sie zog mich näher zu sich und flüsterte mir ins Ohr. „Auch wenn ich nicht viel Erfahrung in solchen Dingen habe, weiß ich, dass es kompliziert sein muss. Eigentlich hast du deine Entscheidung doch längst getroffen. Der heiße Typ, der gerade mit einer rassigen Latina in den Club geht, ist es nicht!“ Mein Blick huschte zum Eingang, wo Braden tatsächlich einen Arm um die kurvige Taille einer dunkelhaarigen Schönheit gelegt hatte. „Zieh jetzt keine Schnute, Liv! Du hast ihm eine Abfuhr erteilt und er gibt dir zu verstehen, dass du einen Fehler machst.“

Schockiert sah ich sie an und hoffte, dass sie sich irrte. „Ich bin nicht so naiv zu glauben, dass das hier ein Zufall ist. Aber mich eifersüchtig machen zu wollen, wäre doch zu weit hergeholt“, erwiderte ich fahrig. Sie zuckte lediglich mit den Schultern und blieb ansonsten stumm.

Nach weiteren zehn Minuten erreichten wir endlich den Eingang. Mittlerweile befand sich mein Inneres so in Aufruhr, dass ich unbedingt hinein und mir den ersten Cocktail genehmigen wollte.

Uns stand derselbe Türsteher wie beim letzten Mal gegenüber, er hatte die Arme vor seiner gewaltigen Brust verschränkt. „Haben Sie eine Einladung oder stehen Sie auf der Liste?“, fragte er und blickte grimmig zu uns herunter. Er war mindestens zwanzig Zentimeter größer als wir und das war in meinen Augen riesig. Ich kam mit meinen High Heels auf einen Meter achtzig und Kit ebenso.

„Nein, nicht direkt“, fing ich an und er unterbrach mich barsch, bevor ich weiter reden konnte.

„Dann müssen Sie leider gehen. Hier kommt man nur mit Einladung rein!“

„Wenn Sie mich ausreden lassen würden, könnte ich Ihnen erklären, dass Jack Silver mich eingeladen hat“, gab ich so ruhig wie möglich zurück.

Sein Blick wanderte abschätzend an uns herab und mein Puls stieg. „Ohne eins von beiden darf ich Sie nicht reinlassen. Entweder Sie sagen mir Ihren Namen und ich schaue, ob Sie draufstehen, oder Sie machen den Eingang frei. Wie Sie sehen, warten noch geladene Gäste!“ Mir war das alles höchst unangenehm und ich nannte ihm zähneknirschend meinen Namen. Ich hatte generell eine winzige Zündschnur, doch mit dem Wissen, dass ich gleich wie ein räudiger Hund davon schleichen musste, betete ich stumm um Erlösung. Der Türsteher nahm sich ein Klippbord von einem Stehtisch und schaute seelenruhig hinein.

„Hören Sie. Jack hat mich persönlich eingeladen und natürlich weiß ich, dass ich bestimmt nicht die Erste bin, die das behauptet. Ich habe aber nicht vor zu verschwinden. Er wird es nicht gut finden, wenn Sie mich nicht reinlassen", plapperte ich drauf los. Der Mann hob seinen Blick und sah aus, als wüsste er nicht, ob er mich auslachen oder mir einen Tritt in den Hintern verpassen sollte. Sein Mundwinkel zuckte und ich hoffte, dass ich ihn so gut wie in der Tasche hatte.

„Olivia Kennedy, richtig?", hakte er nun freundlicher nach und ich entspannte mich ein wenig. Er zog sein Handy heraus und wählte eine Nummer. Sein Gegenüber nahm ab und er erklärte kurz, dass ich vor der Tür stand. Meine Freundin zupfte in der Zwischenzeit an meinem Rock herum und trieb mich damit in den Wahnsinn.

„Kit, ich schwöre dir, wenn du mir ein Loch ins Kleid bohrst, raste ich aus."

„Der Typ macht mir Angst, er sieht aus wie der grüne Kerl, du weißt schon ...", erwiderte sie nervös kichernd und ich tat es ihr gleich.

„Du hast Recht, er hat eine gewisse Ähnlichkeit mit Hulk, nur ist dieser hübscher und angsteinflößender."

„Das habe ich gehört, meine Damen", antwortete der Türsteher und ich schenkte ihm mein charmantestes Lächeln. „Sie dürfen hinein. Ich wünsche Ihnen viel Spaß im Golden Pleasures“, erklärte er nun mit einem Schmunzeln, das sogar seine Augen erreichte.

Ich nahm Kit an die Hand und ging schnell an ihm vorbei. „Dankeschön“, sagte ich höflich und hatte das Gefühl, ein Drink würde heute Nacht nicht reichen.

Kapitel 17

Im Innern erwartete uns eine komplett andere Welt. Es war, als wäre man in einem Film über den großen Gatsby gelandet. Schwarzer Samt bedeckte die Sitzgelegenheiten. Goldene Kronleuchter und Dekorelemente ließen die Räume im üppigen Glanz erstrahlen. Das Licht war gedimmt und dadurch wirkte es verruchter, düsterer. Im Gegensatz zu anderen Clubs gab es hier nur eine kleine Tanzfläche, die nicht für ein riesiges Publikum gedacht schien. Davor war eine Bühne aufgebaut und der DJ hatte seinen Platz auf einer erhöhten Plattform. Kein Vergleich zu den Nachtclubs, in denen ich bislang gewesen bin.

An der Bar arbeiteten Männer und Frauen, die ziemlich sexy angezogen waren. Die Typen servierten oberkörperfrei und sahen wirklich schnuckelig aus. Die Kellnerinnen trugen knappe Röckchen und enge, schwarze Corsagen. Wir bewegten uns weiter hinein und setzten uns an die Bar. Ich musste über Kit lachen, die mit geöffnetem Mund alles in sich aufsaugte. Mir ging es ähnlich, doch ich versuchte, es hinter einer gelassenen Miene zu kaschieren. Der dumpfe Beat und die Atmosphäre in diesem Laden sorgten dafür, dass man sich entspannte. Es war schwer zu beschreiben, was es in mir auslöste. Ich fühlte mich angekommen, obwohl ich kaum etwas gesehen hatte. Neugierig schaute ich weiter hinauf, wo ich separate Räume sehen konnte. Große Glasscheiben trennten sie vom Rest des Clubs.

„Wetten, dass dort oben die richtig versauten Dinge abgehen?“, fragte mich Kit und blickte wie ich gebannt dorthin. Die Musik war nicht laut und eher im Hintergrund zu hören, sodass wir uns nicht anzuschreien brauchten.

„Ich komme mir vor wie eine Spannerin und trotzdem würde ich zu gerne wissen, was hinter den Scheiben abgeht“, erwiderte ich schmunzelnd und schnappte mir die Getränkekarte. „Wow, das sind aber stolze Preise!“ Ich gab ihr die Karte und auch sie schien verblüfft zu sein, nachdem sie einen Blick hinein geworfen hatte. Falls ich mich hier betrinken wollte, sollte ich nach Jack suchen, ansonsten mussten wir beide schnell auf Leitungswasser umsteigen.

„Wenn sie Glas schreiben, sprechen sie in Wirklichkeit von der ganzen Flasche, oder? Wer kann sich das denn leisten?“

„Alle außer uns“, antwortete ich trocken und zeigte mit dem Finger auf die Gäste, die in Grüppchen zusammen standen. „Ich lade dich ein. Wir holen uns jetzt einen fruchtigen Cocktail und dann schauen wir uns weiter um“, schlug ich munter vor und winkte einem der Kellner zu.

Nachdem wir unseren Drink serviert bekamen, drehten wir uns Richtung Eingang und schauten uns die Leute an. Die meisten kamen als Paar und jeder von ihnen wirkte, als würde er oft herkommen. Einige umarmten sich herzlich und ich staunte nicht schlecht, wie zwei der Frauen sich zur Begrüßung innig küssten. Den Männern schien es zu gefallen, da sie mit begehrlichen Blicken zusahen.

Je später es wurde, desto sinnlicher wurde es. Zu meiner Erleichterung waren wir noch nicht so mutig gewesen, nach oben zu pilgern. Auch dort wartete ein Türsteher, der vor der Treppe stand. Ich ahnte, dass wir ohne ein VIP-Kärtchen nicht hoch gehen durften. Kit hatte ihre Schüchternheit mit dem zweiten Cocktail abgelegt, sie saß jetzt gespannt da und guckte sich alles an. Am liebsten hätte ich mir eine Tüte Popcorn geschnappt und mich mit ihr auf eine Couch gelümmelt. Obwohl es hier züchtig zuging, war es wahnsinnig interessant. Die meisten Frauen hatten kurze Kleider an, die kaum ihren Hintern bedeckten.

Mittlerweile ließ die Aufregung nach und ich fühlte mich verarscht. Weit und breit gab es keine Spur von Braden oder Jack zu sehen. Selbst der Club entsprach trotz später Stunde nicht meiner ausufernden Fantasie. Ich hatte wohl etwas missverstanden, als Jack über die exklusiven Gelüste sprach.

Plötzlich wurden die Lichter gedimmt und ein Spotlight fiel auf die Bühne. Gespannt starrte ich dorthin. Auch alle anderen Gäste stoppten ihre Gespräche und nahmen ihre Plätze ein. Ein schwarzer Vorhang ging nach oben und eine große Blondine setzte sich auf einen Barhocker. Dazu startete leise, erotische Musik. Die Frau fing an, sich zu bewegen, und ich war entzückt.

„Eine Burlesque-Show“, flüsterte mir Kit ins Ohr und ich nickte sprachlos. Die Musik von *From dusk till Dawn* begann und die Tänzerin bewegte sich genauso anmutig wie Salma Hayek im Film. Erst zog sie sich die Handschuhe aus, dann öffnete sie lasziv ihren Wickelrock. Sie rekelte sich provokativ auf dem Hocker und es machte mich an. Nicht, dass ich auf Frauen stand, doch die erotische Stimmung ging mir durch den ganzen Körper. Ihr Tanz verzauberte mich. Ich wiegte mich mit der Musik auf meinem Stuhl und war vollkommen fasziniert. Sie zog sich mit so viel Sinnlichkeit aus, dass ich ernsthaft überlegte, eine Stange in meiner Wohnung aufzustellen. Ich wollte mich, wie sie bewegen können. Zwischendurch reichte man ihr ein paar Fächer, die sie während ihrer Darbietung kunstvoll einsetzte.

Als sie fast am Ende des Auftritts angekommen war, legte man ihr eine Schlange um den Hals, die sich augenblicklich um sie wickelte. Mittlerweile war sie bis auf ihr Spitzenhöschen und die Schuhe nackt. Das alles war wirklich dem Film nachempfunden und es hätte nur noch George Clooney neben mir gefehlt, dann wäre das Szenario perfekt gewesen. Penny hätte sich vor Glück kaum noch eingekriegt, denn sie liebte diesen Film.

Ich spürte, wie ich plötzlich eine Gänsehaut bekam. Die immer lauter werdende Musik vibrierte in meinen Adern und meine Haut fühlte sich zu eng an. Als würde mich irgendetwas drängen, sah ich hinauf zu den Glasfenstern und entdeckte Jack und Braden, die mich beobachteten. Sie sahen nicht zur Tänzerin, sondern zu mir.

Ich erschauerte und blickte schnell wieder nach vorne. Hatten sie über mich gesprochen? Wie lange standen sie schon dort? Ich registrierte kaum, wie die Show zu Ende ging und wurde erst durch den Applaus wachgerüttelt. Das Licht blieb gedimmt und die erotische Anspannung hielt an. Als wäre ein lautloser Startschuss gefallen, ließen die Besucher ihre Hüllen fallen. Damit meinte ich jedoch nicht ihre Kleidung, nein, ich bezog mich auf ihre wahren

Begierden, die sie bislang verborgen hatten. Die Tanzfläche füllte sich, sobald die Bühne frei gegeben wurde. Pärchen drängten sich aneinander und küssten sich leidenschaftlich. Weitere knutschten stehend herum und es gab sogar Gäste, die sie beobachteten, offen und ohne Scham. Es schien den anderen nichts auszumachen und ich bekam langsam einen Eindruck davon, wie es hier zu später Stunde abgehen konnte.

„Kommt es dir auch so vor, als würden sich gleich alle die Kleider vom Leib reißen? Und waren das tatsächlich Nippelklemmen, die die Tänzerin trug?", wandte sich meine Freundin leicht panisch an mich. Ich versuchte, mich auf Kit zu konzentrieren und den Raum nicht nach zwei gutaussehenden Typen abzusuchen. Schließlich wussten sie ja, wo ich saß. Auf gar keinen Fall wollte ich den Eindruck vermitteln, dass ich auf der Suche war.

„Ich war zu abgelenkt von der Schlange, da habe ich auf die Brüste nicht geachtet. Ob das weh tut?", fragte ich sie, aber ein anderer antwortete mir.

„Es kommt darauf an, ob man Schmerzen mag. Es gibt verschiedene Stufen und es kann sehr stimulierend sein!" Ich drehte mich hastig um und sah Jack vor mir stehen. Am liebsten hätte ich ihn auf der Stelle abgeknutscht, doch ich beherrschte mich, obwohl es mir schwerfiel. Sein Blick spiegelte all meine Sehnsüchte wider. Er legte zärtlich die Hand an meinen Hals und gab mir einen Kuss auf die Wange. „Hallo Liv. Ich freue mich, dass du gekommen bist." Seine Hitze ging sofort auf mich über und ich lehnte mich automatisch zu ihm hin.

„Um nichts auf der Welt wollte ich das verpassen. Danke nochmal für die Einladung und die Blumen."

„Ich kaufe dir jeden Tag einen Strauß, wenn es dich zum Lächeln bringt. Es tut mir leid, dass wir uns erst jetzt wiedersehen, aber ich war geschäftlich viel unterwegs." Seine Entschuldigung klang aufrichtig und ich vergaß die Angst, ersetzt worden zu sein.

„Schon vergessen. Doch ich warne dich, Blumen machen nicht alles wett. Ich bin übrigens mit Kit hier. Ihr kennt euch ja", sagte ich zu ihm und registrierte, wie er ihr die Hand zur Begrüßung hinhielt. Blinzelnd ergriff meine Freundin sie und ich biss mir auf die Innenseite meiner Wange, um nicht zu lachen. Sie sah ihn an, wie sie sonst nur die leckeren Törtchen im Café ansah.

„Hallo Mr. Silver", begrüßte sie ihn mit piepsender Stimme und ich gab ihr einen kleinen Stoß mit dem Ellenbogen.

„Guten Abend, Kit, nennen Sie mich bitte Jack!" Ihr Zwinkern wurde noch schneller und ich reichte ihr meinen Cocktail.

„Trink den und versuch zu atmen. Er ist nur ein Kerl, der gut aussieht", neckte ich sie und hörte Jack lachen.

„Danke für das Kompliment, aber ich hoffe, das ist nicht das Einzige an mir, was dir gefällt."

Ich drehte mich wieder zu ihm und zog an seinem Hemd, so dass er mit einem Schritt ganz nah bei mir stand. „Zu allererst mochte ich deinen Club. Dass du dazu wahnsinnig attraktiv und charmant bist, hat deine Chancen erhöht", flirtete ich und kassierte ein breites Lächeln. Er kam noch näher und legte seine Hand auf meine Taille. Dann rieb er langsam seine Wange an meiner. Das leichte Kratzen schoss mir sofort zwischen die Beine und ich stöhnte gequält auf.

„Seit du diesen Raum betreten hast, habe ich nur Augen für dich. Die Art, wie du auf die Show reagierst, hat mich angemacht. Zu sehen, wie du dich der Musik hingibst, war dort oben nur schwer zu ertragen“, gab er rau zurück und strich mit der Zunge mein Ohrläppchen entlang.

„Warum bist du nicht zu mir herunter gekommen?“, fragte ich erregt und konnte erkennen, wie seine Augen vor Lust schimmerten.
„Weil ich dich dann ohne zu zögern über den Tresen gebeugt und von hinten genommen hätte!“ Seine Antwort war ziemlich direkt und brannte sich unverzüglich durch meinen Körper. Es war, als würde er Öl ins Feuer gießen, denn in diesem Moment wollte ich nichts anderes, als dass er mich vögelte. Ich versuchte, mich auf meinen Herzschlag zu konzentrieren, der eindeutig zu schnell ging. „Möchtest du mit mir tanzen?“, raunte er mir ins Ohr und ich kämpfte mit meiner Lust.

„Das halte ich momentan für eine ganz schlechte Idee“, antwortete ich ehrlich. Jacks Haltung wurde gerader und ich spürte die Spannung, die sich zwischen uns aufbaute. Am liebsten hätte ich ihn angefleht, mich endlich zu erlösen.

„Warum nicht, Liv? Hast du Angst?“, forderte er mich heraus. Ich griff nach seinem Hemd und strich mit dem Zeigefinger über das schmale Stück Haut, das am Kragen frei lag. Seine Reaktion ließ mich schmunzeln, da er scharf einatmete und sein Gesicht Bände sprach.

„Angst ist untertrieben“, hauchte ich an seinen Lippen und hielt dem Blick stand. „Ich habe Panik, dass ich dich anflehe, mich auf der Tanzfläche zu vögeln!“ In meinem gesamten bisherigen Dasein hatte ich nie so offen über meine Bedürfnisse gesprochen.

Sein Mund verzog sich zu einem teuflischen Grinsen. „Dein Wunsch wäre mir Befehl“, entgegnete er und ich glaubte ihm sofort. „Möchtest du die oberen Räume sehen?“, schlug er vor und ich wandte mich an Kit, die ich auf keinen Fall alleine lassen wollte.

„Hey, Jack will uns den Rest des Clubs zeigen. Hast du Lust?“

Kit trank ihren Drink auf ex aus und rutschte vom Hocker. „Klar, ich bin dermaßen neugierig, was hier noch abgeht. Ich glaube, ein Kerl auf der Tanzfläche hat gerade seiner Freundin die Hand ins Höschen gesteckt“, quietschte sie aufgeregt und ihre Wangen waren feuerrot.

„Jack, bring uns schleunigst an einen anderen Ort, ansonsten wird Kit der Schlag treffen“, sagte ich zu dem heißen Mann neben mir.

Er schaute belustigt zu meiner Freundin und nickte anschließend. „Sie scheint das etwas zu überfordern!“

„Ähm ja, sie wird wohl kein zweites Mal hierher kommen“, überlegte ich laut und tippte Kit auf die Schulter, damit sie sich von dem Anblick auf der Tanzfläche losriss.

„Kommst *du* denn wieder?“, wollte Jack wissen und ich gab ihm einen zärtlichen Kuss auf die Wange.

„Was denkst du?“

„Ich denke, dass ich ein glücklicher Bastard wäre, wenn du mich so oft wie möglich besuchst. Jetzt muss ich nur noch dafür sorgen, dass es sich für dich lohnt!"

„Versprich nie Dinge, die du nicht halten kannst", konterte ich und meinte es ernst. Jack war ein beeindruckender Mann, ich mochte ihn wirklich und wollte keine Versprechungen hören, die nur dahin gesagt wurden. Er hielt mich am Arm fest, bevor ich mich umdrehen konnte.

„Liv, ich sage nie etwas einfach so. Du gehst mir seit Wochen nicht aus dem Kopf und ich tue alles, damit du mir gehörst", antwortete er eindringlich und gab mir einen Kuss, der mich umhaute. Er drückte seine Lippen hart auf meine und ließ es fast wie eine Drohung klingen. Danach knabberte er nicht gerade zaghaft an meiner Unterlippe. Erschrocken zuckte ich zusammen und er gab mich frei.

„Wir werden sehen", keuchte ich und er trat zurück. Ich hörte ihn *sture Frau* murmeln und kaschierte ein Lachen, indem ich mir auf die Innenseite meiner Wange biss. Schließlich nahm er meine Hand und verschränkte unsere Finger ineinander. Diese Geste war überraschend und gleichzeitig machte sie mich unheimlich glücklich.

„Jeder hier soll wissen, dass du mir gehörst. Wenn wir heute Nacht alleine sind, gelingt es mir, dich auch davon zu überzeugen!" Angetörnt bis in die Haarspitzen sagte ich nichts weiter dazu. Mir fehlten die Worte. Dieser Mann schaffte es, dass ich ihm glauben wollte. Noch schlimmer war die Tatsache, dass ich mich danach sehnte, ihm zu gehören.

Kapitel 18

Jack stellte uns den zweiten Türsteher vor, der genauso angsteinflößend wirkte wie der vorherige. Alle schienen ihn zu respektieren, sie begegneten ihm jedenfalls mit ausgesuchter Höflichkeit. Anschließend ging er mit uns nach oben, um uns die separaten Räume zu zeigen. Ein paar davon waren geschlossen und man hörte eindeutige Geräusche aus den Zimmern kommen.

„Ist das hier ein Bordell?“, fragte Kit eingeschüchtert und Jack fing zu lachen an.

„Nein, kein Bordell. Es ist ein Club, in dem die Gäste ihrer Lust nachgeben können, natürlich nur im privaten Rahmen. Vielleicht sind sie ein wenig hemmungsloser als auf der Tanzfläche, aber unten wird nicht rumgevögelt. Es gibt weder Prostituierte noch Callgirls. Die meisten erscheinen als Paar und sind glücklich verheiratet. Einige treffen sich mit anderen Pärchen oder holen sich einen dritten Partner dazu“, erklärte er, während wir in ein leeres Rundzimmer gingen. Kit nestelte an ihrem Kleid herum und ich wusste, sie würde nicht mehr lange bleiben. Mich hingegen interessierten die Beweggründe und wie er darauf gekommen war.

„Warum ausgerechnet so ein Club? Ich meine, wieso hast du dich dafür entschieden? Lebst du diesen Lebensstil aus?“ Ich wollte wissen, worauf ich mich einließ, obwohl meine Neugier bereits entfacht war. Jack trat an mich heran und drehte mich zur Glasfront, von wo aus man den ganzen unteren

Bereich beobachten konnte. Wir standen genau dort, wo er und Braden vorhin ihre Plätze hatten.

„Ich habe die Erfahrung gemacht, dass es einem nicht guttut, sich das zu verbieten, was man braucht, um glücklich zu sein. Eine Beziehung basiert auf Vertrauen und so ähnlich ist das mit dem Club. Die Gäste unterschreiben eine Klausel, dass nichts von dem, was hier geschieht, nach außen dringt. Obwohl die meisten sich nicht kennen, vertrauen sie einander. Hier gebe ich ihnen die Möglichkeit, ein paar ihrer Sehnsüchte auszuleben, ohne dass sie dafür verurteilt werden."

„Du meinst, die Männer können hier andere Frauen vögeln, die sich gern den Arsch versohlen oder sich dominieren lassen? Warum kann man nicht offen sagen, was man will?!", forderte ich ihn heraus und spürte, wie sich die Spannung zwischen uns wieder aufbaute. „Ich habe nichts unterschrieben und Kit ebenfalls nicht!"

„Es ist eine Ausnahme und auch nur, weil ihr meine Gäste seid und ich dir vertraue. Ihr habt nichts gesehen, was die übrigen Besucher kompromittieren könnte. Dafür gibt es weitere Zimmer, die ich nur dir zeigen werde. Nicht nur Männer bekommen zu Hause oft das nicht, was sie im Bett brauchen. Kannst du mir versichern, dass du immer befriedigt wurdest? Dass du dich nie nach mehr gesehnt hast?" Ich strich mir mit den Händen über die Arme, um die Gänsehaut zu vertreiben. Kit bekam zu meiner Erleichterung von unserem Gespräch kein Fünkchen mit. Sie war zu sehr damit beschäftigt, ihre Nase gegen die Glasfront zu drücken. Wir standen etwas abseits und ich ging einen weiteren Schritt zur Seite.

Jack stoppte meine Bewegungen und trat dichter auf mich zu. Verwirrt wich ich zurück und ertastete kurz darauf die Mauer hinter mir. Er kam näher und hielt mich an den Schultern fest. Ich war eingekesselt zwischen ihm und der Wand und spürte seinen Körper dicht an meinem. So nah, dass ich die Härte wahrnahm, die er im nächsten Augenblick an meinem Bauch rieb.

„Beantworte meine Frage, Liv. Wolltest du nie mehr? Mehr fühlen oder Dinge ausprobieren?“ Hitze brach in mir aus und ich fühlte, wie mein Höschen feucht wurde. Dieser Unterton in seiner Stimme brachte eine Seite in mir zum Schwingen, die ich bislang verdrängt hatte. Automatisch flog mein Blick zu seinem Mund und ich wollte ihn so gerne schmecken. Aufgeputscht von der Sehnsucht nach ihm schloss ich meine Augenlider und flüsterte die Antwort. Mir kam es so vor, als würde ich ein Geheimnis preisgeben.

„Natürlich möchte ich mehr! Ich will, dass du mir zeigst, was möglich ist!“ Meine Lippen bebten und ich atmete stoßweise aus. Gefühlvoll und zärtlich strichen seine Finger meine Schläfe entlang und zogen dann sanfte Kreise bis zu meinem Ausschnitt.

„Sorry, wenn ich euch störe, aber Ted hat mir geschrieben, dass er im Café auf mich wartet!“ Schockiert riss ich die Augen auf und drängte mich an Jack vorbei. Schuldgefühle schwappten in mir über, gefolgt von Scham, weil ich sie so links liegen gelassen hatte. Ich lief zu meiner Freundin und umarmte sie. „Alles gut, Liv. Ich bin so aufgeheizt von dem Schuppen, dass Ted nicht mal die Chance bekommt, einen Kaffee zu trinken", wisperte sie mir ins Ohr und ich war erleichtert.

„Ich bin eine grauenhafte Freundin. Es tut mir leid, dass ich mich so vergessen habe. Dieser Kerl macht mich verrückt", gestand ich ihr und hörte sie glucksen.

„Ich denke, da steht es unentschieden. Er schaut dich an, als wollte er dich mit Haut und Haaren besitzen und das ist ziemlich heiß!"

„Du bist mir also nicht böse, wenn ich noch bleibe?", hakte ich vorsichtig nach, denn ich würde mit ihr gehen, so schwer mir das auch fiel.

„Ich würde dich für ganz schön dämlich halten, wenn du es nicht tust!? Wären wir allein, hätte ich dir ein High Five geben. Es sieht so aus, als läge eine aufregende Nacht vor uns!" Sie küsste mich auf die Wange und drehte sich zu dem Mann um, der meine Welt auf den Kopf stellte. „Ich wünsche euch einen tollen Abend. Danke, Jack, dass ich heute hier sein durfte." Er gab ihr die Hand und schaute kurz zu mir.

„Jederzeit wieder. Sie wollen wirklich schon gehen?" Die Frage ging eher an mich. Sein Blick schoss zwischen uns hin und her.

„Ich lasse Liv hier. Es sieht so aus, als wäre sie hier gut aufgehoben. Bis Montag", verabschiedete sie sich und winkte mir zum Abschied zu.

„Viel Spaß noch", rief ich ihr hinterher und war dann mit ihm allein. Er wandte sich Richtung Tür und schloss sie langsam. Der Raum fühlte sich plötzlich ziemlich heiß an und sobald er das Licht löschte, stand ich unter Strom. Mein Herz raste, meine Finger zitterten und ich kam mir vor wie ein Reh, das von einem Scheinwerfer geblendet wurde.

„Dreh dich um!“ Seine Forderung und der kühle Klang seiner Stimme liefen wie ein Peitschenhieb durch mich hindurch und versetzten alle Zellen in mir in Aufruhr.

Unsicher und erregt drehte ich mich mit dem Gesicht zur Scheibe. Kein Wunder, dass Kit so gebannt nach unten geschaut hatte. Es waren etliche Liebespaare zu sehen, die sich aneinander rieben, sodass ich geschockt aufkeuchte. Küssende Menschen, die sich auf der Tanzfläche streichelten. Ein Pärchen, das ein anderes Paar beobachtete, wie sie auf der Sitzbank herummachten. Niemand hatte Sex, aber es fehlte nicht viel. Ich sah weder Brüste noch Penisse, trotzdem war es auf eine subtile Art erotisch. Sie heizten sich gegenseitig an, um dann zu Hause oder hier oben zum Finale zu kommen.

„Macht es dich an?“, fragte er dicht an meinen Rücken gelehnt. Seine Wärme übertrug sich auf mich und ich lehnte mich an ihn.

„Ja“, erwiderte ich leise und fühlte, wie seine Hände auf meinem Bauch landeten.

„Hast du jemals zugesehen, wie zwei Menschen ficken?“ Bei dem Wort *ficken* zog sich meine Pussy schmerzhaft zusammen. Es kam mir vor wie das längste Vorspiel aller Zeiten.

„Nein, du?“, wollte ich wissen und rieb mich mit dem Po an seinem harten Schwanz. Er stöhnte heiser auf und sein Griff wurde fester.

„Ja, habe ich und es ist heiß. Denkst du, man kann uns von dort aus zuschauen?“ Seine Finger bewegten sich zur unteren Hälfte meines Kleides. Aber anstatt mich zu streicheln, legte er seine Hände an meine Oberschenkel und schob den Stoff langsam hinauf.

„Das weiß ich nicht. Ich glaube schon, schließlich konnte ich dich sehen, als du hier oben gestanden hast“, erwiderte ich und meine Erregung nahm zu.

Beobachtet zu werden und das reizvoll zu finden, wäre mir nie in den Sinn gekommen. Mein Verlangen nach ihm hatte mein Hirn völlig vernebelt. Ängstlich packte ich seine Hände und hielt ihn auf, damit mir mein Kleid nicht über den Hintern rutschte. Ich war gleichzeitig nervös und angeheizt. Was, wenn die Leute uns sahen? Sie würden doch sofort checken, was er mit mir trieb. Panik überwog langsam die Lust und ich versuchte, mich loszumachen. Er biss mir sanft in den Hals und ich keuchte erregt auf.

„Leg die Hände an die Scheibe und hör auf zu denken. Vertraue mir, ich passe auf dich auf“, forderte er heiser und ich tat, was er verlangte. Meine Finger waren heiß und die kalte Oberfläche fühlte sich fast wie eine Abkühlung an. Ergeben und angespannt zugleich schloss ich die Augenlider. Mein Magen flatterte genauso aufgeregt, wie mein Herz schlug.

„Nicht. Mach die Augen auf und schaue den anderen zu!“ Aufgewühlt schluckte ich mehrfach, bevor ich auch dieser Bitte nachkam.

Seine Hände schoben sich unter mein Kleid. Langsam und zärtlich streichelte er meine Oberschenkel. Er fuhr immer weiter hinauf und hörte erst auf, als sich der Rock um meine Mitte bauschte. Mein Atem stockte und ich sah, wie die Scheibe nach und nach beschlug.

„Was denkst du gerade?“, fragte er ruhig und ließ seine Hände auf meinem Hintern liegen. Ein Finger strich träge die Umrisse meines Höschens entlang und ich wusste, dass er meine Erregung riechen konnte.

Verzweifelt versuchte ich, mich auf seine Frage zu konzentrieren, und war so ehrlich wie noch nie in meinem Leben. „Ich hoffe, dass du mich nimmst. Nichts möchte ich im Moment lieber, als dass du mich kommen lässt, denn ich will dich, Jack!“ Seine Berührungen hielten einen Augenblick inne und dann machte er kurzen Prozess mit meinem Slip. Erstaunt blickte ich zur Seite und bekam am Rande mit, wie er sich das Stück Stoff in die Tasche steckte.

„Mit dir habe ich genau das gefunden, was ich gesucht habe. Sieh dich doch nur an, Liv. Du bist schön, klug, witzig und so wahnsinnig sexy, dass ich meinen Verstand verliere. Ich finde dich heiß, Liv! So heiß, dass mein Schwanz weh tut. Doch ich werde jetzt nicht mit dir vögeln!“ Ich wimmerte auf und meine Pussy zog sich ein weiteres Mal zusammen. Die kühle Luft streichelte meine erhitzte Haut, aber das war nicht annähernd genug. Frustriert wollte ich mein Kleid zurechtrücken, ein schnalzendes Geräusch ließ mich jedoch in der Bewegung stoppen.

„An deiner Stelle würde ich das nicht tun. Zu diesem Zeitpunkt nicht zu ficken, heißt nicht, dass du nicht kommen wirst. Hände zurück an die Scheibe.“

Bevor ich protestieren konnte, schob er zwei Finger in mich hinein. Sanft und unendlich langsam, obwohl ich es schnell und hart brauchte.

„O Gott“, stöhnte ich auf und hatte das Gefühl, mein Orgasmus war nur wenige Augenblicke entfernt.

„So gefällst du mir. Gib dich mir hin. Du bist feucht und riechst fantastisch. Ich kann es kaum erwarten, von dir zu kosten!“ Seine Stimme klang rau und angespannt. Während er mit seinen Fingern magische Dinge tat, legte er die freie Hand an meinen Hals. Jack drehte meinen Kopf, so dass ich ihn ansehen konnte, und küsste mich hart.

Seine Zunge glitt in meinen Mund und eroberte mich. Streichelnd, knabbernd und beißend nahm er sich alles. Er machte keine Kompromisse und ließ mich genau spüren, was er empfand. Hungrig kam ich ihm entgegen und küsste ihn, als würde mein Leben davon abhängen. Wir passten perfekt zusammen.

Stöhnend und nach Luft schnappend drückte ich meine Hände an die Scheibe, um ein Hohlkreuz zu bilden. Ich wollte mehr von ihm.

„Bitte“, stieß ich heiser aus und meine Mitte zuckte gierig. Es kribbelte unter meiner Haut und ich wäre mir nicht zu schade gewesen, zu betteln, wenn er mir in diesem Moment nicht mehr gegeben hätte. Er erhöhte den Druck um meinen Hals, führte einen dritten Finger hinzu und schob sie immer tiefer rein. Ich keuchte und wusste nicht, wohin mit meinen Gefühlen. Einer seiner Finger krümmte sich in mir und traf den rauen Punkt, der mich aufschreien ließ.

„Jack, das ist … so … gut! Ich glaube, ich … komme gleich!“, japste ich und mir kam der Gedanke, dass er jeden in den Schatten stellte. Er nahm die Schwingungen meines Körpers wahr und gab mir das, was ich brauchte. Dabei hielt er sich und seine Begierden völlig zurück.

„Ich gebe dir alles, was du willst. Spürst du, wie tief ich in dir bin? Wie scharf es dich macht, wenn ich meine Finger in dir versenke?“ Noch nie wollte ich so dringend gevögelt werden wie in diesem Moment. Mein Höhepunkt rauschte unaufhaltsam heran und ich wiederholte mit zunehmender Erregung seinen Namen. Gleichzeitig trieb mich die Vorstellung, dass die Menschen unten möglicherweise sahen, was er mit mir tat, vollkommen über die Grenzen. Ich bestand nur noch aus Lust und Begierde.

Plötzlich hörte ich, wie sich eine Tür schloss, und wurde regungslos.

„Was war das?“, fragte ich ängstlich und versuchte, mich herumzudrehen.

„Nichts, Liv. Nichts, was dich beunruhigen sollte“, antwortete er knurrend und stieß weiter seine Finger in mich. Er erhöhte das Tempo und meine Bedenken lösten sich auf. Ich kam sofort und das war mehr, als ich ertragen konnte. Jack stellte seine Berührungen nicht ein, sondern streichelte mich immer weiter, bis ich fast zusammenbrach. Erst dann verlangsamte er seine Bewegungen und zog sich vorsichtig zurück.

Schwer atmend probierte ich, mich umzudrehen, und er half mir dabei. Meine Beine waren wackelig und ich hechelte wie nach einem Kurzsprint. Mit glasigen Augen guckte ich ihn an und was ich entdeckte, machte es mir unmöglich, mich nicht in ihn zu verlieben.

Jack Silver schaute mich lustvoll an und seine Haltung sprach davon, als wäre ich sein. Ich zupfte mein Kleid in die ursprüngliche Position und erschauerte. Ohne Höschen fühlte ich mich plötzlich nackt und verwegen.

„Du bist atemberaubend und ich will dich an meiner Seite. Ich möchte dich in einem Bett … in jeder Stellung, die du dir vorstellen kannst“, sagte er rau und legte die Arme um mich.

„Heißt das, du verliebst dich gerade in mich?“, neckte ich ihn immer noch ein wenig außer Puste. Er lächelte und gab mir einen sanften Kuss.

„Wenn du so weiter machst, bestimmt!“

Ich nickte sprachlos und erwiderte den Kuss. „Das trifft sich gut, denn ich hatte nicht vor, aufzuhören“, entgegnete ich und war so aufgeregt, wie nie zuvor.

Wir gingen hinab und ich war völlig durch den Wind. Hatte ich mich tatsächlich eben vor allen Augen fingern lassen?

Auf dem Weg zum Ausgang sah ich Braden an der Bar sitzen. Wie auf Kommando schaute er zu uns und der grimmige Ausdruck in seinem Gesicht traf mich hart. Inständig betete ich, dass wir nicht bei ihm halten würden und ich hatte Glück. Nach einem kurzen Gespräch mit seinem Türsteher verließen wir den Club. Ich verdrängte das hohle Grummeln im Bauch, aber ich hätte schwören können, dass Braden uns beobachtete. Jack sagte keinen Ton und ich tat es auch nicht. Ich wollte die Stimmung nicht ruinieren, indem ich ihn wegen meines Bosses ausfragte. Er nahm wie selbstverständlich meine Hand und ich war zu allem bereit.

„Wohin bringst du mich?“, hakte ich aufgedreht nach.

Er führte mich die Straße entlang und zeigte Richtung Süden. „In mein Bett“, antwortete er mit einem Lächeln, das mir durch und durch ging.

Kapitel 19

Wir kamen nach wenigen Minuten zu einem Haus, das sich wunderbar in die Umgebung einfügte, obwohl es definitiv komplett saniert wurde. Fenster und Türen sahen neu aus und auch die Fassade wirkte nicht so alt wie die umliegenden Häuser. Wie sich herausstellte, gehörte es ihm. Ich dachte, ich würde schön wohnen, doch da hatte ich das hier noch nicht gesehen. Jack schaltete im Flur das Licht an und wies mir den Weg. Wo der Club exzentrisch und dekadent wirkte, war es hier schlicht eingerichtet und schrie typisch Mann.

Die Wohnelemente hatten einen maskulinen Touch. Alles war schwarz und kühl, nur die Wände waren in creme gestrichen. Ich mochte es, denn man erkannte klar, dass hier keine Frau lebte.

„Möchtest du etwas trinken?“, fragte er mich, während ich mich weiter im Wohnzimmer umsah. Ich hörte, wie er den Kühlschrank öffnete und dachte, dass eine Abkühlung jetzt gar nicht schlecht wäre.

„Gerne, ich habe schrecklichen Durst!“ Mir war immer noch unanständig heiß und ich musste dringend das Bad aufsuchen, um mich kurz frischzumachen. „Wo ist das Badezimmer?“, rief ich und er schaute durch einen Rundbogen, hinter dem sich vermutlich die Küche befand.

„Geh einfach nach oben. Auf der rechten Seite, die erste Tür. Fühl dich hier ganz wie Zuhause!“ Er sagte das so entspannt, dass ich mich umgehend wohler fühlte. Meine Schuhe ließ ich im Flur zurück und lief die Treppe hinauf.

Das Bad war ein Traum. Ich hätte nichts dagegen, auf der Stelle hier einzuziehen! Eine Wasserfalldusche, unter der locker vier Personen Platz finden würden, schrie quasi meinen Namen. In der anderen Ecke stand eine Badewanne mit Füßen, in die ich mich sofort verliebte. Schon immer mal wollte ich in so einer Wanne baden. *Dazu viel Schaum und ein gutes Buch. Ach, was sage ich, Jack, der mich einseifte, das wäre der Wahnsinn!*

Auf seinem Waschtisch fand ich lediglich Männerartikel. Zu meiner großen Freude gab es keine Anzeichen weiblicher Gäste. Ich unterdrückte meine Neugier, die Schubladen zu öffnen. Das wäre unhöflich und ging mich nichts an. Ich machte mich frisch und da sich meine Haarnadeln langsam in meine Kopfhaut bohrten, löste ich sie schnell und fuhr ein paar Mal mit den Fingern hindurch. Jetzt fielen sie in Wellen meinen Rücken hinab und das fühlte sich wie eine wahre Erleichterung an.

Als ich das Bad verließ, hörte ich ihn nach mir rufen. „Liv, geh einfach den Gang runter und dann durchs Schlafzimmer!“ Verwundert und gleichzeitig perplex, dass er sofort wieder loslegen wollte, ging ich den Flur hinunter.

Sein Schlafzimmer war genauso schön wie der Rest des Hauses. Der Mittelpunkt des Raumes war ein gigantisches Bett, das praktisch dazu einlud, sich darin zu amüsieren. Damit meinte ich wirklich, dass der Fokus hierauf lag, denn es befand sich mitten im Zimmer. Ein einziger Schrank, der an der Wand stand, war ebenso schlicht gehalten wie die restlichen Möbel. Sonst gab es nichts. Keine Bilder, kein Spiegel an der Decke, was ich ihm tatsächlich zugetraut hätte, nichts! Nun, dass Bett machte einiges her, doch ich hatte irgendwelche wilden Sextoys erwartet. Wie gesagt, meine Fantasie wurde durch den Club ordentlich befeuert. Auf der anderen Seite der Tür war eine große Terrassentür, die offen war und die weißen Vorhänge flatterten leicht im Wind. Ich ging darauf zu und spähte hinaus.

„Wow!“, war das Einzige, das mir einfiel. Die Terrasse erstreckte sich über das ganze Dach und war atemberaubend schön. Überall hingen kleine Laternen oder standen auf dem Boden verteilt. Viele Pflanzen und Büsche sorgten dafür, dass man sich wie in einer Oase fühlte. Ich lief bis zum Geländer und schaute über die Dächer. Uns gegenüber war die gleiche Terrasse zu sehen, doch diese war nicht beleuchtet, es war wohl niemand daheim.

Als ich mich umdrehte, sah ich Jack auf einer Hollywoodschaukel sitzen und musste lächeln. Langsam schlenderte ich auf ihn zu. Er wartete bereits auf mich. Auf dem Tisch befanden sich zwei Gläser mit Wein und ein Obstteller, der mich sofort hungrig machte. Zögerlich setzte ich mich zu ihm und hörte in dem Moment meinen Magen knurren.

„Sorry“, jammerte ich zu Tode verlegen und sah ihn schmunzeln. „Orgasmen machen hungrig!“ Jetzt lachte er richtig und ich fiel mit ein. Danach nahm er ein Stück Melone und fütterte mich.

„Dann werde ich dafür sorgen, dass ich immer etwas zu Essen im Haus habe“, erwiderte er liebevoll und gab mir eine Erdbeere. „Du siehst zauberhaft aus, wenn du das Haar offen trägst. Dadurch wirkt deine Haut noch heller und ich würde alles darum geben, dich ganz ohne was zu sehen.“ Sein

Kompliment und auch die Richtung, in die es abzielte, gefiel mir. Mit der einen Hand strich er mir über die Haare, mit der anderen nahm er die Obststücke vom Teller. Stück für Stück aß ich und eine sinnliche Atmosphäre machte sich breit. Beim letzten Stück Mango lief mir ein Tropfen Saft das Kinn hinunter. Bevor ich es abwischen konnte, fasste er mein Kinn zwischen zwei Finger und hielt mich fest.

„Lass mich das machen“, bat er mich und berührte mit seiner Zunge mein Kinn. Er streichelte zärtlich daran entlang und ich erschauerte lustvoll.

„Küss mich“, raunte ich und schloss erwartungsvoll die Augen.

Nur Sekunden später lagen seine Lippen endlich auf meinen. Dieses Mal war der Kuss sanft und behutsam. Er nahm sich alle Zeit der Welt, mich wieder zu verführen. Anfangs knabberte er an meiner Unterlippe, dann stieß er bedächtig mit seiner Zunge gegen meine und lockte mich. Ich krabbelte, so gut es mit dem engen Kleid ging, auf seinen Schoß. Kurzerhand raffte ich den Rock zusammen und hob ihn soweit an, dass ich mühelos auf ihm saß. Er verfolgte mein Tun mit einem leicht amüsierten Gesichtsausdruck, den ich ihm sofort wegküssen wollte.

„Jetzt bin ich dran!“ Seine Augenbrauen hoben sich erstaunt, denn nun wollte ich diejenige sein, die ihm den Kopf verdrehte. Ich öffnete die ersten drei Knöpfe seines Hemdes und strich mit den Fingernägeln über seine Haut. Er ließ den Kopf nach hinten fallen und legte die Hände neben sich. Die Schaukel wackelte gefährlich, doch das war mir egal. Ich wusste nicht, wo ich zuerst anfangen sollte. Der erste Hunger war gestillt, aber ich hatte das Bedürfnis, ihm zu zeigen, wozu ich bereit war. Darum schob ich meine Finger in sein Haar und brachte sein Gesicht dicht an meins, sodass ich meine Lippen auf seine drücken konnte. Mich überkam eine Woge der Sehnsucht, die dafür sorgte, dass ich mit meiner Zunge entlang seiner Oberlippe fuhr, bis er den Mund öffnete und mich einließ. Zaghaft neckte ich ihn immer mehr, bis der Kuss leidenschaftlicher wurde. Eine Hand legte sich auf meinen Hintern und drückte mich auf seine Härte. Keuchend holte ich Luft und machte die Augen auf. Jack beobachtete mich und ich fühlte mich aufgekratzt.

„Küss mich nochmal, Liv“, forderte er heiser und ich tat es. Ich strich ruhelos mit meinen Fingern über seine Brust und wollte mehr von ihm spüren. Der Kuss wurde immer wilder. Es war eine Mischung aus Geben und Nehmen, einfach perfekt! Mein Herzschlag donnerte im Takt mit seinem und mir gefiel, dass ihn das hier ebenso antörnte, obwohl es nur ein Kuss war.

Irgendwann schob er seine freie Hand in mein Haar und wickelte es sich um die Faust. Plötzlich war ich darauf angewiesen, dass er mich lenkte. Mit festem Griff zog er daran und ich schnappte nach Luft.

„Zu viel?“, fragte er und sah mich herausfordernd an. Ich schüttelte, soweit ich das aufgrund meiner eingeschränkten Bewegungsfreiheit konnte, mit dem Kopf, krallte mich in sein Hemd und riss es auf. Man hörte, wie sich die Knöpfe auf dem Boden verteilten und ich wunderte mich über mich selbst. In all den

Jahren war ich nie so leidenschaftlich gewesen oder hatte nur im Ansatz so etwas empfunden.

„Das war mein gutes Hemd“, knurrte er und um seine Mundwinkel zuckte es.

„Soll ich mich zurücknehmen? Willst du das? Außerdem bist du derjenige, der mein Höschen in seiner Hosentasche hat“, entgegnete ich ruhig und musste mich zusammenreißen, ihm nicht noch die Hose vom Leib zu reißen. Innerlich wütete eine Macht in mir, die ich nicht kannte. Wie etwas, das aus tiefstem Schlaf geweckt wurde und nun nach *Mehr* brüllte.

Plötzlich fasste er mich am Hintern und stand mit mir zusammen von der Schaukel auf. Danach ließ er mich langsam herunter und packte meine Arme, die er dann hinter meinen Rücken führte.

„Was hast du vor?“ Meine Stimme klang leise und dünn, denn ich hatte Angst, zu weit gegangen zu sein. Einen Moment war es vollkommen ruhig. Ich wartete auf seine Reaktion und meine Nerven zuckten vor Anspannung.

„Wusstest du, dass Braden das Haus und damit die Terrasse auf der anderen Seite besitzt?“, fragte er angespannt. „Und wenn ich dir sage, dass er jetzt dort stehen und uns beobachten könnte, verborgen im Dunkeln? Was für Gefühle löst das in dir aus?“ Ich bebte am ganzen Leib. Zu sehr traf mich seine Frage, und die Art, wie er sie formulierte. Er ahnte scheinbar, dass ich Braden mochte und ich fühlte mich schuldig. Nicht nur ihm, sondern auch Braden gegenüber. Ich schaute auf meine nackten Füße und war unsicher, was ich erwidern sollte.

„Was wird das? Wieso sagst du mir, dass ihm das Haus gehört und woher hätte ich das bitteschön wissen sollen? Lass uns reingehen, bitte!“ Jack sah mich weiterhin an und ich musste den Drang unterdrücken, mich nach Braden umzusehen. Er hielt mich immer noch fest. Ich konnte nicht erkennen, was für eine Reaktion er von mir erwartete. „Ihr seid Freunde, Jack, und er ist mein Boss. Ich will nicht, dass es Spannungen gibt, oder ihr euch streitet. Eine Frau sollte nicht zwischen zwei Männern stehen“, antwortete ich ihm schließlich und sah sehnsuchtsvoll zur Terrassentür.

„Was ist, wenn es okay ist?!“ Ich sah ihn verwirrt an, nun war ich diejenige, die eine Erklärung wollte. „Du weißt, dass wir dich beide wollen. Ich bin verdammt froh, dass du dich für mich entschieden hast. Aber ich hätte nichts dagegen, falls er uns zusieht“, erklärte er ruhig und mein Herz setzte aus.

„Du denkst doch wohl nicht, dass ich mit dir hier draußen vögle, während mein Chef zuguckt?!“, entgegnete ich schockiert und konnte nicht glauben, was er da sagte.

„Das habe ich nicht gedacht, Liv. Ich will nur herausfinden, was du möchtest. Hat es dich nicht angemacht, als wir dich vorhin im Club beobachtet haben? Was ist schon dabei, wenn er sieht, wie wir uns küssen? Ich weiß, dass es ihn erregt und ich habe den Eindruck, dir gefällt es auch.“ Seine Worte ließen mich nachdenken. Natürlich hätte ich Jack im Club geküsst, egal ob Braden anwesend gewesen wäre oder nicht.

„Ich will niemanden verletzen“, wisperte ich und hatte das Gefühl, Bradens Blick im Rücken zu spüren.

Jack küsste meine Wange und strich mit seinen Lippen meinen Hals entlang.

„Du verletzt uns nicht, das schwöre ich dir. Wir haben darüber gesprochen und wie wir damit umgehen. Er kann verstehen, warum du nicht ihn gewählt hast. Aber trotzdem wird er nicht aufgeben!“

„Und das stört dich nicht? Macht ihr solche Dinge öfter? Trefft ihr euch mit der gleichen Frau und was dann?“ Mein Gehirn hatte sofort Bilder projiziert, die ich aus meinen Büchern kannte. Sachen, die ich heiß und versaut fand. Jedenfalls, solange sie in den Romanen geschahen!

„Liv, schau mich an!“ Ich schüttelte meinen Kopf, versuchte, die lebhaften Visionen zu verdrängen, und folgte seiner Bitte. Er wirkte ernst, besorgt und fast ein wenig ängstlich.

„Ich möchte Antworten auf meine Fragen. Ist es das erste Mal, dass ihr um eine Frau buhlt, ja oder nein!?“

Er atmete hörbar aus und ließ mich los. „Wir haben uns noch nie in ein und dieselbe Frau verliebt.“ Zwar war ich irgendwie erleichtert, jedoch fühlte ich ein deutliches *Aber* kommen. „Aber wir hatten schon mit derselben Frau Sex. Gemeinsam!“

„Zusammen? Wie, zusammen in einem Bett? Einen Dreier?“ Meine Stimme fiepste und ich hätte mich gern cooler gegeben, doch ich war hier in der Realität und nicht allein mit irgendwelchen Rockstars. Meine Bücher entsprangen Fiktion, die Männer in ihnen standen mir nicht gegenüber.

„Fuck, ich wollte dich nicht erschrecken“, knurrte er aufgewühlt und raufte sich die Haare. „Eigentlich wollte ich es nicht ansprechen, aber ich will ehrlich zu dir sein. Ich möchte, dass wir eine Chance haben. Es war nie was Ernstes und alle Beteiligten waren einverstanden.“ In meinem Kopf herrschte das reinste Chaos und ich hatte dadurch null Chance, das soeben Gehörte zu verdauen. Deswegen schob ich die verstörende, wenngleich auch heiße Szene beiseite und konzentrierte mich auf ihn.

„Fakt ist, ihr werdet mich niemals zusammen bekommen. Wenn du damit leben kannst, kann ich es ebenfalls.“ Ich stellte mich auf die Zehenspitzen und legte die Arme um seinen Hals. Mein Mund strich über seinen und er wartete nicht länger ab, sondern übernahm die Kontrolle. Als unsere Zungen sich trafen, hörte ich ihn erleichtert stöhnen. Dann drehte er sich langsam Richtung Tür und ging darauf zu. Bevor wir hineingingen, sah ich kurz über seine Schulter hinweg.

Dort stand er tatsächlich, mein Gefühl hatte mich also nicht getrogen. Mit einem Glas in der Hand und halb in der Dunkelheit verborgen. Seine Augen funkelten im Mondlicht und er starrte mich an. Ich küsste Jack noch leidenschaftlicher und schloss meine Augenlider. Mehr konnte ich nicht verkraften. Es tat weh, obwohl es nicht so sein sollte.

Kapitel 20

Langsam glitt ich aus seinen Armen und schaute ihn an. Da, wo vorher Leichtigkeit geherrscht hatte, war jetzt ein ungewohnter Ernst zu spüren. Ohne mich aus den Augen zu lassen, löschte er das Licht, sodass ich nur seine Konturen erkennen konnte.

Schwer atmend standen wir uns dann gegenüber und ich sah, wie sein Brustkorb sich rasch hob und senkte. Entschlossen, meine wirren Gedanken loszuwerden, fuhr ich mit den Händen von seinem straffen Bauch bis zu seinen Schultern. Ich zog ihm das Hemd aus und ließ es achtlos auf den Boden fallen. Danach zerrte ich an dem Gürtel, machte ihn auf und kratzte mit meinen Fingernägeln am Bund seiner Shorts entlang.

Wir sprachen kein Wort. Bis auf das Geräusch unserer schnellen Atemzüge war es absolut still.

Zärtlich küsste ich ihn auf die Brust, ging um ihn herum und strich mit meinen Lippen über seine Haut. Ich konnte das Zucken der Muskeln spüren und mir gefiel es. Erregt schmiegte ich mich an ihn und öffnete dabei mein Kleid. Als es zu Boden fiel und ein Rascheln entstand, drehte er sich ruckartig zu mir um und starrte mich an.

Fast vorsichtig zeichnete er die Spitze meines BHs nach. Danach wanderten seine Finger zu meinem Bauch und blieben an der Taille liegen.

„Du bist wunderschön. Bist du dir sicher, dass du das hier auch wirklich möchtest?“ In seiner Stimme lagen Zweifel, die ich ihm nehmen wollte. Ich konnte es nicht ertragen, dass er sich meiner nicht sicher war oder das vorher Gesagte etwas an uns änderte. Ohne zu überlegen, öffnete ich meinen BH, streifte ihn ab und stand dann nackt vor ihm. Mein Haar nahm ich zur Seite und präsentierte mich ihm, mit allem, was ich hatte.

„Nur weil ich der Sache mit Braden nicht zustimme, heißt das nicht, dass ich mir nicht trotzdem absolut im Klaren darüber bin, was ich möchte, Jack! Ich will dich und auch wenn mich das gerade ein bisschen aus der Bahn geworfen hat, weiß ich eins ganz genau. Außerdem bin ich verrückt nach dir“, sagte ich ernst und mein Mut wurde belohnt. Er packte mich und zog mich an sich. Seine Hände glitten über mein Haar und blieben an meinem Hintern hängen.

„Du wirst nichts bereuen. Ich werde immer ehrlich zu dir sein und ich möchte, dass das zwischen uns funktioniert!“ Dann küsste er mich leidenschaftlich und der Rest meiner Sorgen löste sich in Luft auf. Er dirigierte mich Richtung Bett, bis ich die Kante an meinen Oberschenkeln spürte. Jack versetzte mir einen Schubs und ich fiel auf die weichen Laken.

Kühl schmiegte sich das Bettlaken an meinen Körper und ich bekam eine Gänsehaut. Das änderte sich sofort, als seine Hände meine Oberschenkel öffneten. Es fühlte sich an wie ein langsamer Vulkanausbruch. Meine Finger waren rastlos und ich wusste nicht, wohin mit mir. Bevor ich mich auf die Ellenbogen stemmen konnte, um ihm zuzusehen, schob er meine Beine noch weiter auseinander und legte seinen Mund auf meine Mitte. Stöhnend ließ ich mich wieder nach hinten fallen und gab mich diesem fantastischen Gefühl hin. Hitze durchströmte mich, sobald er mich gänzlich öffnete und sanft über meine Pussy pustete.

„Du schmeckst so unfassbar gut, Liv. Ich will Stunden zwischen deinen Beinen verbringen, ehe ich dich nehme“, grollte er und die Vibration erfasste mich wie eine Welle. „Erst, wenn du auf meiner Zunge zergehst, werde ich dich endlich ficken. Du wirst nicht eher das Bett verlassen, bevor du nicht dreimal gekommen bist!“ Ich riss meine Augen auf, weil das noch kein Mann geschafft, geschweige denn, angestrebt hatte. Meistens war ich froh, überhaupt einmal zum Orgasmus zu kommen. Der Großteil der Kerle, mit denen ich zusammen war, hätten genauso gut *Erster* schreien können, ehe sie sich auf die Seite drehten, um einzuschlafen.

Ich versteifte mich automatisch. Wie sollte ich ihm sagen, dass das, was er da vorhatte, unmöglich war?

„Ähm, ich glaube, ich hatte vorhin schon viel Spaß“, stammelte ich vor mich hin und hörte ihn leise lachen. Sein Kopf kam hoch und er sah mich mit einem Lächeln an, das sogar im Dämmerlicht zu sehen war.

„Baby, hör auf zu denken und genieß es. Ich halte immer mein Wort“, antwortete er und schob seine Hände unter meinen Hintern. Auf diese Art war mein Becken nach oben gekippt und er hatte einen besseren Blick auf meine Pussy. „Ich freue mich darauf, dich morgen früh zu wecken!“ Seine Zunge stieß zielstrebig in mich und ich war verloren. Er wechselte vom Zungenschlag bis zum Knabbern der Klit, um dann wieder diese magischen Dinge mit seinen Fingern zu veranstalten. Wimmernd rutschte

ich auf dem Bett hin und her und stöhnte wie verrückt. Er war ein Gott in Sachen Sex und ich wollte nie mehr von hier weg.
Seinen Daumen ließ er um meine Klit wandern, drückte sie und bewegte dabei seine Finger rein und raus. Immer schneller und zunehmend heftiger wiederholte er seine Bewegungen. Ich krallte mich ins Bettlaken und hoffte, ich würde es nicht zerreißen. Seine Zähne zwickten mich sanft in mein Becken und ich schrie meine Lust hinaus. Es war mir ein wenig unangenehm, dass ich so laut war, doch ich war zu sehr darauf fixiert, nicht den Verstand zu verlieren.

Er erhöhte das Tempo, hielt meine Hüften fest und schob mich im Takt zu seinen Fingern vor und zurück.

„Oh verdammt, ich komme gleich", stöhnte ich keuchend und schrie auf, als er mir in die Klit biss. Mein Orgasmus schoss durch mich hindurch und ich bog den Rücken durch. Es kribbelte bis zu meinen Zehen und ich konnte nicht aufhören zu schreien, denn Jack hatte scheinbar nicht vor, aufzuhören. Er streichelte mich durch meinen Höhepunkt hinweg, obwohl mir die intensiven Berührungen fast zu viel wurden. Ich wand mich, doch er machte weiter. Seine Lippen strichen sich einen Weg zu meinen Nippeln, die den ganzen Abend schon um Aufmerksamkeit gebettelt hatten.

Während er immer wieder zärtlich seine Finger in mich stieß, küsste er meine Brustwarze, saugte an ihr und fuhr sanft mit dem Mund darüber.

„Wie empfindlich bist du hier?", raunte er heiser an meiner Brust und knabberte sachte an der Spitze.

„Total“, war das einzige Wort, was ich herausbrachte. Ich war zu sehr damit beschäftigt, zu atmen und nicht vor Erregung ohnmächtig zu werden. Meine Antwort schien ihm zu gefallen, denn der Druck seiner Zähne erhöhte sich. „Mehr“, rief ich mit letzter Kraft und er ließ locker, was eine heiße Flut an Empfindungen in mir auslöste. Seine Finger blieben kurz reglos und meine Mitte zog sich schmerzhaft zusammen. Mein nächster Höhepunkt war nur Sekunden entfernt, er konnte doch jetzt nicht aufhören.

„Wirklich mehr?“ Der Unterton schickte mich fast über die Kante. Er war dominant rau und unheimlich sexy.

„Bitte“, stieß ich flehend aus und in dem Moment biss er mir in den Nippel und seine Finger schoben sich in mich hinein. Ich verkrampfte sofort und kam erneut. Der leichte Schmerz und die Art, wie er mich fingerte, war welterschütternd. Bevor ich nach Luft schnappen konnte, drehte er mich auf den Bauch. Ich hörte ein leises Rascheln, dann das Öffnen einer Schublade und das Knistern einer Folienverpackung. In meinem Kopf herrschte völlige Leere, er durfte mit mir machen, was er wollte. Obwohl ich keine Ahnung hatte, wie ich das Vögeln überstehen sollte, war ich bereit, es herauszufinden.

„Bleib einfach liegen“, raunte er hinter mir und legte sich langsam auf mich. Dabei schob er meine Beine auseinander und schon spürte ich ihn an meiner Mitte. Diese pochte weiterhin wie verrückt, doch als er seinen Schwanz in mich drückte, war auch das komplett vergessen. Er stützte sich seitlich mit seinen

Händen neben meinem Kopf ab und trieb sich immer weiter in mich hinein.

„O Gott“, stöhnte ich heiser, als er mich vollkommen ausfüllte.

„Das wollte ich ebenfalls gerade sagen. Du bist der Wahnsinn, so eng und heiß“, flüsterte er mir ins Ohr und stieß zu. Obwohl er mich vorbereitet hatte, war die Dehnung enorm, fühlte sich gleichzeitig aber fantastisch an. Sein Tempo blieb langsam, als würde er mich schonen wollen. Ich hörte ihn angestrengt atmen und ahnte, wie sehr er sich bis jetzt zurückgehalten hatte.

„Fick mich“, forderte ich ihn auf und seine Selbstbeherrschung bröckelte. Seine Stöße wurden ausgeprägter und intensiver. Noch immer bemühte er sich, mich kommen zu lassen, doch ich war zu fertig für ein weiteres Mal. „Ich sagte, fick mich!“ Er knurrte mir ins Ohr, biss mir in den Hals und murmelte Dinge, die ich nicht verstand. Dann legte er sich komplett auf mich, verschränkte unsere Finger ineinander und schob sein Becken vor. So kam er umso tiefer und traf den Punkt, der normalerweise längst im Tiefschlaf lag.

„Das kann … unmöglich, du … ich bin noch nie …“ Ich gab es auf, Worte dafür zu finden, und spannte meine Pussy an, um ihn zu necken.

„Fuck, Liv. Mach das nochmal“, wies er mich an und ich zog meine Muskeln so fest zusammen, dass er kaum hindurch kam. Die Reibung war unglaublich und ich fühlte Hitze in mir aufsteigen. Meine Erregung wuchs ins Unermessliche, als er in mich stieß und dabei keuchte. Ich spürte, dass er langsam an einen Punkt kam, wo es kein Zurück mehr gab. Er wollte mich unbedingt mitnehmen, darum griff er mit einer Hand um mich herum und drückte auf meinen Kitzler. Ich versuchte, wegzurutschen, doch er drängte mich runter und kniff hinein. Das wars, ich rief seinen Namen und hörte ihn meinen stöhnen. Er machte immer weiter, wurde immer schneller, bis sich sein Körper versteifte und ich trotz des Kondoms spürte, wie er in mir kam. Diese Art von Nähe und der erneute Orgasmus war wie eine Explosion, die sich hinter meinen Augenlidern abspielte. Ich war am Ende und mein Puls hörte nicht auf zu rasen.

„Das war unglaublich!“, krächzte ich angestrengt, als er sich neben mir niederließ. Jack küsste meine feuchte Haut und schmiegte sich an mich.

„Dann habe ich genau das Richtige, um dich wieder zurückzuholen“, versprach er mir, während er sich von mir löste, aufstand und das Kondom entsorgte.

„Wehe, es hat was mit deinen Fingern oder deinem Penis zu tun, dann bin ich weg. Du hast mich wirklich geschafft“, antwortete ich und setzte mich vorsichtig an den Rand der Matratze.

Meine Pussy pochte und drohte mir mit Streik. Ich war absolut ihrer Meinung, denn ich konnte nicht mehr. Jack zwinkerte nur und ging nackt aus dem Zimmer direkt auf den Balkon. Der Mond beleuchtete das Zimmer und tauchte alles in warmes Licht. Dadurch durfte ich endlich ein bisschen von seinem Körper sehen und was ich sah, gefiel mir unheimlich gut. Ich überlegte, ob er das tat, um Braden zu zeigen, was geschehen war, doch ich verdrängte den Gedanken ganz schnell.

Wenig später kam er mit der Flasche Wein und den Gläsern zurück. Er schenkte uns ein und hielt es mir hin. Durstig trank ich es aus und hörte, wie er lachte.

„Da hat wohl jemand seine Stimmbänder strapaziert“, mutmaßte er. Ich werde dir ein Bad einlassen, dann wirst du wieder munter.“ Er küsste mich auf die Stirn und ging erneut davon. Ich lauschte, und konnte hören, wie er das Wasser einlaufen ließ. Langsam stand ich auf und mein Blick schoss automatisch zur anderen Terrasse. Ob Braden uns gehört hatte? Wollte ich das denn überhaupt? War er vielleicht verletzt? Viel schlimmer war für mich jedoch die Frage: Schlief er heute Nacht allein? Ich schüttelte den Kopf über mich, dass ich überhaupt darüber nachdachte, ob er eine Frau bei sich hatte oder nicht.

„Kommst du, Baby?“, rief Jack aus dem Badezimmer heraus und ich lief, so schnell ich konnte, zu ihm. Danach dachte ich nur noch an ihn und das war auch gut so.

Kapitel 21

Den darauffolgenden Tag wurde ich, wie von ihm versprochen, sehr leidenschaftlich geweckt. Sein Kopf steckte zwischen meinen Beinen und ich hatte den ersten Höhepunkt, bevor ich richtig wach wurde.

„Wenn du mich immer so weckst, werde ich öfter auf diesen Weckruf zurückkommen“, stammelte ich verschwitzt in die Kissen. Sein Gesicht kam unter der Bettdecke hervor und sein jugendliches Grinsen machte mich total fertig. Seine Haare waren zerwühlt und seine Augen leuchteten vor Übermut.

„Gut geschlafen, Baby?“, fragte er zärtlich und zog mich in seine Arme. Ich legte den Kopf auf seine Brust und beruhigte mich langsam.

„Sehr gut, du hast mich ja auch quasi ins Nimmerland gevögelt“, antwortete ich erschöpft und streichelte seinen Bauch, bis hinunter zu dem kleinen dunklen Pfad aus Haaren, der genau den Weg ins Paradies zeigte. Ich neckte ihn, ohne seinem besten Stück zu nahe zu kommen.

„Fordere mich nicht heraus, Liv. Mein Schwanz steht schon, seit ich aufgewacht bin und deinen wundervollen Körper neben mir ausgiebig betrachten konnte! Du bist die erste Frau seit langem, die hier übernachtet.“

Ich sah zu ihm hoch und war erstaunt, dass er so offen zu mir war.

„Erzähl mir nicht, es mangelt dir an Gelegenheiten. Du siehst gut aus und hast wahnsinnig viel Charme. Erfolgreich scheinst du auch zu sein. Ich wette, sie rennen dir die Bude ein“, zählte ich seine

Eigenschaften auf. „Nicht zu vergessen, du bist ein toller Kerl!“ Er drehte mich auf den Rücken und legte sich halb auf mich. Ich spürte seine Erektion deutlich an meinem Bein und wäre ich nicht von vergangener Nacht so wund gewesen, hätte ich mich sofort auf ihn geworfen.

„Glücklicherweise werde ich nicht schnell rot, darüber hinaus liebe ich es, dass du mich gutaussehend findest“, erwiderte er mit einem Lächeln. Sanft fuhr er mein Kinn mit der Nase entlang und ich schnurrte förmlich. „Es gibt hin und wieder Gelegenheiten, ich bin ja kein Mönch. Aber seitdem meine letzte Beziehung kaputt ging, bist du die erste, die hier schläft.“

„Wie lange ist es her?“ Ich war neugierig und gespannt, wie dauerhaft ein Mann wie Jack in einer Partnerschaft gesteckt haben konnte. Er kam mir eher wie ein Typ vor, der das Leben viel zu sehr genoss, um sich zu binden.

„Es ist schon etwas her. Caroline und ich waren fünf Jahre zusammen, doch am Ende hat es nicht mehr hingehauen“, erzählte er und war dabei locker und entspannt.

„Habt ihr euch freundschaftlich getrennt und warum hielt es nicht? Sorry, dass ich das frage, aber ich bin erstaunt, dass du eine lange, feste Beziehung hattest“, gab ich offen zu und erntete einen kleinen Klaps auf meinen Oberschenkel.

„Hey, ich bin kein Playboy, auch wenn du das scheinbar von mir denkst. Dass ich gern Sex habe, ist, glaube ich, kein Geheimnis, doch für eine ernsthafte Beziehung hat es bislang nicht gereicht. Ich bin ehrlich zu den Frauen, mit denen ich schlafe. Sie wissen, was ich möchte und bekommen das, was sie wollen. Was Caro angeht, sie hat sich in jemand anderen verliebt", sagte er nachdenklich und ich legte meine Hand an seine Wange.

„Du musst es mir nicht erzählen, wenn du nicht willst."

„So viel gibt es da nicht zu sagen. Sie wollte irgendwann Kinder und ich nicht. Jedenfalls damals nicht. Es war klar, dass das nichts war, mit dem sie sich zufriedengeben wollte. Deswegen entfernten wir uns immer mehr voneinander, bis sie eines Tages Charles traf. Nun ist sie verheiratet und erwartet ihr erstes Kind." Ich küsste sein Kinn und überlegte, wie schwer es wohl für beide gewesen sein mochte.

„Habt ihr noch Kontakt?"

„Ab und zu schreiben wir uns. Sie wohnt jetzt in Washington und ich freue mich für sie. Aber nun zu dir. Warum bist du nicht längst unter der Haube?", erkundigte er sich und seine Hand streichelte meinen Arm.

„Ich hatte Beziehungen, die nicht annähernd so lange hielten. Irgendwas passte immer nicht. Entweder war er zu nett oder ich zu beschäftigt. Der letzte Kerl mochte seinen PC lieber als mich", erwiderte ich augenrollend und er sah mich entgeistert an.

„Hat er dich jemals nackt gesehen?", rief er empört und ich fing zu lachen an.

„Ich hoffe für dich, das war ein Kompliment, ansonsten muss ich wohl leider dein Frühstück vergiften!"

„Das sollte es auf jeden Fall sein, er war blind, oder? Welcher Mann mit einem funktionierenden

Sehvermögen würde dich nicht wollen?“ Während er das sagte, wuchs seine Erektion und ich stöhnte auf.

„Ich glaube, du hast mir gerade einen guten Beweis geliefert, aber ich befürchte, meine Vagina hat ein Stopp-Schild aufgestellt!“ Er zog an der Decke, bis ich nackt vor ihm lag und sah nach unten. Beschämt legte ich meine Hände vors Gesicht und hoffte, er würde damit aufhören.

„Du wirst jetzt nicht schüchtern, oder? Das passt nicht zu der Liv, die ich kennengelernt habe“, raunte er leise und hockte sich auf die Knie.

Meine Finger sanken hinab und ich spürte, wie meine Wangen rot anliefen. Er hatte recht, warum sollte ich mich für meinen Körper schämen? Das tat ich sonst auch nicht. Aber vorher wollte ich niemanden so sehr wie ihn. Auffordernd sah er mich unter schweren Lidern an und meine Schüchternheit verschwand. Langsam ließ ich meine Beine auseinanderfallen und hielt seinem Blick stand. Er grollte, schaute zu meiner Mitte und lächelte dann teuflisch.

„Ich verspreche dir, ich werde vorsichtig sein. Im Übrigen kann ich kein Schild sehen, deswegen mache ich mir lieber selbst ein Bild davon“, antwortete er und küsste mich zärtlich. Die nächste Stunde zeigte er mir, wie es war, mit jemandem Lust zu erleben, die tiefer ging. Was soll ich sagen, es stellte sich heraus, dass er sehr überzeugend sein konnte.

Den restlichen Tag verbrachten wir bei ihm zu Hause. Wie sich herausstellte, war Jack ein talentierter Koch und verwöhnte mich mit leckeren einheimischen Spezialitäten. Er erzählte mir, dass er das von seiner

Großmutter beigebracht bekommen hatte. Wir schauten auf der Couch fern, sprachen über unsere Jugend und stellten fest, dass wir mehrere Gemeinsamkeiten hatten. Wir mochten beide die Musik der Fünfziger und Achtziger. Er konnte wie ich nichts mit der veganen Küche anfangen und wir liebten *Top Gun*. Es war fast schon unheimlich, in wie vielen Dingen wir uns einig waren. Wir sahen uns den Film mit Tom Cruise abends zusammen an, bevor ich langsam Anstalten machte, nach Hause zu gehen.

„Es war ein toller Tag", meinte ich zum Abschied und küsste ihn innig. Seine Hände strichen über meinen Rücken und am liebsten wäre ich nicht gegangen.

„Das war es und ich freue mich bereits jetzt, dich bald wieder hier zu haben. Dich beim Aufwachen als erstes zu sehen, gefällt mir außerordentlich gut." Ich schnappte nach seiner Unterlippe und biss sanft hinein.

„Das nächste Mal wirst du wohl bei mir schlafen müssen. Spencer wird mich tagelang büßen lassen, dass ich ihn so lange allein gelassen habe. Ich kann froh sein, dass Kit ihn gefüttert hat." Diese hatte ich am Vormittag angerufen und sie hatte mir mit einigen zweideutigen Kommentaren zu verstehen gegeben, dass sie es liebend gern für mich tat.

„Ist das eine Einladung?", fragte er grinsend und ich nickte eifrig.

„Das war mehr als das. Das war ein Befehl", erwiderte ich augenzwinkernd und löste mich von ihm.

„Ich rufe dich an", antwortete er und ließ mich los. Ein letztes Mal schaute ich über meine Schulter und musste ein Seufzen unterdrücken. Jack war so verdammt heiß, wie er da oberkörperfrei und nur mit einer Jeans bekleidet an der Tür stand.

„Husch, husch. Rein mit dir, bevor die anderen Frauen dich sehen. Ich teile nicht!“ Es war ein deutlicher Wink mit dem Zaunpfahl und ich hoffte, er würde ihn verstehen.

„Ich gehöre dir und das meine ich wirklich ernst. Und jetzt geh, ehe ich dich zurück in meine Höhle schleife!“ Zum Abschied winkte ich und machte mich auf den Weg nach Hause.

In meiner Wohnung angekommen, war von Spencer keine Spur zu sehen, vermutlich streunte er irgendwo draußen umher. Die Bude hatte er Gottlob auch nicht in ihre Einzelteile zerlegt. Ich schaltete mein Radio ein und ging unter die Dusche. Beim Einseifen konnte ich immer noch Jacks Berührungen auf meiner Haut fühlen. Morgen würde ich bestimmt Muskelkater bekommen, doch das war es wert gewesen.

Nachdem ich wieder einmal erneut ohne Erfolg versuchte, Penny zu erreichen, schrieb ich Kit schnell eine SMS, in der ich mich für das Füttern meines abtrünnigen Katers bedankte. Dann legte ich das Handy auf den Nachttisch und machte das Licht aus. Es dauerte keine zwei Minuten und ich war eingeschlafen. Irgendwann in der Nacht kam Spencer an meine Seite, rollte sich zusammen und gähnte herzhaft direkt vor meiner Nase. Blinzelnd und todmüde fuchtelte ich mit der Hand den Gestank beiseite.

„Du stinkst erbärmlich, Spencer. Was hast du denn bloß gefressen?“ Er kroch zu mir hoch, gähnte ein zweites Mal und ich musste mich arg zusammenreißen, ihn nicht vom Bett zu schmeißen. „Das ist deine Rache für mein Wegbleiben, habe ich recht? Egal, nicht mal du kannst mir dieses Wochenende madig machen“, grummelte ich und kraulte ihn unterm Kinn.

Endlich hörte er mit seiner Folter auf und ich schlief wieder ein. Ich träumte von dunklen Gassen, sinnlicher Musik, die von irgendwo kam und zärtlichen Händen, die mich berührten. Aufgewühlt suchte ich nach dem Gesicht des Mannes, doch ich konnte wegen der Dunkelheit nichts erkennen. Unruhig wälzte ich mich die restliche Nacht hin und her. Selbst in meinen Träumen war ich mir nicht sicher, von wem ich träumte und das gefiel mir ganz und gar nicht.

Kapitel 22

Am nächsten Morgen rannte ich durch meine Wohnung und war auf der Suche nach meiner Tasche. Zehn Minuten später fand ich die Schlüssel auf dem Couchtisch und riss die Wohnungstür auf.

„Scheiße, scheiße, scheiße. Wieso hat dieser gottverdammte Wecker nicht geklingelt?“, murmelte ich vor mich hin, schmiss die Tür zu und jagte die Treppe zum Hausflur hinunter.

„Wie war Ihr Wochenende, Schätzchen?“, rief Madame Josephine mir hinterher und ich blieb trotz der Eile stehen.

„Es war toll, danke. Ich habe leider keine Zeit, ich komme eh schon zu spät, deswegen …“ Ich zeigte auf meine nichtvorhandene Uhr und machte einen weiteren Schritt Richtung Ausgang.

„Ach, Ihr Chef ist noch nicht da“, gab sie zurück und ich bremste ab. Hastig drehte ich mich wieder zu ihr um und sah sie entgeistert an.

„Woher wollen Sie das wissen? Natürlich, Sie können ja in die Zukunft sehen“, antwortete ich ironisch und registrierte, wie sie mit den Schultern zuckte.

„Endlich haben Sie es kapiert. Ich weiß auch, dass der erste Buchstabe Ihnen zu Füßen liegt und Sie sehr glücklich mit ihm sind“, meinte sie mit bedeutungsvoller Stimme und ich blieb, obwohl mein Verstand mir ständig *Schwachsinn* ins Ohr brüllte. Sie schloss ihre Tür und kam mir entgegen. „Lassen Sie uns zusammen raus gehen, ich begleite Sie ein Stück.“

„Ich komme zu spät“, argumentierte ich schwach dagegen, aber meine persönliche Hellseherin interessierte es nicht. Sie hatte die Ruhe weg, wie sie sich unterhakte und mit mir die Straße entlang lief.

„Schätzchen, Sie müssen aufhören, sich Sorgen zu machen, und das Leben genießen.“

„Das tue ich doch! Ich habe jetzt einen wundervollen Freund und mit meinem Job bin ich auch zufrieden. Wie Sie sehen, geht es mir prächtig“, erwiderte ich ein bisschen zu euphorisch und sie blieb vor ihrem Laden stehen. Madame Josephine nahm meine Hand, drehte sie um und zeichnete die Linien mit dem Zeigefinger nach. Mir war es unangenehm, dass sie hier auf der Straße anfing, meine Handinnenfläche anzustarren, als würde sie dort alle Antworten lesen. Zaghaft versuchte ich, mich ihr zu entziehen, aber sie war verdammt stark für eine alte Dame.

„Ich sehe eine große Liebe.“

„Das mit der Liebe hätte ich Ihnen auch so sagen können, ohne dass Sie mit mir Händchen halten.“

„Papperlapapp, ich sehe eine bedeutungsvolle Liebe, die sämtliche Hindernisse überwindet und alles in den Schatten stellt … wenn Sie es zulassen“, redete sie weiter und ich verdrehte die Augen.

„Das haben Sie schon beim letzten Mal gesagt und Sie haben recht, ich habe mich verknallt!“

„Trotzdem haben Sie Angst und tragen noch Zweifel mit sich herum. Das müssen Sie aber nicht. Er wird warten, bis Sie bereit sind.“ Als würde mich ein elektrischer Schlag treffen, zog ich die Hand nun doch zurück und wischte sie an meinem Kleid ab.

„Hören Sie, Madame Josephine. Jack braucht nicht zu warten, er hat mich längst. Meine Bedenken sind so gut wie weg und ich muss jetzt wirklich los. Entschuldigen Sie mich bitte“, verabschiedete ich mich hastig und war schon um neun Uhr morgens völlig durch den Wind.

„Ich habe nicht Jack gemeint und das wissen Sie“, rief sie mir hinterher und ich rannte die restlichen Meter, als wäre der Teufel hinter mir her. Schwitzend kam ich in der Lobby an, wo Kit wie der frische Frühling hinterm Tresen saß und telefonierte. Ich winkte ihr nur schnell zu, zeigte auf die Uhr in der Halle und verzog das Gesicht. Sie grinste, streckte mir den Daumen hoch und hielt eine Hand vor den Hörer.

„Braden ist noch nicht da“, flüsterte sie so laut, dass ich sie gut verstehen konnte. Ich stoppte meinen Laufschritt und drückte den Knopf für den Aufzug.

„Danke, ansonsten hätte ich womöglich noch einen Herzinfarkt erlitten, bevor ich oben angekommen bin“, entgegnete ich und wischte mir den Schweiß von der Stirn.

„Wie war dein Wochenende? War es so heiß, wie es aussah?“, fragte sie neugierig und ich nickte verlegen.

„Ich erzähl dir alles beim Mittag, okay? Und danke, dass du mein Raubtier gefüttert hast!“

„Kein Problem, er ist ja einfach zauberhaft!“

„Du meinst aber schon meinen Kater, oder? Mürrisch, nörgelnd und immer für ein Fauchen gut?“

„Zu mir war er ganz zahm. Ich habe mit ihm auf der Couch geschmust und er hat mir sein Bäuchlein entgegengestreckt", schwärmte sie, während die Aufzugtüren aufgingen.

Ich trat ein, drückte den Knopf und sah sie argwöhnisch an. „Darüber reden wir noch. Bei mir ist er nicht so lieb!"

„Vielleicht kannst du mit Männern besser als mit Katern?", neckte sie mich, bevor sich die Türen schlossen. *Das halte ich für ein Gerücht*, dachte ich ironisch, denn meine Erfolgsquote beim männlichen Geschlecht war zwar gut, aber nicht von langer Dauer.

Kit hatte nicht gelogen, ich war ganz allein auf unserer Etage und machte mir erstmal einen starken Kaffee, um wach zu werden. Das Gespräch mit meiner Nachbarin hatte mich aufgewühlt und der Traum der gestrigen Nacht tat sein übriges.

Ich erledigte die Post, legte die neueste Akte auf den verwaisten Schreibtisch meines Chefs und überlegte fieberhaft, wie ich nach diesem Wochenende mit ihm umgehen sollte. Einerseits war die Sache geklärt, doch die Situation auf dem Dach war alles andere als normal gewesen. Ich wollte wissen, was er dachte, so dumm es auch war. Nervös las ich mir die Eckdaten durch, die Bradens nächsten Fall betrafen.

Serena Kento war die Gattin eines reichen Ölmagnaten, der sie angeblich betrog. Sie gab des Weiteren an, dass er in seinem Ehevertrag festgehalten hatte, keine Kinder zu wollen. Sie hatte nach fünf Jahren andere Pläne und wollte ihn verlassen. Mit achtundzwanzig war sie genau so alt wie ich, jedoch in ein paar Monaten um mehrere Millionen vermögender, als ich es jemals sein würde.

Das Geld allein nicht glücklich machte, wusste ich, doch sie war wohl der Meinung, dass es ein guter Ersatz wäre.

Ich denke, du hättest vorher überlegen sollen, was du da unterschreibst! Im Ernst, wer unterschrieb so einen Vertrag, wenn er nicht aufs Geld aus war? Meine Vorurteile waren fehl am Platz und ich fühlte mich mies. Ich kannte ihre Geschichte nicht und sollte meine fiesen Gedanken für mich behalten. Aber der Skeptiker in mir blieb kopfschüttelnd zurück.

Um mich von Braden und seiner neuen Klientin abzulenken, setzte ich mich an den Schreibtisch und wählte die Nummer meiner Freundin.

„Hallo?“, hörte ich die schniefende Stimme von Penny und bekam sofort ein schlechtes Gefühl in der Magengegend.

„Penny, was ist los? Ich versuche seit Tagen, dich zu erreichen. So langsam habe ich mir Sorgen gemacht. Wo warst du?“ Rascheln und ein weiteres Schniefen auf der anderen Seite machten mich ganz kirre. Ich hatte den Drang, den schnellsten Flug nach Hause zu nehmen, um bei ihr zu sein. „Rede mit mir, Liebes. Warum weinst du?“

„Ich denke…, Patrick und ich … er ist gegangen“, heulte sie los und meine freie Hand ballte sich zur Faust. Es durfte unmöglich sein, dass die beiden sich getrennt hatten. Sie waren immer so verdammt glücklich und als ich wegzog, war noch alles in Ordnung. Penny musste einfach etwas falsch verstanden haben.

„Hol tief Luft und erkläre mir genau, was passiert ist“, forderte ich sie auf und hoffte, sie so dazu zu bringen, mir den Rest zu erzählen. Ich beugte mich über den Schreibtisch, schaute Richtung Fahrstuhl, aber mein Chef war noch nicht in Sicht. So hatte ich wenigstens Zeit, meine Freundin zu beruhigen.

„Patrick hat sich die letzten zwei Wochen irgendwie komisch verhalten. Er war immer öfter mit seinen Kumpels vom Hockey unterwegs. Anfangs habe ich mir nichts dabei gedacht, doch irgendwann wurde er kühler. Ich meine, wir … also, er wollte keinen Sex mehr. Er schob es auf den Stress und ich habe ihm geglaubt.“ Sie putzte sich geräuschvoll die Nase und schluchzte dann wieder in den Hörer. „Vor drei Tagen habe ich ihn zur Rede gestellt, du weißt schon, das dumme Bauchgefühl, was wir Frauen haben“, meinte sie traurig und ich horchte kurz in mich. Mein Spinnenradar für Bullshit hatte einen Wackelkontakt, mir sagte er immer erst zu spät, wenn ich einen Vollidioten erwischte.

„Und was hat er gesagt? Warum war er so anders zu dir?“, bohrte ich vorsichtig nach und kaute an einem Kugelschreiber herum, um mich zu entspannen. Ich mochte es überhaupt nicht, wenn meine Freundin unglücklich war. Eigentlich konnte ich an einer Hand abzählen, wann sie als Reinkarnation eines Sonnenscheins mal schlecht drauf war. Einmal am College, als ihr Kunstprofessor ihr eine Zwei gab und sie der Meinung war, dass er ihre Interpretation einer Unendlichkeit an Universen falsch verstanden hatte. Dann war da der Vorfall mit Patrick, als sie glaubte, er würde sich von ihr abwenden, obwohl er in Wirklichkeit nur ihren nächsten Urlaub plante und sie damit überraschen wollte. Es gab in meiner Welt keine traurige Penny und ich betete, dass Patrick und sie nur aneinander vorbei geredet hatten.

„Er meinte, wir hätten uns auseinandergelebt. Dass wir eine Auszeit bräuchten, um unsere Empfindungen zu analysieren. Was für ein Scheiß ist das bitte?“, kreischte sie ins Handy und ich war fast taub. „Dieser … dumme … blöde … argh, ich bin so wütend und verletzt! Was soll ich denn jetzt machen? Warten, bis er entdeckt, dass er mich doch noch liebt?“ Sie hickste und weinte gleichzeitig und es brach mir das Herz.

„Penny, hast du denn auch das Gefühl? Ich meine, ich setze mich in den nächsten Flieger und trete ihm in den Arsch, wenn du das willst.“ Wieder hörte ich sie schluchzen und hatte wenig Hoffnung, sie beruhigen zu können. „Ihr seid so lange zusammen und vielleicht ist das ja nur so ein dummer Gedanke von ihm. Er bereut bestimmt, was er gesagt hat. Wie seid ihr auseinandergegangen?“

„In meiner Verzweiflung habe ich ihn aus unserem Zuhause geschmissen und er übernachtet momentan bei Freunden. Aber ich wünschte wirklich, du wärest hier. Er und ich können unmöglich in einer Wohnung leben, solange nichts geklärt ist, oder sehe ich das falsch? Habe ich ihm Unrecht getan?“ Ihre Angst, unangebracht reagiert zu haben, machte mich wütend.

„Hör mir gut zu. Er wollte eine Auszeit, nun hat er sie. Falls er sich unsicher ist, muss er auch die Konsequenzen dafür tragen. Es war richtig, ihn vor die Tür zu setzen. Man kann niemanden vermissen, den man täglich sieht und für selbstverständlich hält. Du hättest mich anrufen können. Ich bin doch immer für dich da", versicherte ich ihr und hoffte, ich konnte ihr zumindest aus der Ferne ein wenig helfen.

„Das weiß ich, aber du kannst hier eh nichts tun. Ich kriege das schon irgendwie hin. Erstmal habe ich mir ein paar Tage frei genommen und fahre zu meinen Eltern nach Chicago. Das gibt mir genug Zeit, den Kopf in den Sand zu stecken. Ich mag mir nicht vorstellen, jetzt ohne ihn leben zu müssen. So hatte ich mir meine Zukunft nicht vorgestellt", wisperte sie traurig und ich biss mir auf die Lippe, um nicht ebenfalls loszuweinen.

„Penny, es wird alles gut. Versuch, nicht soweit vorauszudenken. Ich hasse ihn gerade, doch man muss Patrick zugutehalten, dass er es gesagt hat. So habt ihr vielleicht eine Chance, eure Beziehung zu retten. Wenn dir die Decke auf den Kopf fällt, komm zu mir. Hier ist immer ein Platz für dich!"

„Gut zu wissen. Jetzt ist aber Schluss mit meinem Drama. Wie geht es dir in der Stadt der Geister und Hexen?", foppte sie mich und ich wusste, sie wollte nicht mehr über sich reden. Ich akzeptierte das, obwohl ich mir sicher war, dass es noch einiges gab, was sie nicht sagte.

„Hör mir auf mit Hexenkram, meine Nachbarin hat mir heute Morgen schon aufgelauert. Ich schwöre dir, die kann mich riechen, sobald ich das Haus verlasse!" Meine Freundin grunzte und mein Herz wurde ein bisschen leichter. Ich wollte sie aufheitern, deswegen berichtete ich ihr von der kauzigen Lady. „Sie hat mir letztens aus einer Kaffeetasse die Zukunft vorher gesagt. Es war genauso strange, wie es klingt. Ich hätte mich nicht gewundert, wenn auf einmal Patrick Swayze hinter ihr erschienen wäre."

Nun lachte sie richtig. „Ach ja, ein Date hatte ich auch. Mit Jack, von dem ich dir erzählt habe.“

„Wie war es? Habt ihr euch geküsst? Miteinander geschlafen? Rede schon!“

„Es war nett“, gab ich vage zurück, denn ich wollte sie jetzt nicht mit meinen Liebesnews belagern, das kam mir falsch vor. Ich malte auf einem leeren Blatt das Unendlichkeitszeichen vor mich hin und dachte verträumt an Jack.

„Nett? Erzähl doch keinen Scheiß! Nett ist nicht das, was ich hören will. Hör auf mich zu schonen und lenk mich ab!“

Ich atmete tief aus und gab nach. „Na ja, er hat mir Blumen geschickt und mich um ein Date gebeten. Kit und ich sind in seinen Club gegangen. Sie ist echt lieb, ihr würdet euch gut verstehen. Jack hatte mich eingeladen und ich wollte nicht alleine gehen. Wir waren jedenfalls in seinem Laden und ich war ziemlich aufgeregt. Du kannst dir nicht vorstellen, wie toll es dort war. Es war wie hm … lass mich überlegen, mit was ich das vergleichen könnte.“ Durch die Tanzeinlage hatte ich nur einen Begriff. „Es war wie im Titty Twister, nur nicht so abgeranzt. Edel und weniger Vampire, dafür sehr viel nackte Haut“, erklärte ich ihr und hörte ein tiefes Lachen.

Erschrocken hob ich meinen Kopf und sah Braden vor mir, der verdammt gut aussah, wenn er lachte.

„Da wäre ich auch gerne gewesen“, antwortete sie und ich spürte, wie mir das Blut in die Wangen schoss.

„Du, hör zu, ich muss Schluss machen. Mein Chef ist da“, wimmelte ich sie ab, oder versuchte es zumindest.

„Ich wette mit dir, dass er deine Erklärung genauso informativ fand wie ich!“

„Mein Boss weiß, wie es dort aussieht, Penny. Ich lege jetzt auf und rufe dich später von zu Hause aus an. Hab dich lieb!“

„Ich dich noch mehr! Und wehe, du rufst nicht an. Wenigstens eine von uns sollte sich amüsieren, während die andere überlegt, die geliebten Schallplatten ihres was auch immer mit dem Auto zu überfahren!“ Fahrig ließ ich das Handy sinken und ging nicht auf ihre wüsten Drohungen ein, sondern drückte den Ausschaltknopf. Peinlich berührt hoffte ich inständig, dass Braden ohne ein Wort in sein Büro gehen würde. Doch den Gefallen tat er mir nicht.

Er stellte seine Aktentasche ab und sah mich vergnügt an.

„Soso, Sie sind ebenfalls ein Fan von Vampirfilmen?“ Seine Frage klang teils neugierig, teils amüsiert. Ich tat geschockt und hielt mir die Hand aufs Herz.

„Mr. Foster, ich bin schockiert. Erstens haben Sie mich belauscht und zweitens hätte ich Sie nie für einen Mann gehalten, der auf sowas steht. Drittens mag ich eigentlich keine Horrorfilme!“

Er steckte die Hände in die Hosentaschen und lehnte lässig an meinem Schreibtisch. Sein Aftershave roch nach Wald, herb und würzig. Darunter lag ein anderer, dunkler Duft. Meine Augen wollten sich automatisch schließen, um sich ganz diesem Geruch hinzugeben, doch ich kniff mir ins Bein, um mich davon abzulenken.

„Bitte nennen Sie mich endlich Braden. Schließlich habe ich Sie um ein Rendezvous gebeten. Da ist es wohl das Mindeste, dass wir uns mit Vornamen ansprechen. Und was Ihren Vorwurf des Lauschens angeht, bekenne ich mich schuldig. Ich glaube, Jack würde Ihren Vergleich ziemlich amüsant finden. Genau wie ich mag er Frauen mit Humor. War Ihr Date wirklich nur nett? Mir kam es so vor, als hätten Sie sich sehr gut amüsiert.“ Meine Gedanken schossen sofort zu der Nacht auf dem Balkon. Ich bemühte mich um eine gleichmütige Haltung, was mir total misslang, da mir der Kuli aus der Hand fiel und vor seine Füße kullerte. Konnte der Tag eigentlich noch schlimmer werden? *Gibt es nicht irgendjemand anderen, den Gott oder das Universum foltern kann*?, fragte ich mich im Stillen und stand resigniert auf.

„Also gut, Braden. Der Abend war besser als nett, er war toll. Sie sind selbst dort gewesen, deswegen können Sie das doch bestimmt bestätigen“, antwortete ich stockend und bückte mich so grazil wie möglich, um diesen verkackten Stift aufzuheben. Bevor ich danach greifen konnte, sank er ebenfalls in die Hocke und schnappte sich den Kugelschreiber. Wir waren uns plötzlich reichlich nah gekommen und ich hatte die Vermutung, dass er mich mit Absicht quälte.

„Ich hatte gehofft, ein paar Momente mit Ihnen allein zu haben. Mein Abend war nicht im Geringsten toll. Er war ehrlich gesagt ziemlich scheiße!“ Ich schaute ihn erschrocken an, denn sonst gab er sich immer absolut akkurat und benutzte keine

Schimpfworte. Andererseits kannte ich ihn privat nicht und wusste nichts über ihn. „Er war deswegen scheiße, weil ich Sie nicht an meiner Seite hatte, sondern zusehen musste, wie mein ältester Freund die Frau küsst, die ich gern geküsst hätte."

Meine Hände wurden feucht und ich schnappte nach Luft. „Braden, wir arbeiten zusammen. Deshalb gehören solche Gespräche nicht hierher", versuchte ich, ihm zu erklären, doch er schüttelte bereits den Kopf.

„Heißt das, wenn Sie nicht für mich arbeiten würden, wären Sie interessiert?" Sein Blick durchbohrte mich und ich wusste nicht, wohin ich schauen sollte. Ich hatte Angst, dass er sehen konnte, was mein Herz am liebsten geflüstert hätte.

„Das habe ich nicht gesagt, verdrehen Sie mir nicht die Worte im Mund. Was ich sagen wollte, war, dass ich jetzt einen Freund habe und Sie sich damit abfinden müssen." Ich erhob mich und er tat es mir gleich. Er legte den Stift auf den Tisch. Dabei kam er so dicht an mich heran, dass seine Nase leicht meine Wange berührte. Ich erschauerte und bekam eine Gänsehaut. Natürlich blieb ihm meine Reaktion nicht verborgen und sein Kiefer zuckte.

Anstatt wieder Abstand zu nehmen, lehnte er sich so weit vor, dass ich zwischen ihm und dem Schreibtisch eingekesselt wurde. Ich konnte mich in diesem Augenblick nicht entscheiden, ob ich ihn an mich ziehen oder ihn wegschubsen wollte. Darum entschied ich mich für den Mittelweg und verschränkte trotzig meine Arme vor der Brust.

„Olivia, wissen Sie, warum ich so gut in meinem Job bin und die Frauen scharenweise hier Schlange stehen?“, fragte er mit einer gewissen Arroganz und sah mir tief in die Augen. „Weil ich der Beste bin. Ich verliere nie einen Fall. Wenn ich mir ein Ziel gesetzt habe, verfolge ich es und bekomme, was ich will. Was denken Sie, wo wir am Ende landen werden?“

„Da ich ein Wörtchen mitzureden habe, würde ich sagen, genau hier, als Boss und Angestellte“, konterte ich und hörte das leichte Zittern in meiner Stimme.

Diese Energie zwischen uns summte wie ein lebendiges Tier. Ich war durch seine bestimmende Art vollkommen fasziniert von ihm. Niemand anderes durfte so mit mir reden, ohne dass seine Kronjuwelen an der nächsten Wand hingen. Er reizte mich und forderte ebenso wie Jack die dunkle Seite in mir heraus.

Da ich nicht die Erste war, die einen Rückzieher machen wollte, lehnte ich mich nun vor und flüsterte ihm ins Ohr. „Sie werden mich wohl kaum feuern, nur, weil Sie sich nach einem neuen Betthäschen umschauen!“ Für einen Moment fühlte ich mich stark und selbstbewusst, da ich ihm die Stirn geboten hatte, doch mein Siegestaumel hielt nur zwei Sekunden an.

„Ich suche nichts fürs Bett, das kann ich überall bekommen. Aber das ist nicht, was ich will. Wenn es nötig sein wird, werde ich dich entlassen. Ich würde alles tun, damit du mir gehörst“, zischte er ungehalten und ich glaubte ihm.

„Was ist aus dem Sie geworden?“, fragte ich entsetzt. Falls er mich feuerte, müsste ich mir einen neuen Job und eine neue Wohnung suchen. „Das wagen Sie nicht!“

„Forderst du mich heraus? Seit ich dich in Seattle im Büro mit deinen Kolleginnen gesehen habe, lachend und sowas von heiß, kann ich an nichts anderes mehr denken, als an dich."

„Du bist also auch ein weiteres Schwein, das mich lieber bumsen möchte, statt meine gute Arbeit anzuerkennen?", rief ich empört und legte meine Hände an seine Brust.

Er verfolgte den Weg meiner Finger, die sich zu Fäusten ballten und ihn dann schubsten. Stur wie eine Eiche stand er weiterhin vor mir und war sichtlich angespannt. Braden fuhr sich mit den Händen durchs Haar und grummelte.

„Ich brauchte eine neue Assistentin, da meine bisherige schwanger wurde. Deswegen habe ich dich zu allererst aufgrund deiner Fähigkeiten eingestellt. Dass du heißer als die Sonne bist, spielte eine Rolle, ja, aber das war nicht ausschlaggebend. Weder bin ich ein widerlicher Arsch wie dein letzter Boss, noch will ich dich als Sexpüppchen. Wie gesagt, daran ist mein Bedarf gedeckt", ätzte er wütend und ich stampfte mit dem Fuß auf.

„Du kannst doch nicht in einem Satz sagen, dass du kein Machoarsch bist und gleichzeitig damit angeben, wie viele Frauen sich für dich nackt ausziehen wollen", warf ich ihm vor, jetzt auch bereit für das Du.

„Es war lediglich eine Tatsache, aber seit du hier arbeitest, habe ich mit keiner Frau mehr geschlafen", entgegnete er verzweifelt und packte mich an den Schultern. „Ich will dich. Hier in meinem Büro und zu Hause in meinem Bett. Warum zum Henker soll das nicht gehen?!" Meine Gefühle hatten gerade einen Systemfehler, denn aus einem Impuls heraus legte ich meine Hände an seine Wangen und schaute ihm tief in die Augen. Ein Sturm aus Leidenschaft, Wut und Entschlossenheit blickte mir entgegen.

„Es geht nicht, weil ich mit deinem besten Freund zusammen bin. Ich habe mich in ihn verliebt und das musst du akzeptieren. Falls du es nicht tun solltest, werde ich kündigen müssen“, erwiderte ich eindringlich und fühlte bodenlose Traurigkeit, die mich umhüllte. Es war die Wahrheit und ich hoffte, er würde es verstehen.

„Du kannst mir nicht weismachen, dass du die Chemie zwischen uns nicht fühlst. Bei allem Respekt, aber du machst dir was vor, wenn du denkst, es geht einfach so vorbei“, raunte er heiser und ich war kurz davor, eine Dummheit zu begehen. Er nahm mir die Entscheidung ab, ohne das ich ihn aufhalten konnte. Seine Hand packte mich am Nacken und er küsste mich.

Falls es noch Gehirnzellen gab, die sich nicht ohnmächtig auf die Seite geworfen hatten, waren sie entzückt. Es war ein Kuss ohne Zunge, doch genauso intim. Bradens Lippen waren weich, sinnlich und lockten mich fast verzweifelt. Für einen Augenblick gab ich mich der Vorstellung hin, es könnte funktionieren. Meine Finger krallten sich in sein Jackett und klammerten sich an ihn. Ich hatte sofort schwache Knie und seufzte vor Lust und Überraschung, aber dann hörte er abrupt auf. Schwer atmend schaute er mich an und ich kam langsam aus meinem Paralleluniversum in die Realität zurück.

„Siehst du? Wir beide passen perfekt zusammen. Dich zu küssen war, wie vor Gericht zu gewinnen. Einfach fucking fantastisch.“ Er schnappte sich seine

Aktentasche, streichelte meine Wange und ging Richtung Büro.

„Das wird nie wieder vorkommen!“, rief ich ihm hinterher und er blieb im Türrahmen stehen.

Mit hochgezogener Augenbraue machte er mir klar, dass ich die Einzige war, die das glaubte. „O doch, und grüß bitte Jack von mir“, entgegnete er entspannt, während ich völlig unter Strom stand.

„Das werde ich und dann wird er dir den Arsch aufreißen! Falls du das noch einmal machst, kündige ich!“ Selbst das schien ihn nicht zu beunruhigen.

„Jack weiß, dass ich dich will und du wirst auch nicht hier aufhören, Olivia“, antwortete er mit dem üblichen teuflischen Lächeln und strich mit dem Zeigefinger über seine Unterlippe.

„Zu einem Kuss wie diesem gehören immer noch zwei!“

Wütend drehte ich ihm den Rücken zu und setzte mich wieder an den Schreibtisch. Ich hörte, wie er ohne ein weiteres Wort die Tür zu seinem Büro schloss. Den blöden Kugelschreiber schmiss ich in den Müll. Ich wollte keinerlei Andenken an den schrecklichen Ausrutscher behalten.

Doch warum fühlte sich dieser Fehler nur so verdammt gut an? Mein schlechtes Gewissen bestrafte mich, indem ich tierische Kopfschmerzen vom Grübeln bekam. Ich würde Jack von dem Kuss erzählen und hoffen, dass er mir verzieh.

Kapitel 23

Da mir das Schicksal heute den Stinkefinger zu zeigen schien und irgendjemand es witzig fand, mich zu quälen, war der Tag noch lange nicht zu Ende. Braden hatte kurzfristig einen Termin mit der Mandantin Kento vereinbart und war ab Mittag nicht mehr im Büro. Eigentlich war das ein Grund zum Aufatmen, doch leider hielt es nur für kurze Zeit an. Da sich alles gegen mich verschworen hatte, klingelte das Telefon ununterbrochen. Normalerweise bräuchte er zwei Assistentinnen.

Man könnte bei der Anzahl der Anrufer annehmen, dass ganz New Orleans und Umgebung sich scheiden lassen wollten. Vielleicht lag es an den tropischen Temperaturen, die die Menschen durchdrehen ließen, ich wusste es nicht. Ein Gutes hatte es. Ich hatte nicht mehr die Gelegenheit, über diesen großartigen Kuss nachzudenken. Meine Selbstverleumdung hielt nur kurz, schließlich gab ich mir selbst gegenüber zu, dass er wahnsinnig gut küssen konnte. Obwohl es nur eine simple Berührung war, blieb das Gefühl von Erregung länger. Das machte die Sache mit dem schlechten Gewissen nicht besser. Doch es war etwas Einmaliges und damit hoffentlich bald Geschichte.

Kit hatte durchgerufen und mir gesagt, dass sie gleich gehen würde, weil ihre Mutter sich beim Fensterputzen das Bein gebrochen hatte. Hausarbeit war Teufelszeug. Ich hasste es, zu putzen und wenn ich sowas hörte, erst recht. Darum holte ich mir nur schnell ein Sandwich, die neueste Klatschzeitschrift und machte es mir auf der Fensterbank im Gang unserer Etage gemütlich. Manchmal war es ziemlich merkwürdig, allein hier zu sitzen.

Irgendwann während des Essens fiel mein Blick auf die Bilder, die den Flur säumten. Ich leckte mir den Rest Mayonnaise von den Fingern und erhob mich. Je näher ich den Gemälden kam, desto deutlicher wurde, was sie darstellten. In den ganzen Wochen meiner Ankunft hatte ich keine Zeit gehabt, sie zu betrachten.

Heilige Scheiße, das sind Aktbilder, und was für welche! Dunkle Farben, die das meiste verdeckten. Aber wenn man genauer hinsah, konnte man Liebende beim Sex erkennen. Die Zeichnungen waren kraftvoll, voller Leben und mit einem eindeutig dominanten Touch. Finn Larsson las ich in der Signatur und ich grübelte, ob ich jemals von dem Künstler gehört hatte. Ich interessierte mich mehr für Musik als für Kunst. Allerdings hatten diese Darstellungen so viel Erotik in jedem Pinselstrich, dass ich mir sicher war, sie kosteten ein Vermögen. *Ganz schön mutig, sich solche Bilder in die Halle vor sein Büro zu hängen, doch eigentlich typisch für Braden.* Subtil mit einem großen Hauch Gefahr.

Das Klingeln meines Handys riss mich aus meinem Tagtraum. Dort war Braden gerade dabei, mir, genau wie auf dem Foto, das Haar nach hinten zu ziehen. *Krieg dich wieder ein*!, schimpfte ich, während ich zum Schreibtisch hastete und mich der guten, ungefährlichen Realität stellen musste.

„Ich komme jetzt in den Flur. Das sage ich dir nur, damit du dich nicht erschreckst oder erneut heimlich telefonierst", hörte ich Braden kurz vor Feierabend aus dem Fahrstuhl rufen.

„Witzig ist er auch noch", grummelte ich genervt und warf einen sehnsüchtigen Blick auf die Uhr. Nur fünf Minuten, dann hätte ich Büroschluss. Wir mussten unbedingt professionell bleiben, sonst wäre ich am Ende des Jahres bereit für einen Herzschrittmacher. Ich wollte ein normales Arbeitsklima und keinen endheißen Boss, der mich in den Wahnsinn trieb.

„Hey, warum antwortest du nicht?", fragte er mich, sobald er vor meinem Tisch stoppte.

„Weil ich damit beschäftigt war, mir den Bauch vor Lachen zu halten", konterte ich mit vor Ironie triefender Stimme und war stolz, dass ich cool und souverän klang.

„Ich wusste, dass dich das zum Lachen bringt. Außerdem wollte ich sicher gehen, dass du mir nicht wieder vorwirfst, ich hätte dich belauscht!"

„Wie war das Arbeitsessen? Wird Mrs. Kento unsere neue Klientin?" Meine Unterhaltungen mit ihm sollten rein beruflich bleiben. Deswegen ging ich auf sein Geplänkel nicht weiter ein.

„Es sieht gut aus. Sie ist verbittert, will Rache und damit das Geld ihres Noch-Ehemannes. Erst hat sie ihn nur der Kohle wegen geheiratet, dann hat sie sich in ihn verliebt. Leider möchte er lieber eine Vorzeigefrau und hat kein Interesse an Kindern. Du kannst dir vorstellen, wie sauer sie ist. Für mich einfach perfekt. Jetzt müssen wir nur noch beweisen, dass ihr Mann eine andere vögelt, danach habe ich so gut wie gewonnen."

„Wirst du es nie müde, dir ständig die Scherben einer Beziehung anzusehen? Das muss doch frustrierend sein und mich würde es wahrscheinlich an der Liebe zweifeln lassen“, erwiderte ich traurig.

„Was Scheidungen angeht, habe ich mir einen guten Ruf gemacht. Natürlich ist es nicht schön, wenn einer der beiden noch liebt und das Gegenüber nur schnell geschieden werden möchte“, antwortete er und sah mich dabei gelassen an. „Wenn ich es nicht tue, macht es jemand anderes. Ich finde Wirtschaftsangelegenheiten oder notarielle Sachen nicht so aufregend. Manchmal im Gerichtssaal möchte ich schon sagen: Reißt euch zusammen und redet nochmal miteinander, aber ich tue es nicht. Menschen, die heiraten, sind alt genug, eigene Entscheidungen zu treffen.“

„Du hast recht, dafür sind sie selbst verantwortlich. In meinem alten Job waren es meist nur notarielle Dinge. Die letzten Wochen bei dir waren definitiv spannend, vor allem, was deine Besucherinnen anging“, zog ich ihn auf und er schmunzelte.

„Ich habe das Gefühl, je reicher die Frauen, desto verrückter werden sie!“ Er machte dabei eine Kreisbewegung an der Stirn und fuhr sich anschließend mit der Hand übers Kinn. Mich durchlief ein leichter Schauer, sobald ich hörte, wie er über seine Bartstoppeln kratzte.

„Da kann ich dir nicht widersprechen. Ich hoffe, du brauchst mich nicht mehr, ich möchte Feierabend machen und dann nur noch auf die Couch.“ Mein Soll an Standfestigkeit hatte ich langsam überschritten.

Er legte den Kopf schräg und sah mich durchdringend an. „Geh ruhig, obwohl ich mich frage …“

„Was fragst du dich?“, hakte ich misstrauisch nach und seine Kiefermuskeln fingen zu zucken an.

„Wie wäre es mit Abendessen?“

„Nein!“

„Wieso nicht? Was ist so schlimm an einem harmlosen Essen?“

Ich schnaubte ungläubig auf und sah ihn mit hochgezogenen Augenbrauen an. „Ist es ein Arbeitsessen?“

„Nicht wirklich. Würdest du dich wohler fühlen, wenn es eins wäre?“ Seine Frage kam viel zu unschuldig daher und ich glaubte ihm kein Wort.

„Falls es nicht das Geringste mit Arbeit zu tun hat, muss ich ablehnen. Obwohl, jetzt, wo ich darüber nachdenke, sage ich auch zu einem normalen Essen Nein. Du bist gefährlich, Braden, und ich werde nicht nachgeben!“ Er ließ kurz die Schultern hängen, als hätte ich ihn verletzt. Doch es war nur ein flüchtiger Augenblick, dann war der Ausdruck wieder verschwunden.

„Gib mir eine Chance!“, beschwor er mich und mein Herz hüpfte rasch auf und ab.

„Ich kann nicht, und wenn du nicht aufhörst zu fragen, werde ich dich wieder siezen, haben wir uns verstanden?“ Nun war ich diejenige, die sich schlecht fühlte. „Hör zu, ich möchte nicht kündigen müssen, denn ich mag dich. Also mach es mir nicht schwerer, als es ist“, bat ich ihn leise und er ließ den Kopf in den Nacken fallen. Offensichtlich frustriert fuhr er sich durchs Haar und seufzte.

Ich schaltete den Computer aus, griff mir meine Tasche und erhob mich. Während ich an ihm vorbeiging, trafen sich unsere Blicke. Meine Augen huschten sorgenvoll über sein Gesicht. Ich entdeckte eine kleine Narbe, die er am Kinn trug, und hätte zu gern gewusst, woher er sie hatte. Langsam streckte er seine Hand aus, hielt aber inne und zog sie wieder zurück. Ich nickte zum Abschied, denn es gab nichts mehr zu sagen.

Die Fahrstuhltüren öffneten sich und mit einem Mal stand Jack vor mir. Überrascht und völlig überfordert mit der Situation blieb ich starr stehen und glotzte ihn an.

„Hey, Baby. Ich wollte dich zum Essen ausführen, ich hoffe, ich störe nicht?!"

„Nein, nein, überhaupt nicht. Ich freue mich, denn ich habe tierischen Hunger. Und Durst, Durst habe ich auch", stammelte ich unbeholfen und stieg zu ihm in die Kabine. Er zog mich wie selbstverständlich an seine Seite und gab mir einen Kuss. Peinlich berührt schloss ich ganz fest die Augen und wünschte mir, das Braden nicht mehr dort stand.

„Ich wünsche euch viel Spaß!", sagte mein Boss und ich riss mich von Jacks Lippen los.

Jack war nicht dumm. Er schien zu spüren, dass etwas nicht stimmte. Besitzergreifend nahm er meine Hand und visierte seinen Freund an. „Danke dir, den werden wir haben!" Ein stummes Duell wurde zwischen den beiden ausgetragen und ich hämmerte derweil wie eine Gestörte auf dem Etagenknopf herum. Endlich schlossen sich die Türen und ich blickte angestrengt auf den Boden. Ich konnte keinem von ihnen ins Gesicht sehen.

„Ach ja, Jack?“ Braden hatte seine Finger in die Tür gehalten, so dass sie nicht zuging.

„Hast du was Wichtiges vergessen?“, fragte ich angespannt dazwischen und machte einen großen Fehler. Ich schaute ihn an und wusste, was jetzt kommen würde, noch bevor er die Lippen bewegte. Seine gesamte Haltung hatte sich verändert, seit Jack aufgetaucht war. Dominanz quoll ihm aus jeder Pore und die Art, wie er mich anstarrte, ließ keinen Zweifel daran, dass er mich wollte.

„Ich habe Olivia geküsst, Jack, und ich werde es wieder versuchen, bis sie mir gehört. Schönen Abend noch“, verkündete er in die Stille hinein und nahm seine Hand aus der Lichtschranke. Die Türen schlossen sich und ich hätte alles für die Tardis von *Dr. Who* getan.

„Ich glaube, du schuldest mir eine Erklärung!“, wandte sich Jack an mich.

Das tat ich, aber wie sollte ich ihn und vor allem mich überzeugen, dass Braden kein Thema war, wenn ich es doch besser wusste?

Kapitel 24

„Wenn ich dir sage, dass es nur ein flüchtiger Kuss war, würdest du mir glauben?“ Ich mochte ihn kaum anschauen und hatte das Gefühl, der blöde Fahrstuhl bewegte sich im Schneckentempo nach unten.

„Liv, falls es die Wahrheit ist, dann glaube ich dir. Allerdings kenne ich Braden beinahe mein ganzes Leben und so etwas sagt er nicht bloß so. Er will dich. Braden hat es mir vorher gesagt und heute eindrucksvoll demonstriert!“

„Das ist ja schön für ihn, aber er weiß, dass ich mit dir zusammen bin. Herrgott nochmal, wieso kann er nicht damit aufhören und einfach nur mein Boss sein?“, schimpfte ich ungehalten und blickte rasch zur Seite. Aus dem Augenwinkel registrierte ich, wie Jack mit den Schultern zuckte. Wahrscheinlich sehnte er wie ich das Ende dieser Horrorfahrt herbei. Doch kurz bevor das Erdgeschoss angezeigt wurde, drückte er auf den Stopp-Knopf. Panisch sah ich ihn an, denn enge Räume waren so gar nicht meins.

„Was soll das? Lass uns das woanders klären, bitte“, flehte ich ihn an, aber er schüttelte resolut mit dem Kopf.

„Wir brauchen nichts klären, Liv. Ich will nur zwei Dinge klarstellen.“ Mir wurde zunehmend flauer im Magen, und ich wusste nicht, ob es am Platzmangel oder an seinen mir bevorstehenden Fragen lag. Stumm starrte ich geradeaus und hoffte, schnell hier raus zu kommen. „Du brauchst dich für nichts zu schämen. Erstens, wir werden immer ehrlich sein, verstanden? Und zweitens möchte ich das ein für alle Mal klären, okay?!“

„Ja“, antwortete ich zögernd und spürte, wie mir der Schweiß den Rücken hinunter lief.
„Zweitens beruht auf den ersten Teil. Du magst ihn, nicht nur als Boss.“ Das war nicht als Frage gemeint, sondern eher eine Feststellung. Jetzt hieß es Augen zu und durch.

„Ja, aber ich will es nicht und ich werde nie …“ Weiter kam ich nicht, denn er drängte mich gegen die kühle Metallwand und küsste mich. Dabei hielt er mein Gesicht in den Händen und sein Griff war unnachgiebig. Der Kuss drückte mehr aus, als ich im Moment verstand. Er spielte mit meiner Zunge, neckte sie und tanzte mit ihr in meinem Mund. Es war spielerisch, trotzdem mit einem dringlichen Unterton, der unter der Oberfläche brodelte. Ich vergaß Raum und Zeit, sobald ich in seiner Nähe war. Als er sich von mir löste, biss er mir in die Unterlippe und zog leicht daran. Erst danach gab er mich frei.

„Sag nicht nie. Ich verstehe ihn total, doch das heißt nicht, dass es mir gefällt.“

„Ich weiß und es tut mir leid. Vielleicht hat mich Madame Josephine verhext, anders kann ich mir meine chaotischen Gefühle nicht erklären“, mutmaßte ich und er legte seine Hand in meine. Dann drückte er den Knopf und die Türen öffneten sich Augenblicke später.

„Madame Josephine? Ich kenne sie. Meine Grandma schwor auf ihre hellseherischen Fähigkeiten. Was die Zukunft angeht, soll sie immer richtig liegen“, erzählte er mir, während wir endlich das Gebäude verließen. Sofort blies mir der warme Sommerwind entgegen und ich atmete tief aus.

„Ich denke, die alte Dame hat zu viel in ihren Hokuspokus-Büchern gelesen. Bitte sag mir nicht, dass du an diesen Schwachsinn glaubst?“ Meine Skepsis sah und hörte man mir deutlich an und er grinste verlegen. „Echt jetzt? Warum?“ Ich konnte nicht ganz verstehen, dass jemand wie er an so einen Quatsch glaubte.

„Weil ich damit groß geworden bin. Meine Grandma hat mich oft mit zu ihr geschleppt. Als Kind fand ich es furchtbar gruselig.“

„Das ist es jetzt auch noch. Sie ist so verdammt hartnäckig. Ich schwöre dir, sie lauert mir ständig auf. Es ist zum verrückt werden und dann diese furchtbaren Schrumpfköpfe, die dort hängen.“ Ich schüttelte mich bei den Erinnerungen an heute Morgen. Jack lachte leise und verriet mir, dass er als kleiner Junge von den Schrumpfköpfen Albträume bekommen hatte.

„Die waren schrecklich. Sie haben mir damals erzählt, das seien böse Geister, denen man die Münder zugenäht hätte, damit sie einen nicht verfluchen konnten. Mittlerweile weiß ich, dass es nur zur Abschreckung dienen sollte, aber es ist ganz schön creepy.“ Er machte so ein komisches Gesicht, dass ich laut auflachte.

„Mir hat sie versichert, es sind nur Attrappen. Ich denke mal, das entspricht eher der Wahrheit. Als Kind wäre ich schreiend davon gelaufen. Selbst als Erwachsene habe ich ständig das Bedürfnis“, verriet ich ihm. Obwohl der Tag bisher so schlimm gewesen war, wurde er mit ihm jede Minute besser. Wir sprachen nicht länger über Braden. Er kehrte nicht den eifersüchtigen Macho raus und insgesamt war er ziemlich entspannt. Ich versuchte, mir ein Beispiel an ihm zu nehmen. Schließlich wusste er jetzt alles, auch wenn ich mir noch immer den Kopf zerbrach.

Wir liefen händchenhaltend an den Cafés und Läden vorbei, bis er vor einem kleinen Markt stoppte. Fragend schaute ich zu ihm und er zerrte mich grinsend hinein.

„Ich werde für dich kochen, Baby. Etwas, das dich umhauen wird. Falls du nichts dagegen hast, machen wir das bei dir. Denn ich will nicht, dass dein Mitbewohner mich nicht leiden kann!“

Lächelnd schlug ich ihm spielerisch auf den Arm und schnappte mir einen Einkaufskorb. „Solange du ihm Hühnchen mitbringst, wird er dich lieben“, versprach ich ihm und folgte ihm, als er die Fleischabteilung ansteuerte.

„Wenn dein Kater so leicht zufriedenzustellen ist, frage ich mich, mit was ich die Besitzerin herumkriege“, neckte er mich und küsste meinen Nacken.

Diese simplen Zärtlichkeiten gingen mir durch und durch. Es fühlte sich toll an und ich wollte, dass es so blieb. Darum legte ich meinen freien Arm um seinen Hals und gab ihm einen schnellen Kuss.

„Koch für mich und sei der Nachtisch, dann ist die Besitzerin ziemlich befriedigt“, erwiderte ich und schnappte nach Luft, als er mir fest auf den Hintern haute.

Er kaufte tatsächlich ein ganzes Hühnchen und ich sah Spencer bereits vor mir, wie er vollgefressen über den Boden kugelte.

„Das sollte für uns drei reichen“, grübelte er und zog mich weiter zum Gemüse. Es wurde ein bunter Mix aus Sellerie, Avocados, Tomaten und Paprika. Zum Schluss griff er nach einem Beutel Kartoffeln und mir lief schon das Wasser im Mund zusammen.

„Das sieht aus, als würden wir gut über die Runden kommen. Ich besorg uns noch Eis und dann können wir los.“ Ich düste in die Kühlabteilung, holte mir Schokoladeneis und konnte mich danach nicht zwischen Zitrone und Karamell entscheiden. Kurzerhand schnappte ich mir alle drei und legte sie zu seinen gesunden Sachen. Eine hochgezogene Augenbraue verriet mir, dass ich jeden Moment einen Spruch kassieren würde. Deswegen kam ich ihm zuvor.

„Was? Eine Frau sollte sich niemals für eine Sorte entscheiden müssen. Das wäre ein Verbrechen!“

Er verkniff sich ein Lachen und nickte ernst. „Da habe ich wieder was gelernt. Ich werde ab morgen immer sämtliche Eissorten in meinem Kühlschrank horten. Damit locke ich dich dann in mein Bett.“

„Dafür brauchst du kein Eis, Jack“, antwortete ich schnurrend und ihm fiel fast das Körbchen aus der Hand. Noch nie hatte ich einen Mann so schnell bezahlen sehen wie ihn.

Wir kamen ohne von verrückten Nachbarn angesprochen zu werden in meiner Wohnung an, wo ich sofort die Klimaanlage anstellte und das Eis in den Kühlschrank packte. Jack folgte mir in die Küche und legte die Einkäufe auf den Küchentresen.

„Hast du was dagegen, wenn ich mich kurz frisch mache? Ich habe das Gefühl, ich löse mich gleich in meine Bestandteile auf“, jammerte ich, während ich meine Schuhe im Flur im hohen Bogen von mir schoss. Ich musste mich immer noch an das Klima gewöhnen. Es war zwar herrlich, dass es hier warm war, doch ab und zu wünschte ich mir den ewigen Regen herbei.

„Natürlich, mach ruhig. Ich finde mich hier zurecht, keine Sorge. Lass dir Zeit“, rief er aus der Küche und ich lächelte. Bis jetzt hatte niemand außer ihm für mich gekocht. Es wäre gelogen, wenn ich sagen würde, dass ich was dagegen hätte. Wer bekam schon das Gesamtpaket? Er sah toll aus, war witzig, wahnsinnig sexy und konnte obendrein kochen. Ich lief ins Schlafzimmer, wo Spencer auf meinem Bett döste und kraulte ihn flüchtig am Hals. Träge reckte er sich kurz und rollte sich danach erneut zusammen.

„Dir auch ein herzlich willkommen zu Hause“, murmelte ich ihm zu. Ich kramte in meiner Schublade nach Unterwäsche, die hübsch, aber bequem war. Dann schnappte ich mir ein lockeres Jersey-Kleid und ging ins Badezimmer. Mein Haar ließ ich zusammengesteckt. Sie jetzt zu waschen, würde ewig dauern.

Als ich unter den lauwarmen Wasserstrahl trat, stöhnte ich vor Wonne. Ich entspannte mich sofort und verhinderte, dass mich die Ereignisse des Tages runterzogen. Länger als sonst blieb ich unter der Dusche, rasierte mich noch an den üblichen Stellen und verließ sie frisch erholt. Nachdem ich mich eingecremt und angezogen hatte, öffnete ich meine Frisur. Meine Haare band ich mir anschließend zu einem hohen Zopf zusammen und Make-up ließ ich weg. Kein Mann sollte dem Irrglauben aufsitzen, dass wir morgens perfekt geschminkt aufwachten, als wäre es Magie, wie die Zeitschriften und Werbespots es ihnen weismachen wollten. Außerdem kannte er mich bereits komplett ohne was und er war nicht schreiend davon gelaufen.

Ein fantastischer Geruch waberte mir entgegen, als ich Richtung Küche lief. Wie nicht anders zu erwarten, saß mein gefräßiger Kater gleich neben meinem begabten Freund und leckte sich das Maul.

„Wahnsinn, wie man das Herz eines Tieres nur durch Essen erobern kann“, sagte Jack über seine Schulter gewandt, sobald er mich kommen hörte. Ich sah mir diese Szene einen kurzen Moment an und setzte mich an den Küchentisch. Er hatte eine Flasche Rotwein geöffnet und uns beiden eingeschenkt.

„Ich raube dir nur ungern die Illusionen, doch sowie das Hühnchen in seinem Magen gelandet ist, bist du Geschichte!“ Er schaute zu Spencer hinunter, der so unschuldig wie möglich neben ihm saß.

„Ich hatte noch nie ein Haustier, aber ihn hier mag ich“, erwiderte er und gab ihm tatsächlich ein weiteres Stück Huhn. Genießerisch schmatzend kaute mein Kater und beachtete mich überhaupt nicht. Ich trank einen Schluck und sah zu, wie Jack das Gemüse in die Pfanne mit dem Hähnchen tat und eine rote Sauce dazugab.

„Wow, es riecht wahnsinnig toll. Ich könnte mich wirklich daran gewöhnen“, seufzte ich genüsslich und fühlte mich unheimlich wohl in seiner Gegenwart. Es hatte sowas Normales und Unbeschwertes. Er zwinkerte mir kurz zu und konzentrierte sich wieder auf den Herd. „Soll ich schon mal den Tisch decken, damit ich mich auch irgendwie nützlich mache?“

„Das wäre klasse. Es braucht noch zwei, drei Minuten, dann ist es fertig.“ Ich stand auf, stellte mich neben ihn und öffnete die Schranktür, um das Geschirr herauszunehmen. Plötzlich spürte ich eine Hand an meinem Hintern, verkniff mir ein Lächeln und sah ihn gespielt ernst an.

„Pass auf, dass dir dein Essen nicht anbrennt“, warnte ich ihn und zeigte auf die Pfanne.

„Da passiert so schnell nichts. Ich finde, du riechst toll und ich mag es, wenn ich durch dein Haar streichen kann“, antwortete er zärtlich und fuhr mit seinen Fingern durch den Zopf. Anschließend zog er ein wenig daran, und ich erschauerte. Sobald wir uns nahe waren, flogen die Funken wie bei einer Wunderkerze. Ich beugte mich zu ihm und gab ihm einen Kuss. Er griff fester zu und ich hätte um ein Haar die Teller fallen lassen. „Du machst mich verrückt, Liv! Wenn du nicht gleich aus der Küche verschwindest, werde ich über dich herfallen und das Essen fällt aus“, raunte er sinnlich und ich sprang zurück.

„O nein, ich habe Hunger und da du mein Nachtisch bist, muss ich mir das Beste bis zum Schluss aufheben“, neckte ich ihn und er ließ meinen Zopf los. Ein weiterer Klaps auf den Hintern sorgte dafür, dass ich kichernd ins Wohnzimmer verschwand. Er machte aus mir ein hormongesteuertes Ding, ich kicherte sonst nie. Ich fand es total daneben, wenn Frauen wie hohle Birnen ihren Freund anhimmelten und jetzt war ich eine von ihnen!

Plötzlich hörte ich einen kurzen Aufschrei und lief sofort zurück in die Küche. Dort hing mein bald obdachloser Kater an Jacks Bein und probierte, an ihm hochzuklettern. Eilig rannte ich zu den beiden, schnappte mir Spencer und versuchte, ihn vom Hosenbein loszubekommen. Doch seine Krallen hingen fest und ich musste Gewalt anwenden, bis er losließ. Wütend trug ich ihn auf den Balkon und ließ ihn herunter.

„Du bist echt gestört, Spencer! Anstatt zu warten, bis du von deinem neuen Gönner noch etwas kriegst, fällst du ihn lieber an“, schimpfte ich mit ihm und er maunzte kläglich. Wenn ich ihn nicht besser kennen würde, wäre ich drauf reingefallen. „Ich durchschaue deine Masche, mein Herzblatt. Von mir bekommst du nichts außer Trockenfutter. Eine Belohnung für schlechtes Benehmen ist nicht drin!“ Damit ging ich zurück in die Küche und schaute, ob mein Freund sich von dem Schrecken erholt hatte.

„Bist du okay?“, fragte ich besorgt und sah zu meiner Beruhigung kein Blut durch die Hose quillen.

Er tat es mit einer Handbewegung ab und füllte zwei Teller auf. „Mach dir keinen Kopf, er hat mich nur erschreckt, das ist alles. Aber es könnte sein, dass du nach dem Essen meine Wunden versorgen musst!“

„Ich werde mein Bestes geben“, antwortete ich lachend. Erleichtert nahm ich die Gläser, klemmte mir die Flasche Wein unter den Arm und folgte ihm.

Wie auch am gestrigen Tag war sein Gericht der Hammer, es schmeckte wirklich fantastisch. Wir aßen, tranken und unterhielten uns über dieses und jenes. Ich erfuhr, dass er, wie ich Einzelkind war und als kleiner Junge Astronaut werden wollte. Er war der offenste Mensch, den ich kannte. Doch immer noch nagte an mir, was vorhin geschehen war.

„Jack, darf ich dich etwas fragen?“ Er nickte und prostete mir zu. „Wieso bist du nicht sauer auf Braden? Ich meine, versteh mich nicht falsch, ich will keinen Streit zwischen euch. Aber ich finde es erstaunlich, dass du so gelassen bleibst.“

Er dachte kurz nach, bevor er mir antwortete und schien seine Worte abzuwägen. „Braden verschenkt sein Herz nur ungern und wenn er es tut, weiß ich, dass er es verdammt ernst meint. Ich liebe ihn wie einen Bruder, deswegen habe ich ein gewisses Verständnis für ihn“, entgegnete er ruhig und nahm meine Hand. Seine Fingerkuppe strich über meinen Puls und hüllte mich in Ruhe. „Ich kann dir nichts verbieten. Wir sind schließlich alle erwachsen und können selbst entscheiden!“ Fragend sah ich ihn an, doch er blieb stumm und wartete ab.

„Was hat das zu bedeuten?“ Ich wusste es wirklich nicht und war verwirrt.

„Falls du mit ihm ausgehen möchtest, dann tue es!“ Ich schnappte nach Luft und war jetzt vollkommen durcheinander. Bevor ich ihn fragen konnte, ob er noch alle Latten am Zaun hatte, kam er mir zuvor. „Liv, wie sollst du wissen, wen du willst, wenn du nicht beide Seiten kennst? Vergiss für einen Moment, dass er dein Boss ist, und denk darüber nach.“

„Ich weiß nicht, was ich dazu sagen soll. Ehrlich, ich finde es toll, dass du scheinbar nicht eifersüchtig bist, doch dieser Vorschlag ist etwas schwer zu verdauen“, gab ich erschüttert zu und exte meinen Wein.

Jack nahm mir das Glas ab, griff sich meine zweite Hand und hielt mich gefangen. Seine Augen strahlten Ruhe und Akzeptanz aus, gepaart mit einer Leidenschaft, die mich umhaute.

„Ich möchte, dass du glücklich bist. Noch nie habe ich jemanden kennengelernt, der so ist wie du. Wir beide ticken gleich. Du bist humorvoll und ich liebe die Art, wie sehr du dir Gedanken um andere machst. Es ist vielleicht nicht die Norm, aber wenn wir mal alles außer Acht lassen, dann kann ich damit leben, dass du Braden ebenfalls magst. Eigentlich möchte ich dir nur sagen, dass ich der zufriedenste Mann bin, weil ich dich zur Freundin habe. Ich will, dass es dir genauso geht."

Blinzelnd ließ ich seine Worte sacken und fühlte mich, als wäre ich wie Alice in ein Paralleluniversum gefallen. Jeden Augenblick kam vermutlich die rauchende Raupe um die Ecke und gab Weisheiten von sich. Die könnte ich im Moment auch sehr gut gebrauchen.

„Sag etwas", forderte er mich auf und ich schloss kurz meine Augen. Mein Bauch sagte mir, nimm das Angebot an. Mein Verstand holte schon mit dem Hammer aus und schüttelte kritisch sein Haupt. Als ich ihn wieder ansah, war ich immer noch überwältigt von den Dingen, die zwischen den Zeilen zu lesen waren.

„Du würdest mich mit ihm ausgehen lassen und was dann? Ich habe mich in dich verliebt und das ist das Tollste, was mir passieren konnte", antwortete ich ehrlich und strich ihm über die Wange. Seine Augen schlossen sich und ich war mir sicher, den richtigen Weg zu gehen. „Ich brauche nicht mit ihm auszugehen, glaube mir!" Er lehnte sich in meine Hand und seufzte. Auf einmal wollte ich ihm nah sein, ihm zeigen, was ich für ihn empfand. Der Wunsch, ihm alles zu geben, überwältigte mich, darum sprang ich von meinem Stuhl auf und setzte mich auf seinen Schoß. „Falls du es noch nicht weißt, ich bin verrückt nach dir, Jack!“

„Das weiß ich und ich wollte dich nicht verwirren. Ich möchte dir nur begreiflich machen, dass ich mit allem umgehen kann, solange wir zusammen bleiben.“

„Das ist das Schrägste, was ein Mann je zu mir gesagt hat“, gab ich ehrlich zurück. „Aber es ist gleichzeitig auch das Süßeste! Du bist für mich der Jackpot und ich habe plötzlich unheimlichen Appetit auf das Dessert.“

„Dann zeig mir, wie sehr“, raunte er mit lustvoller Stimme und ich wusste genau, was er meinte.

Ich schlang meine Arme um seinen Hals und knabberte an seinem Ohrläppchen. „Bring mich ins Bett und ich beweise es dir!“

Kapitel 25

Ohne über irgendetwas oder irgendwen zu stolpern, gelangten wir küssend ins Schlafzimmer. Er ließ mich los und ich ging ums Bett herum, um die Nachttischlampe anzuschalten. Fragend zog Jack eine Augenbraue hoch, schlüpfte aus den Schuhen und ich lächelte bei dem Gedanken, was ich gleich tun würde.

„Ich möchte meinen Nachtisch genießen und sehen“, erklärte ich erregt und schlenderte auf ihn zu. „Setz dich aufs Bett“, wies ich ihn an und er tat, was ich verlangte.

„Willst du heute die Kontrolle übernehmen?“, hakte er neugierig nach und strich sich mit dem Daumen übers Kinn. Dabei musste ich hart schlucken. Es erinnerte mich daran, wie gut sich sein Bart auf meinen Innenschenkeln angefühlt hatte. Sein Gesichtsausdruck bewies mir, dass er genau wusste, was er da machte.

Ich schüttelte belustigt den Kopf und ging auf ihn zu. Bei ihm angekommen, schob ich seine Beine auseinander und kniete mich vor ihm hin. Seine Augen wurden dunkler und sein Blick intensiver als jemals zuvor. Mir war bewusst, dass Männer auf Blowjobs standen, und in der Regel gefiel es mir auch. Außerdem wollte ich ihm beweisen, dass ich alles andere als schüchtern war.

Langsam wanderten meine Hände an seinen Oberschenkeln hinauf. Ich reizte ihn mit meinen Fingerspitzen, die ich über die Naht der Innenseite gleiten ließ. Jack hatte sich nach hinten gelehnt und auf die Ellenbogen gestützt, um mich besser beobachten zu können. Ich war mir sicher, dass er nicht lange in dieser Position bleiben würde, wenn ich erstmal richtig anfing. Er war, was ich im Bett mitbekommen hatte, eher der Macher als der Zuschauer. Heute wollte ich es auf meine Weise tun und er ging darauf ein.

„Seit dem Abend vor deinem Club wollte ich das hier schon machen“, raunte ich leise und griff nach seinem Gürtel. Mit schnellen Fingern öffnete ich die Schnalle und auch die Knöpfe seiner Jeans.

„Das ist gut zu wissen, denn ich denke fast täglich daran, wie atemberaubend du zwischen meinen Beinen aussehen würdest.“ Ich lächelte und schob meine Hände in die Hose zu seinem Hintern. Ohne etwas sagen zu müssen, hob er seine Hüfte an und ich konnte ihn von der Jeans und der Shorts befreien. Sein Penis sprang mir entgegen und ich konnte es kaum erwarten, ihn um den Verstand zu bringen.

„Zieh das Shirt aus“, forderte ich ihn auf und löste meinen Blick von dem aufgerichteten Schwanz. Er machte mit seinem Oberteil kurzen Prozess und riss es sich vom Körper. „Jetzt lehne dich wieder nach hinten und genieße!“

„Ich mag deine herrische Seite“, gab er lachend zurück und ich hoffte, er würde alle Seiten an mir akzeptieren können.

„Dann passt es ja!“ Sein Lachen verwandelte sich in ein Aufkeuchen, als ich mit der rechten Hand seinen erigierten Penis streichelte.

Ich fand es aufregend, dass ich solch eine Wirkung auf ihn hatte. Angeheizt stützte ich mich mit einer Hand neben seinem Knie ab und strich mit der

Zunge über seine Brustmuskeln. Diese zuckten unkontrolliert und ich bekam nicht genug von seinen Reaktionen. Immer mehr öffnete ich meine Emotionen und ließ mich von ihnen treiben. Ich erkundete seine Muskeln mit Zähnen und Lippen, während ich an seinem Schwanz sanft auf und ab glitt. Nach wenigen Minuten stöhnte er und ließ seinen Kopf nach hinten fallen. Ich gab ihm einen zusätzlichen Schubs, sodass er mit dem Oberkörper komplett aufs Bett fiel. Erst dann nahm ich seine Eier in die andere Hand und leckte an seiner Eichel entlang.

„Fuck, fühlt sich das gut an“, keuchte er los und ballte seine Hände zu Fäusten. Er gab sich sichtlich Mühe, nicht das Ruder zu übernehmen und das erregte mich umso mehr.

„Willst du, dass ich ihn ganz aufnehme?“, fragte ich ihn rau und spürte, wie ich feucht wurde. Ich fand es erotisch, seinen Lauten zu lauschen und wie sehr er sein Becken nach vorne stieß, damit ich ihn endlich in mich aufnahm.

„Bitte, Liv, nimm ihn in deinen wunderschönen Mund, bitte“, flehte er und das war alles, was ich hören wollte. Ich schlang meine Finger um die Wurzel und ließ ihn langsam in meinen Mund gleiten. „Fuck!“ Sein Rücken bog sich bei diesem Ausruf automatisch durch und ich schluckte noch mehr von ihm.

Er schmeckte nach Mann und verdammt gut. Sein typischer Geruch hüllte mich ein. Er roch irgendwie nach Abenteuer, besser konnte ich es nicht beschreiben. Meine zweite Hand massierte ihn immer weiter und die andere fuhr synchron mit dem Mund auf und ab. Bei jedem Hineingleiten versuchte ich, ihn tiefer aufzunehmen, und atmete durch die Nase. Er war groß und dick, das war ich nicht gewohnt. Vor allem nach meiner langen Sex-Pause vor ihm musste ich mich erstmal damit vertraut machen.

„Kannst du ihn ganz in den Mund nehmen?", bat er mich heiser stöhnend.

Seine Worte machten Dinge mit mir, die ich nicht erklären konnte. Ich wollte, dass er mich nie vergaß und nicht an mir zweifelte. Außerdem war ich so angeknipst, dass ich meine Beine unruhig aneinander rieb, um ein bisschen Linderung zu bekommen. Ich entließ ihn fast vollständig aus meinem Mund, knabberte leicht mit den Zähnen an der Spitze, bis er noch härter wurde. Es würde nicht mehr lange dauern, bis er kam, deswegen bewegte ich meine Finger immer schneller auf und ab.

„Bitte, ich möchte in deinem Mund kommen!" Da ich in diesem Moment alles von ihm wollte, ließ ich ihn tief in mich gleiten, bis meine Nase seinen Bauch berührte. Ich konzentrierte mich auf meine Atmung und drückte die Hand um die Wurzel fester zusammen. Seine Finger schossen nach oben, krallten sich in mein Haar und er schob sich noch weiter vor, bis er in meiner Kehle war. Hektisch blinzelte ich die Tränen fort, denn ich wollte nichts verpassen.

Ich spürte seinen Blick auf mir, während er kam und meinen Namen stöhnte. Zärtlich hielt er mich in seinem Griff gefangen, bis ich fertig war. Schwer atmend löste er sich dann von mir und ich sackte auf meine Waden hinab. Ich konnte mich kaum rühren, denn die Lust, die ich empfand, war allumfassend. Er fuhr sich mit den Fingern durchs Haar und seine

Brust hob sich schnell. Immer noch war sein Schwanz steif und ich biss mir auf die Lippe, um nicht zu betteln. Unruhig strich ich mit den Händen über meine Oberschenkel. Die summende Energie in mir drohte mich zu verzehren. Ich sehnte mich so sehr nach seinen Berührungen, dass es weh tat.

„Jetzt bin ich dran", keuchte er heiser und erhob sich. Wie er mich von oben ansah, war das Schärfste, was ich je gesehen hatte. Er war dominant, ohne etwas dafür zu tun. Nackt wie Gott in schuf stand er da und ich wollte ihn mit Haut und Haaren verschlingen. Er hielt mir die Hand hin, half mir hoch und umarmte mich stürmisch. Dabei küsste er meinen Nacken und packte meinen Hintern.

„Das war der beste Blowjob meines Lebens!" Ich versteckte mein stolzes Lächeln an seiner Brust, die immer noch heftig zuckte. Aus heiterem Himmel warf er mich aufs Bett und setzte sich auf meine Beine. „Ich werde dich so lange ficken, bis du mir gehörst", warnte er mich und ergriff meine Arme. Anschließend wollte er sie über meinem Kopf zusammenführen, doch diesmal musste ich ihn anfassen.

„Ich will dich berühren dürfen, dich küssen, wann und wo ich will", forderte ich ihn auf und er nickte. Danach zog er mir das Shirt über den Kopf und öffnete meinen BH. Er senkte seinen Mund auf meine Brust und küsste sie ausgiebig. Weil ich nicht wusste, wohin mit mir, packte ich sein Haar und hielt ihn ungeduldig fest. Ich wollte, dass er mich vögelte, mir zeigte, wie sehr er mich begehrte. Er küsste sich einen Weg zur anderen Seite, knabberte dort an meiner Brustwarze und ich zerfloss förmlich. Sobald er meine Kehle entlangstrich und seine Hand tiefer in mein Höschen glitt, wurde ich immer feuchter. Er erhob sich geschickt, zog mir den Slip von den Beinen und legte sich anschließend dazwischen. Ich hob mein Becken an, doch er drehte sich leicht, so dass er nicht in mich stoßen konnte.

„Findest du nicht, dass ich erstmal nachsehen sollte, ob du bereit bist?“

„Bist du irre?! Wenn du mich nicht augenblicklich vögelst, werde ich sterben“, erwiderte ich schluchzend, denn die Sehnsucht machte mich verrückt. Seine Finger fanden meinen Eingang, schoben sich in mich und ich kam fast sofort. Ich musste mich wahnsinnig zusammenreißen, um nicht auf der Stelle zu explodieren. Meine Haut war derart überreizt, dass schon winzige Berührungen ausreichten.

„Das beantwortet meine Frage. Du bist tatsächlich feucht und heiß. Ich sollte dich wohl nicht länger warten lassen, oder?“

„Warte, wir brauchen ein Gummi!“ Ich tastete blind nach der Kondompackung im Nachttisch, und öffnete die Folie. Danach schob ich ihm das Kondom in Windeseile über und wollte nur noch, dass er mich in Besitz nahm.

„Bist du soweit? Ich halte das hier vermutlich nicht mehr lange aus“, fragte er schwer atmend.

Bevor ich antworten konnte, legte er sich mein Bein über die Schulter und stieß in mich hinein.

Er erstickte meinen Schrei mit einem Kuss, der genauso sexy war wie er selbst. Doch anstatt mich zu ficken, waren seine Bewegungen langsam und sinnlich. Das peitschte mich nur noch höher. Hitze fraß sich durch meinen Körper, während unsere

Hände hektisch den jeweils anderen erforschten und streichelten. Mein Kopf flog unruhig hin und her, denn ich konnte kaum geradeaus denken, so sehr brauchte ich ihn. Ich küsste jede freie Stelle, an die ich herankam. Er stemmte seine Arme neben meinen Kopf ab und sah mich gierig an.

„Ich werde nie genug von dir bekommen“, antwortete er angestrengt und gab mir nun ein Tempo vor, das ich unmöglich überleben würde. Mir blieb nur Zeit für ein kurzes Nicken, danach hatte ich keinen klaren Gedanken, um zu diskutieren. Immer wieder stieß er in mich, hob mein Bein noch weiter an, bis er in einem Winkel vordrang, der mich ausflippen ließ.

„Das ist es ..., ich bin gleich soweit“, stöhnte ich heftig und fühlte, wie sich meine Härchen an den Armen aufstellten.

„Dann zeig es mir, Baby“, verlangte er düster und legte seinen Daumen auf meine Klit. Der kleine Druck genügte, um mich kommen zu lassen. Ich bebte am ganzen Körper und hatte das Gefühl, bewusstlos zu werden. Er wartete, bis ich mich nicht mehr verkrampfte, anschließend zog er seinen Schwanz raus. Jack kniete sich zwischen meine Beine, entfernte das Kondom und packte sich selbst fest an. Ich sah zu, wie sich seine sehnigen Unterarme in Bewegung setzten. Er holte sich vor mir einen runter und ich wäre bei dem Anblick fast nochmal gekommen.

„Das ist so heiß“, keuchte ich und knetete meine Brüste. Sein Blick flog zu ihnen und ich drückte sie zusammen. Seine Adern am Hals traten hervor, als er seine Eier griff und zudrückte. „Jetzt komm, Baby“, feuerte ich ihn an und er stöhnte heiser auf. Dann kam er auf meinen Brüsten, die Augen unentwegt auf mich gerichtet und voller Lust. Anschließend streichelte Jack über meine Brustwarzen, verwischte seine Spuren auf mir und sah mich liebevoll an.

„Das war unglaublich!“, stieß er aus.

Ich setzte mich auf und küsste ihn lang und ausgiebig. Hingebungsvoll strich ich ihm das feuchte Haar aus dem Gesicht und legte meine Stirn an seine.

„Das war das beste Dessert aller Zeiten“, erwiderte ich seufzend und war bis in die Haarspitzen befriedigt. Er sprang aus dem Bett, lief ins Bad und kam mit einem Handtuch zurück. Zärtlich wischte er mich sauber und tat es mit so viel Vertrautheit, dass ich wusste, ich hatte meinen Platz gefunden.

„Da gebe ich dir absolut Recht. Ich werde in Zukunft den Nachtisch mit ganz anderen Augen sehen“, scherzte er und zog mich in seine Arme. So lagen wir noch eine Weile da, lauschten unserem Herzschlag und schliefen zusammen ein.

Kapitel 26

Die nächsten zwei Monate verliefen wie im Traum. Jack nahm sich öfter frei und wir unternahmen eine Menge gemeinsam. Er präsentierte mir die hübschesten Ecken New Orleans und schleppte mich sogar auf einen Schaufelraddampfer, obwohl ich schnell seekrank wurde. Wir lachten viel, vor allem, wenn er mir ein paar gruselige Geschichten erzählte, die ich noch nicht von Kit kannte. Er verriet mir, dass seine Eltern früh gestorben waren, und zeigte mir Fotos von ihnen und aus seiner Kindheit. Auf seinen Teenager-Bildern war fast immer Braden mit dabei. Man sah auf jedem Foto, wie nahe sie sich standen und ich verspürte Gewissensbisse, da ich diese Freundschaft gefährdete. Wir hatten das Thema nicht weiter angesprochen und ich schob es in den hintersten Winkel meines Herzens. Verdrängung war meine neue Devise und das klappte eigentlich ziemlich gut.

Ich fühlte mich pudelwohl, war total verliebt und die Stadt war zu meiner Heimat geworden. Es kam mir manchmal vor, als ob wir schon eine Ewigkeit zusammen waren, weil wir uns so gut ergänzten.

Die Nächte spielten in einer ganz anderen Liga, dann zeigte er mir auch auf körperliche Weise, wie sehr er mich mochte. Ich wollte irgendwie gern *Ich liebe dich* zu ihm sagen, doch etwas hielt mich zurück. Durch die Telefonate mit Penny beziehungsweise aufgrund ihrer zerbrochenen Beziehung wurde ich vorsichtiger, was diese Worte anging. Schließlich waren Patrick und sie jahrelang ein Paar gewesen und trotzdem gescheitert. Ich wusste, es war dumm, so zu denken, denn Garantien für die Liebe und wie lange sie andauerte, gab es nicht. Allerdings blieben mir die drei Worte, wann auch immer ich sie aussprechen wollte, schlussendlich im Hals stecken. Es war, als wartete ich auf irgendwas. Nur hatte ich keine Ahnung, worauf.

Penny hatte sich eine Zeitlang zu ihren Eltern verkrümelt, leckte dort ihre Wunden und zeigte Patrick damit die kalte Schulter. Dieser war mittlerweile ausgezogen und hatte kurz darauf geschnallt, dass er einen großen Fehler begangen hatte. Sie telefonierten ein paar Mal, doch sie war verletzt und wollte ihn nicht sehen. Penny ging auf Abstand, denn so einfach war das mit dem Verzeihen nicht. Ich konnte sie sehr gut verstehen. Sie brauchte Zeit und er gab sie ihr.

Patrick hatte versucht, mich anzurufen, aber ich nahm nicht ab. Es half keinem von beiden, wenn ich mich einmischte. Außerdem hätte ich jederzeit Partei für meine Freundin ergriffen und das war nicht fair. Mein Bauchgefühl sagte mir, dass die Chancen auf ein erneutes Happyend nicht schlecht lagen. Wer sollte eine Ehe besser wieder hinbekommen, wenn nicht die Zwei? Ich wollte gerne für sie da sein, doch ich hatte noch keinen Anspruch auf Urlaub.

Momentan beschlich mich eh das Gefühl, als würde ich mich auf einem Minenfeld ohne Helm und Ausrüstung befinden, sobald ich das Büro betrat. Das Einzige, was mir meine gute Laune von Montag bis Freitag verhagelte, war nämlich Braden beziehungsweise diese riesige Gewitterwolke, die über uns schwebte. Er verhielt sich rein professionell, flirtete nicht mehr und war ansonsten wieder fast der Alte. Aber eben nur fast, denn er redete über seine Fälle, sonst nichts. Kein nettes Wort oder ein Witz, nein, er blieb kühl und arrogant wie zu Beginn unseres Arbeitsverhältnisses. Eigentlich sollte ich Luftsprünge machen, dass er mich in Ruhe ließ, doch die Gewitterwolke ließ ab und zu ein paar Tropfen regnen. Das waren die Momente, die mein Herz in eine Schraubzwinge quetschten, die gnadenlos zudrückte.

Immer dann, wenn Braden mich von seinem Büro aus beobachtete und dachte, ich würde es nicht mitbekommen. Bei jeder zufälligen Berührung fiel einer dieser Tropfen. Sobald ich ihn telefonieren hörte, war ich angespannt. Ich war wie gelähmt und konnte mich trotzdem nicht zwingen, wegzuhören.

Mein Nervenkostüm beruhigte sich in dem Augenblick, wenn er nicht mehr vor Ort war.

Beim Mittagessen heute hielt ich es nicht mehr aus und erzählte Kit, was in mir vorging. Ich versuchte es zumindest, denn Braden war Braden und ich nicht glücklich darüber, was ich empfand. Lange hatte ich es allein mit mir ausmachen wollen und gedacht, ich käme schon klar, doch es änderte sich nicht.

„Weißt du, ich sollte happy sein, nicht wahr? Ich habe einen tollen Freund, einen guten Job und dich zur Freundin“, zählte ich auf und sie nickte zustimmend. „Wieso sagt mir dann mein dummes Gefühl, ich schwimme auf einen Abgrund zu und kann es nicht verhindern?“

Kit kaute bedächtig und kräuselte die Stirn. „Warum gibst du nicht zu, dass dir die Sache mit Braden an die Nieren geht?“

„Du redest nicht gern um den heißen Brei herum, stimmts?“

Sie stibitzte sich einen meiner Pommes und biss herzhaft hinein. „Liv, du bist mir sehr wichtig. Ich bin nicht blind und bekomme mit, wie er dich ansieht. Und ich sehe ebenfalls, wie du dich versteifst, sobald er neben dir herläuft. Als könntest du nicht richtig atmen, oder hättest einen Stock im Arsch“, erklärte sie schulterzuckend und ich stöhnte genervt auf.

„Ich weiß es doch auch nicht. Es ist, als würde die Luft Stromstöße verteilen, wenn er in der Nähe ist. Ich bin echt froh, dass er mich nicht mehr anbaggert, aber …!“

„Aber was? Der Kuss damals war zu gut, um es bei einem Mal zu belassen? Sobald du allein bist, denkst du trotzdem an ihn? Liege ich mit meinen Vermutungen richtig?“

Mein schlechtes Gewissen schlug mir voll ins Gesicht, denn sie hatte mit allen Dingen Recht. Traurig schob ich den Teller zur Seite und legte die Stirn auf die Tischplatte. Es war mir egal, ob mich die anderen Gäste schräg anschauten.

„Ich bin nicht ganz dicht, das ist es! Hör nicht mehr auf mich, ich rede nur Müll. Doch der Kuss war toll“, jaulte ich gequält auf.

„Du bist weder gaga, noch musst du dich deswegen fertigmachen. Ich schwärme heimlich für Bradley Cooper und mache auch keine große Sache daraus.“

Prustend hob ich meinen Kopf an. „Bradley hat dich meines Wissens nicht geküsst oder arbeitet mit dir zusammen, daher denke ich nicht, dass das ein treffender Vergleich ist“, foppte ich sie und sie streckte mir im Gegenzug die Zunge heraus.

„Du hast gewonnen. Aber ich bin immer noch der Meinung, es gibt schlimmeres, als von zwei heißen Typen begehrt zu werden. Außerdem hast du dich ja schon entschieden“, entgegnete sie locker und legte ihre Hand auf meine. Das stimmte, ich hatte mich festgelegt und war eigentlich glücklich wie noch nie. „Hey, schau nicht so traurig. Alles ist gut und Braden wird irgendwann drüber weg sein und eine andere daten.“

Bei dem Gedanken kam mir fast das Mittagessen wieder hoch. Kit betrachtete mich forschend und tätschelte meinen Arm, als wäre ich fünf Jahre alt. „Habe ich‘s doch gewusst. Du bist nicht nur vernarrt, sondern in ihn verknallt, leugnen zwecklos“, rief sie ein bisschen zu laut und ich stöhnte gequält auf. „Stell dir einfach vor, du müsstest dich für eine Eissorte entscheiden“, forderte sie mich auf und ich hielt mir theatralisch die Hand aufs Herz.

„Das kann niemand wollen“, erwiderte ich entrüstet und wir lachten los. Sie konnte mich gut ablenken und ich war ihr unendlich dankbar dafür, dass sie sich meinen Quatsch anhörte.

„Nein, ehrlich, stell dir das mal vor. Wir haben die Apokalypse hinter uns und es gäbe nur Schokoladen- und Vanilleeis. Was würdest du nehmen?“

Ich kniff die Augen zusammen und legte den Kopf schräg. „Keine dritte Geschmacksrichtung?“

„Nun hör aber auf, dich überfordern schon zwei Sorten. Welche wird es?"

„Schokolade, obwohl sie mir zusammen besser schmecken würden. Kann ich nicht beides haben?", maulte ich mit einer Schmolllippe, was sie mit einem Schulterzucken kommentierte.

Sie zwinkerte mir zu und rief nach dem Kellner. Danach konzentrierte sie sich wieder auf das Eisdrama. „Natürlich könntest du beide Eissorten haben, doch zwei Männer? Das geht wohl schlecht."

„Das geht *überhaupt nicht.* Ich will keine Affäre mit zwei Freunden, deswegen habe ich mich für Jack entschieden. Einen tolleren Kerl gibt es nicht, oder?"

„Wenn man von deinem Boss absieht, nicht."

Sie bezahlte für uns und wir gingen zurück zur Arbeit. Ich war ziemlich ruhig, denn meine Gedanken kreisten immer noch um das Eis. Zusammen ergäbe es eine gute Kombi, aber im echten Leben würde das niemals funktionieren.

Auf meinem Schreibtisch in meinem Büro lag ein an mich adressiertes Päckchen. Ich setzte mich hin und nahm es neugierig in die Hand. Es lag keine Karte bei und auch ein Absender war nicht zu finden.

„Braden?", rief ich in die Stille, seine Tür war jedoch geschlossen und ich hatte nicht sonderlich Lust, bei ihm anzuklopfen.

Jedes Gespräch, dass ich in den letzten Wochen mit ihm führen wollte, bügelte er ab. Er verlor nie seinen Charme, aber er behandelte mich wie seine Mandantinnen. Charmant, doch mit der nötigen Distanz. Darum wagte ich nun keinen weiteren Versuch, indem ich ihn fragte, von wem dieses Geschenk war. Ein bisschen Würde besaß ich noch und war total gekränkt. Es tat wahnsinnig weh, nicht mehr sein Mittelpunkt zu sein. Ich sagte ja, ich war schlichtweg bescheuert!

Um mich von den trübsinnigen Gedanken abzulenken, konzentrierte ich mich wieder auf das Päckchen. Das Kästchen war klein, vielleicht ein wenig größer als eine Zigarettenschachtel und schlicht verpackt. Vorsichtig schüttelte ich es und hörte es leise klappern.

Ungeduldig riss ich das Papier ab und öffnete den Karton. Zum Vorschein kamen Tarotkarten und plötzlich wusste ich ganz genau, wer mir die geschickt hatte.

„Madame Josephine", knurrte ich ungehalten und starrte auf die Karten. Obwohl mein erster Gedanke war, sie umgehend in den Müll zu schmeißen, nahm ich sie stattdessen heraus und fand einen Zettel. Mir schwante Böses, als ich die folgenden Zeilen las.

Wir müssen uns langsam um ihre Zukunft kümmern, Schätzchen. Sie können nicht ewig davor weglaufen, das macht alles nur noch schlimmer.

Bis bald

Madame Josephine

Wütend knüllte ich das Papier zusammen und warf es in den Mülleimer, wo die Karten auch gleich hinwandern würden. Was war nur mit dieser Frau los? Wieso war sie dermaßen besessen von mir? Hatte sie kein eigenes Leben oder ahnungslose andere Opfer, die sie quälen konnte? Einen Augenblick starrte ich die blöden Dinger an, bis ich es nicht mehr aushielt. Natürlich war die erste Tarotkarte, die ich vom Stapel nahm, die der Liebenden.

„Wie subtil von Ihnen“, schnaubte ich genervt und packte alles wieder in die Schachtel. Ich hatte sie gerade geschlossen, da ging Bradens Bürotür auf und er kam auf mich zu. Wo vorher Wut über die Hellseherin herrschte, war jetzt höchste Alarmstufe in Sachen Herzklopfen angesagt. Diesen Zustand schob ich ganz allein auf die spannungsgeladene Lage und setzte mich kerzengerade hin.

„Wer hat dir denn die Laune verhagelt?“, wollte er neugierig wissen und blieb tatsächlich bei mir stehen. Meine Verwunderung war so groß, dass ich nicht sofort antwortete. Braden schaute auf das Päckchen, dann zu meinen Fingern, die unruhig über das Geschenk glitten und legte den Kopf schräg. „Hat Jack deinen Geschmack nicht getroffen? Was hat er dir geschenkt? Einen Butt-Plug?“ Sein Lächeln verwandelte sich in ein Lachen, als er meinen erschrockenen Gesichtsausdruck sah.

„Sag mal, spinnst du? Seit Wochen redest du nicht mit mir und jetzt willst du ernsthaft über Sextoys sprechen?“, fragte ich ungehalten und mir wurde ungewöhnlich heiß.

Ihm schien das Thema überhaupt nicht unangenehm zu sein, vielmehr erweckte er den Eindruck, als würde es ihn unterhalten. Er machte es sich mit seinem Hintern auf meinem Schreibtisch gemütlich und tat so, als hätte es unsere Eiszeit nicht gegeben.

„Olivia, ich habe dir deinen Freiraum gelassen, weil ich dachte, dass es das ist, was du möchtest. Außerdem warst du diejenige, die eine rein berufliche Beziehung wollte“, erwiderte er ruhig und sah mich forschend an.

„Das stimmt, aber ich wusste nicht, dass wir dann gar nicht mehr miteinander reden würden. Was in der Pappschachtel ist, geht dich trotzdem nichts an!“

„Es ist also etwas fürs Schlafzimmer“, behauptete er und schnappte sich die Schachtel. Anstatt sie zu öffnen, schüttelte er sie, wie ich es vor ein paar Minuten gemacht hatte und überlegte. „Das ist schwerer, als ich dachte. Sind es Nippelklemmen? Vielleicht Analkugeln?“

„Du bist ganz schön analfixiert“, schoss ich zurück und fühlte, wie meine Wangen heiß wurden. Er strich sich mit der Zunge über die Lippen, fast beiläufig, aber sehr effektiv. Meine Mitte zog sich ruckartig zusammen und mein Höschen war nicht mehr trocken.

„Wenn man täglich auf so einen wunderschönen Arsch schaut, dann kommen einem ein paar tolle Ideen, was man mit ihm anstellen möchte“, antwortete er und seine Stimme hatte einen raueren Klang angenommen.

„Es ist weder was für meinen Hintern, noch ist es von Jack, und hör auf, mir auf den Po zu glotzen!“

„Keine Chance, Olivia. So lange ich atme, werde ich dir auf den Arsch schauen. Doch ich kann es weiterhin heimlich tun, falls dir das lieber ist. Wenn es nicht von Jack ist, von wem ist es dann?“

„Von meiner Hellseherin“, erwiderte ich gereizt und war gleichzeitig dankbar, dass wir das Sex-Thema endlich beiseiteschoben. Viel länger hätte ich nicht mit ihm darüber reden können, ohne mich über ihn her zu machen. Ich war nicht stolz auf meine Obsession, was ihn anging, aber solange ich sie nicht auslebte, wurde ja niemand verletzt.

„Da habe ich dich wohl falsch eingeschätzt, denn ich hätte dich nicht für einen abergläubischen Menschen gehalten“, überlegte er laut und ich haute ihm entrüstet auf den Arm.

„Bin ich nicht, und eigentlich ist es nicht meine Hellseherin, sondern ich bin ihr hilfloses Opfer“, erklärte ich ihm und konnte sehen, wie er die Augenbrauen hob. „Schau mich nicht so an, es stimmt. Seit ich hier wohne, verfolgt sie mich. Leider wohnt sie auch noch im selben Haus wie ich. Sie ist gruselig und macht mir Angst. Andauernd faselt sie was von meiner Zukunft, deswegen träume ich ständig von blutigen Hühnern und so einem Zeug! “Jetzt lachte der Arsch auch noch über mich. „Ich finde das nicht lustig, Braden. Werde du mal von einer verrückten Voodoo-Frau gestalkt“, gab ich verschnupft zurück und schmollte.

Nachdem er sich die Tränen aus den Augenwinkeln gewischt hatte, legte er das Kästchen auf den Tisch und schob es mir rüber.

„Madame Josephine kenne ich tatsächlich. Ich weiß nicht, was du gegen sie hast. Sie ist eine liebenswerte alte Dame.“ Ich konnte den Schalk in seinen Augen sehen und warf frustriert die Hände nach oben.

„Du wusstest, dass sie bei mir wohnt und hast mich nicht gewarnt? Ernsthaft, ich glaube, ich kann dich nicht mehr leiden!“

„Das heißt also, du magst mich? Schön zu wissen, denn ich mag dich auch.“ Ich versteifte mich und er ruderte zurück. „Aber darum geht es hier nicht, sondern um den Umstand, dass du dich mit ihr anfreunden solltest.“

„Pah, im Leben nicht. Ich bin davon überzeugt, dass sie meinen Kater mit Hühnchen besticht. Allerdings konnte ich es bis jetzt nicht beweisen, doch überall in meiner Wohnung lagen die Knochen herum. Da Spencer nicht fähig ist, sich selbst ein Hühnchen zu braten, tippe ich auf sie. Ich kann mit dem ganzen Spukzeug nichts anfangen. Sie soll mich einfach nur in Ruhe lassen."

„Es gibt viele Alteingesessene, die zu ihr gehen. Mir hat sie auch schon die Karten gelegt." Nun wanderten meine Augenbrauen nach oben und ich sah ihn erstaunt an.

„*Du* warst bei ihr? Das kann ich unmöglich glauben!"

„Na ja, wir waren dreizehn oder vierzehn. Es war mehr eine Mutprobe, doch ich habe monatelang an ihre Worte zurückgedacht. Wir hatten eine scheiß Angst, aber am Ende war sie einfach nur eine nette Frau." Nur zu gut konnte ich mir vorstellen, wer der andere Junge war, sagte allerdings nichts. Den lockeren Moment zwischen uns wollte ich nicht sofort wieder zerstören.

„Du kannst gern meine Tarotkarten haben, denn das ist es, was sich in dem Kästchen befindet. Ich werde nicht anfangen, abends vor dem Fernseher die Zauberkugel rauszuholen, um mir bei Kerzenlicht die Zukunft vorherzusagen." Lächelnd hielt ich ihm die Karten hin, doch er lehnte ab.

„Nein, behalt sie. Vielleicht brauchst du sie irgendwann." Er erhob sich vom Tisch und mich überkam Traurigkeit, weil er schon gehen wollte.

„Ganz sicher nicht, außerdem weiß ich nicht mal, wie das funktioniert. Ich werde sie ihr zurückgeben, oder vor die Tür legen, das ist sicherer. Es reicht, was sie mir aus meiner Mokkatasse vorgelesen hat“, sagte ich nebenbei und sah, dass Braden auf einmal stoppte. Er drehte sich mit Neugier in den Augen zu mir um.

„Was hat sie dir denn erzählt? Wie wird deine Zukunft aussehen?“

„Sie war recht schwammig, wie es halt bei allen Scharlatanen der Fall ist. Sie hat was von Buchstaben und etwas Großem gefaselt. Ich bin irgendwann aufgestanden und gegangen, denn seien wir ehrlich, das Ganze ist ziemlich lächerlich, oder?“ Er antwortete nicht sofort, sondern schob seine Hand in die Hosentasche und holte sein Handy hervor. „Was hast du vor? Rufst du sie an und vereinbarst einen Termin?“, zog ich ihn auf, doch da war irgendetwas in seinem Blick, das mir eine Gänsehaut bereitete. Kurz darauf riss er sich von seinem Telefon los und winkte mir zum Abschied.

„Genau das ist der Plan, Olivia. Mal sehen, was meine Zukunft für mich bereit hält. Außerdem ist mir gerade was Wichtiges von damals eingefallen!“

„Du hast einen Knall und das sage ich dir in aller Höflichkeit von Freund zu Freund“, rief ich ihm hinterher.

„Wir sind keine Freunde“, hörte ich ihn antworten und ich zuckte verletzt zusammen. Ich konnte die Enttäuschung körperlich spüren und fühlte mich elend. „Olivia?“ Er sprach meinen Namen zärtlich aus und ich sah ihn im Fahrstuhl stehen, lässig wie die Sünde selbst.

„Was?“, fragte ich nahezu tonlos und schaute ihn an.

„Wir sind mehr!“, entgegnete er mit einem Lächeln, das meinen verknoteten Magen sofort in ein Meer aus Schmetterlingen verwandelte.

Minuten später, nachdem er gegangen war, saß ich immer noch da und wusste, ich steckte in ernsthaften Schwierigkeiten.

Kapitel 27

Den restlichen Abend saß ich allein in meiner Wohnung, aß Unmengen an Eis und glotzte auf diese bescheuerten Karten. Ich hatte sie letztendlich doch nicht in den Papierkorb geworfen, sondern hockte hier und hatte eindeutig den Verstand verloren. Seit dem Gespräch mit Braden konnte ich mich auf nichts anderes konzentrieren.

Maunzend kam Spencer angelaufen, drängelte sich zwischen mich und das Eis, um sich nach ein paar Drehungen auf meinen Schoß zu legen.

„Mach es dir ruhig gemütlich. Willst du vielleicht eine Karte ziehen? Wissen, was dir so mit deinen neun Leben bevorsteht?“ Er beachtete mich nicht weiter, schnurrte vor sich hin und war wohl nicht interessiert an irgendwelchen Vorhersagen. Bevor ich von Selbstzweifeln geplagt noch an Madame Josephines Tür klopfte, rief ich bei Penny an.

„Hey Penny!“, begrüßte ich sie frustriert und hoffte, sie würde mich ablenken können.

„Ich höre keinen aufgedrehten Klang, der mir sagt, wie verliebt du bist. Gibt es Ärger im Paradies?“, kam es zur Begrüßung von ihr und ich stellte nun endgültig das Eis beiseite. Blitzschnell war Spencer aus seiner Döserei erwacht und steckte seinen Kopf in die Eisschachtel. Einhändig griff ich nach ihm, doch es war zu spät. Bis zum Hals war er voller Eis und die Schachtel war jetzt nett dekoriert mit Katzenhaaren. Maunzend setzte er sich neben mich und putzte sein Fell. Er war wirklich ein Fresssack!

„Böser Kater“, schimpfte ich mit ihm und hörte Penny am anderen Ende lachen. „Ich schwöre dir, ich schmeiß ihn bald vor die Tür. Nur mein Obst ist hier vor ihm sicher, du weißt ja selbst, wie verfressen er ist!“

„Du liebst ihn viel zu sehr, um ihn auszusetzen“, entgegnete sie lachend und ich rieb mir die Stirn. Spencer sorgte dafür, dass ich frühzeitig Falten und graue Haare bekam. „Also erzähl mir, wo der Schuh drückt!“

„Du hast genug Sorgen und irgendwie habe ich das Gefühl, du hältst mich bestimmt für komplett bescheuert“, wiegelte ich sie ab und hoffte, sie würde nicht weiter nachhaken. Doch ich sollte meine Freundin eigentlich besser kennen. Sie war wie ein Terrier, witterte sie Beute, machte sie keine halben Sachen.

„Ich heule dir seit einigen Wochen die Ohren voll. Von daher ist jetzt definitiv Zeit für die offene Sprechstunde mit Tante Penny! Nun mach schon!“ Ihr Ton verriet mir, dass sie es ernst meinte und ich gab nach. Vielleicht hatte sie ja ein paar weise Worte für mich, damit sich das Durcheinander in meinem Herzen endlich verabschiedete.

„Möchtest du die chaotische oder die schlichte Version?“

„Wenn du mit chaotisch meinst, dass es nun tagelang dauert, bis du zum Punkt kommst, tendiere ich ganz eindeutig zur einfachen Variante!“ Es hätte mir klar sein müssen, dass ich nicht weiter Zeit schinden konnte, bis ich es laut aussprach.

„Ich denke, ich bin in zwei Männer verliebt!“ Statt dem sonst so schrillen Lachen oder der überschwänglichen Euphorie kam nichts. „Hallo? Hat es dir die Sprache verschlagen?“, erkundigte ich mich noch verunsicherter als vor wenigen Sekunden.

„Was heißt das, du bist in zwei Kerle verliebt? Du hast doch einen Freund, mit dem es deinen Aussagen nach super läuft. Warum glaubst du dann, es gäbe da Gefühle für jemand anderen und vor allem für wen?“ Meine Handflächen waren feucht geworden und ich wischte sie an der Couch ab. Das erste Mal hatte ich die Befürchtung, dass sie mich nicht verstehen würde.

„Mit Jack ist es fantastisch. Er ist quasi der Prototyp eines Freundes. Es gibt eigentlich keinen Besseren“, fing ich zögerlich an und nagte an der Innenseite meiner Wange herum. „Doch ich bekomme genauso starkes Bauchkribbeln, sobald Braden in der Nähe ist!“

„Moment mal, heißt dein Chef nicht Braden? Willst du mich verarschen, Liv? Du hast dich in deinen Boss verknallt? Waren sexuelle Beziehungen am Arbeitsplatz nicht ein rotes Tuch für dich?“ Ich stöhnte traurig auf, denn sie hatte ja recht. „Tut mir leid, wenn ich jetzt ausflippe, aber ich kann das nicht ganz wechseln. Entweder bist du verrückt nach Jack oder nicht.“

„Das ist es ja, ich bin in beide verliebt und es macht mich komplett fertig. Ich habe Braden erklärt, dass wir nie ein Paar werden, doch es tut verdammt weh, wenn er in meiner Nähe ist. Der Kuss hat es auch nicht besser gemacht.“ In dem Moment, als ich den Kuss erwähnte, wusste ich, dass ich das Falsche gesagt hatte. Sie keuchte erschrocken auf und ich wünschte, ich hätte niemals ihre Nummer gewählt.

„Du hast Braden geküsst, obwohl du mit Jack zusammen bist? Was ist denn bloß in dich gefahren?“, blaffte sie mich an und ich fühlte mich schrecklich.

„Ich dachte, du als meine Freundin könntest mir diese Frage beantworten. Er hat mich geküsst und ich habe es dann erwidert“, entgegnete ich stockend und hörte sie scharf einatmen. „Jack wusste von Bradens Gefühlen für mich und auch, dass mich der Kuss nicht kaltgelassen hat. Doch das haben wir geregelt. Jack weiß, woran er ist und Braden ist im Bilde, dass ich nichts mit meinem Chef anfangen werde.“

„Ehrlich Liv, mir fällt es echt schwer, etwas dazu zu sagen. Natürlich kann ich verstehen, dass du Braden sexy findest. Ich habe ihn ja auf Fotos gesehen und Himmel, er ist wirklich heiß. Wieso bist du nicht wie immer professionell und siehst ihn nur als deinen Arbeitgeber? Was macht ihn so besonders, dass du deine Prinzipien umstößt?“

„Hörst du mir nicht zu? Es wird nicht das Geringste mit Braden laufen. Mann, Penny, er geht mir unter die Haut. Wenn wir zusammen sind, ist es wie Dynamit, das darauf wartet, explodieren zu können. Ich kann doch nichts dafür, dass ich ihn mag“, jammerte ich und betete, dass sie aufhörte, mich runterzumachen.

„Ehrlich gesagt weiß ich nicht, wie mein Rat aussehen soll“, begann sie kühl. „Eins steht jedenfalls fest. Du kannst nicht beide haben, deswegen ist es eigentlich ganz einfach. Entweder du kündigst und fängst was mit Braden an oder du bleibst bei Jack und vergisst den Mann, für den du arbeitest.“

„Da gibt es einen kleinen Haken“, wandte ich zerknirscht ein. Irgendwie hatte ich weiterhin ein

Fünkchen Hoffnung, dass sie sich wieder wie meine Freundin verhalten würde.

„O Gott, was kommt denn noch? Sind sie Brüder? Erzfeinde? Was?“

„Sie sind beste Freunde und das schon seit Kindertagen!“ Ich spürte, wie mir das ganze Gespräch und die unterschiedlichen Emotionen zu viel wurden.

„Dann wird es das Beste sein, du trennst dich von Jack und suchst dir einen anderen Job. Komm wieder zurück nach Hause. Du kannst erstmal bei mir wohnen, ich habe ja genug Platz“, erklärte sie hoffnungsvoll und ich sackte in mich zusammen.

„Ich soll hier alles aufgeben?“

„Was gibst du denn großartig auf? Es ist ja nicht so, dass du in kurzer Zeit dort Freundschaften fürs Leben geschlossen hast. Einen Job wirst du hier auch schnell finden. Ich könnte mich sofort umhören, wenn du willst!“

„Was ist mit Jack? Ich bin in ihn verliebt und er tut mir gut“, hielt ich dagegen und wurde augenblicklich unterbrochen.

„Wie verliebt kannst du schon sein, wenn du an einen anderen denkst!“

Das war das Schlimmste, was sie je zu mir gesagt hatte. Niemals zuvor war sie so kalt und abwertend gewesen. Ich fühlte mich scheußlich und völlig leer.

„Weißt du was, ich werde darüber nachdenken, aber jetzt muss ich Schluss machen“, würgte ich sie ab, denn ich wollte keine weitere Sekunde mit ihr reden. Die Tränen fingen zu laufen an und ich presste meine Lippen zusammen.

„Überleg nicht allzu lange. Wir werden wieder ein Team sein. Das wird toll, ich habe dich schrecklich vermisst“, erwiderte sie fröhlich und ich konnte nur ein zustimmendes Geräusch von mir geben. „Wir telefonieren morgen, okay?“

„Ja, Penny, ich melde mich. Ciao!“ Ich legte auf, und ließ ihr keine Zeit, sich zu verabschieden. Enttäuscht warf ich mein Handy auf den Couchtisch und konnte nicht fassen, wie fremd sie mir in diesem Augenblick erschien. Traurig ließ ich mich zur Seite fallen und zog dabei Spencer in meinen Arm. Tonlos weinte ich in sein Fell und fragte mich, was zum Teufel gerade passiert war.

Penny und ich kannten uns ewig. Wir gingen durch dick und dünn. Deshalb traf es mich nun extrem hart, dass sie meine Gefühle einfach bagatellisierte. Sie hatte nicht einmal versucht, sich in meine Lage zu versetzen, was mich am meisten schockierte. Ihre Feinfühligkeit war das, was ich so an ihr schätzte und nun war das weg. Ich wusste, dass sie schwer mit ihrer Trennung zu kämpfen hatte und mich bei sich haben wollte. Aber diese Art und Weise war mir fremd. Es war ja nicht so, dass ich eine Wahl gehabt hatte, oder mich in zwei Männer verlieben wollte. Wer brauchte solch ein Durcheinander?

Mein Handy gab einen Ton für eine SMS von sich und ich griff es mir, in der Hoffnung, sie würde sich für ihr Verhalten entschuldigen. Doch die Nachricht war nicht von ihr, sondern von Jack.

Wollen wir uns heute Abend sehen?

Ich starrte auf den Satz vor mir und mein schlechtes Gewissen klatschte mir fröhlich ins Gesicht. Obwohl wir über das Thema gesprochen hatten, wusste ich, ich musste reinen Tisch machen. Vielleicht sollte ich ihm die Entscheidung überlassen, ob er noch mit jemandem wie mir zusammen sein wollte. Er hatte bis jetzt gelassen reagiert, aber er hatte keine Ahnung, dass ich auch in seinen besten Freund verliebt war.

Mir geht es nicht gut, ich habe Kopfschmerzen und liege schon im Bett, tippte ich zurück und mein Unwohlsein stieg weiter an. Ich sah, wie die Punkte blinkten, und wartete auf seine Antwort.

Mein armer Liebling, das tut mir leid. Dann schlaf gut und wenn du was brauchst, rufe mich an. Ich komme sofort vorbei und spiele Krankenschwester.

Verflucht, wer war denn so dämlich, zu denken, Jack wäre nicht der absolute Traumtyp? Ach ja, das war ja ich. Mein Leben war mir scheinbar einfach nicht spannend genug, es sollte ja unbedingt eine große Prise Drama mit rein.

Du bist ein Schatz, aber du musst dir keine Sorgen machen. Morgen geht es mir bestimmt wieder gut. Ich melde mich bei dir.

Für jedes Wort gab ich mir gedanklich eine Ohrfeige. Ich log ihn an und das nur, weil ich meinen Scheiß nicht auf die Reihe bekam. Erneut erschienen die Punkte und ich war bereit, dass Handy an die Wand zu donnern. Als ich seine Antwort las, wäre mir vor widersprüchlichen Gefühlen beinahe die Eiscreme hochgekommen.

Ich kann es kaum erwarten, Baby, denn ich muss dir etwas Wichtiges sagen!

Wieso verdammt nochmal musste er mich neugierig machen? Und was war, wenn es die drei Worte waren? Wie sollte ich dann reagieren?

Er wusste, wie sehr ich es hasste, nicht Bescheid zu wissen. Gleichzeitig schimpfte ich mich eine

Heuchlerin, denn nichts konnte mein Schweigen rechtfertigen. Gleich morgen würde ich mit ihm reden. Danach wäre unsere Beziehung definitiv Geschichte, aber so wollte ich nicht mehr leben. Eigentlich war ich nicht besser als Patrick, der durch seine Warterei alles kaputt gemacht hatte, was er und Penny aufgebaut hatten.

Ich bin gespannt. Schlaf gut! Zurück kam ein Kuss-Emoji, den ich erwiderte. Danach packte ich mir Spencer und ging mit ihm ins Bett. Dort sah ich mir zwei Folgen *True Blood* an, doch selbst Alexander Skarsgård konnte meine miese Laune nicht verbessern. Falls das kein Zeichen war, dass ich total am Arsch war, dann wusste ich auch nicht.

In dieser Nacht verrieten mir meine Träume, dass mir morgen Schlimmes bevorstand und dafür brauchte ich nicht mal die blöden Tarotkarten.

Kapitel 28

Am anderen Morgen auf dem Weg zur Arbeit hielt ich Ausschau nach meiner verrückten Hellseherin, aber sie war weit und breit nicht zu sehen. Weder stand sie in unserem Hausflur noch lauerte sie mir vor ihrem Geschäft auf. Das war sehr merkwürdig, denn heute früh hätte ich mich nicht gewehrt, sondern wäre freiwillig reingekommen. Ich wollte mich innerlich wappnen. Ob Hokuspokus oder fieser Voodoo-Dingsbums, mir war jeder Zauber recht, um mich auf das schreckliche Gespräch mit Jack vorzubereiten.

Wie sollte ich die Unterhaltung beginnen und was wäre, wenn er mich fragen würde, wie ich jetzt damit umgehen wollte? Ich hätte nicht mal eine Antwort für ihn. Pennys Worte hatten mich völlig aus der Bahn geworfen. Zwischen gestern Abend und heute hörte sich ihre Option immer verlockender an. Einfach einen Schlussstrich ziehen und nach Hause fahren. Doch der größere Teil von mir konnte nicht aufgeben. Ich durfte das hier nicht verlieren, auch wenn mir keine Lösung einfallen wollte.

Mein Handy klingelte in meiner Tasche, kurz bevor ich die Tür zur Eingangshalle öffnete. Fahrig holte ich es heraus und Braden wurde mir als Anrufer angezeigt. Verwundert nahm ich ab und blieb vor der Glastür stehen.

„Guten Morgen, Boss. Was kann ich für dich tun?“, begrüßte ich ihn gezwungen fröhlich.

„Olivia, ich brauche deine Hilfe. Könntest du mir ein paar Unterlagen in das Café gegenüber meiner

Wohnung bringen?“ Seine Stimme floss wie leckeres Schokoladeneis meine Sinne entlang und hinterließ nur verbrannte Asche. Es war ein simpler Anruf und ich komplett fix und fertig. Ich musste dagegen ankämpfen, anders hielt ich es bis zum Gespräch mit Jack nicht aus.

„Seit wann spiele ich für dich den Laufburschen? Du kannst doch selber vorbeikommen und sie dir holen!“ Normalerweise sprach ich nicht so mit ihm, aber heute war eine Ausnahmesituation. Ich sollte mich womöglich in ein Yoga-Zentrum einmieten, um endlich innere Ruhe zu finden. So viel Ballast brauchte kein Mensch.

„Sei nicht zickig und tu mir den Gefallen, ich sage auch brav bitte! Es sind die Papiere für Mrs. Kento. Ihr Mann möchte eine Einigung und sie will wissen, was man alles herausschlagen kann. Mr. Kento hat bereits Ersatz für seine zukünftige Ex gefunden und nun ist sie auf hundertachtzig. Erinnere mich daran, dich niemals so wütend zu machen, “ erwiderte er locker und das Handy in meiner Hand knackte gefährlich. Er musste damit aufhören. Jeder Spruch, ob subtil oder nicht, verfehlte nie seine Wirkung auf mich. Letztendlich überging ich den letzten Teil und gab nach.

„Ich hatte bis jetzt keine große Meinung von ihr, doch wo sie Recht hat, hat sie Recht. Er muss dafür ordentlich bluten. Niemand sollte eine zornige Frau unterschätzen, dass weiß wirklich jeder!“

„Er gehört zu den sechzig Prozent, die nicht so weit denken. Glaube mir, er ist noch einer von den Harmloseren.“ Er klang angewidert. Ich wollte gar nicht wissen, welche Abgründe er schon live erlebt hatte. Kein Wunder, dass er Single war. Andererseits mochte er mich anscheinend sehr, das hieß demnach, dass er nicht absolut abgestumpft war. Von einer Beziehung hatte er allerdings nie gesprochen.

„Ich will es nicht hören. Bewahre mich vor Zynismus und dem Tod der ewigen Liebe. Trotzdem verstehe ich nicht, warum du nicht herkommen kannst?!“

„Weil sie auf dem Weg hierher ist. Ich bin im *Spitfire* und warte auf sie. Mrs. Kento hat irgendwas davon gesagt, dass ihr Friseur gleich um die Ecke ist. Ich konnte ihr das nicht abschlagen, schließlich verdiene ich durch sie eine ganze Menge Geld. Wenn man es genau nimmt, bezahlt sie dein Gehalt ebenfalls!“

„Du elender …! Na schön, Herr Anwalt. Ich bin in fünfzehn Minuten da!“

„Du brauchst maximal zehn“, antwortete er angefressen und ich freute mich, dass ich ihn auf die Palme bringen konnte.

„Das mag sein, aber unterwegs muss ich mir einen Kaffee zur Stärkung holen. Vielleicht auch einen der leckeren Frischkäsebagels. So ein Botengang macht hungrig!“

„Olivia!“, dröhnte es aus dem Hörer und nun lachte ich leise.

„Es bringt Spaß, dich zu ärgern!“

„Du ahnst ja nicht, wie viel Spaß wir haben könnten.“ Mein Handy gab einen deutlichen Knarzton von sich und ich musste dringend auflegen. Ansonsten müsste ich mir unterwegs noch ein neues Telefon kaufen.

„Ich leg jetzt auf. Bis gleich!“

Nachdem ich die nötigen Unterlagen aus dem Büro geholt und ein kurzes Hallo mit Kit ausgetauscht hatte, lief ich zum Café. Unnötig zu erwähnen, dass ich mich trotz allem beeilte. Es ging um meine Arbeit und ich würde im Gegensatz zu ihm keine überflüssigen Reibereien heraufbeschwören. Wahrscheinlich hatte sich die Tätigkeit für Braden nach meinem Gespräch mit Jack eh erledigt. Generell war es für mein Seelenheil besser, wenn ich mir einen anderen Job suchen würde. Ob hier oder in Seattle hing von Jack ab. Ich wollte ihn auf keinen Fall verlieren, doch ich konnte nicht länger mit einer Lüge leben.

Im Café war es um diese Zeit eher ruhig. Ich musste nicht lange Ausschau halten, denn Braden stach wie eine grelle Neonreklametafel heraus. Erstens war er der einzige Kerl im Anzug, zweitens nahm er den ganzen Raum mit seiner kühlen Präsenz ein und drittens standen die Mädels sabbernd hinter der Kasse und hatten Herzchenaugen. Ich war wohl nicht die Einzige, die weiche Knie bei seinem Anblick bekam.

Er schien sehr in ein Gespräch mit seiner Klientin vertieft zu sein und ich war froh, dass wir nicht allein sein würden. Ich orderte mir einen Kaffee zum Mitnehmen am Tresen, da ich schnell wieder ins Büro zurückwollte. Natürlich hatte ich mir unterwegs keinen mitgenommen. Bei meinem Glück hätte ich mir bestimmt auf die weiße Seidenbluse gekleckert.

„Guten Tag, Mrs. Kento“, begrüßte ich die aufgewühlte Frau, die sich mit einem Taschentuch die Tränen aus den Augenwinkeln wischte. Sie sah mich

traurig an und versuchte sich an einem Lächeln, was jedoch fürchterlich misslang.
„Guten Tag, Ms. Kennedy“, antwortete sie schniefend und ich hätte sie am liebsten in den Arm genommen. Ich spürte Bradens Blick auf mir und war sofort abgelenkt. Darum legte ich die Dokumente auf den Tisch und schaute nur kurz in seine Richtung. Er hatte sich heute Morgen nicht rasiert, das war völlig untypisch für ihn. An sich machte es den Anschein, dass er nicht viel geschlafen hatte. Der Anzug saß wie immer tadellos, aber um seine Augen hatten sich kleine Fältchen gebildet. Ich hätte ihn gern gefragt, was los war, doch war das weder der richtige Ort noch meine Baustelle.

„Hier sind die gewünschten Unterlagen, ich muss jetzt wieder los.“

„Nein, müssen Sie nicht. Ich möchte, dass Sie hierbleiben. Wir werden zusammen zurück ins Büro gehen.“ Mein erster Impuls war es, Widerworte zu geben, allerdings würde das keinen guten Eindruck auf seine Mandantin machen. Angespannt stand ich regungslos da, bis er auf den freien Stuhl neben sich zeigte. Der Bedienung gab ich ein Zeichen, dass ich den Kaffee hier trank, ehe ich mich unsicher hinsetzte. Braden nahm sich die Aktenmappe vor, blätterte kurz darin herum und zog einen Umschlag heraus.

„Sind Sie sicher, dass Sie die Fotos sehen wollen?“, wandte er sich an Mrs. Kento, die niedergeschlagen nickte. Er zog ein paar Aufnahmen aus dem Kuvert, atmete tief aus und gab sie ihr. Ich fühlte mich unwohl, mit anzusehen, wie einer Frau das letzte bisschen Hoffnung genommen wurde. Ihre

Finger zitterten so stark, dass ihr die Fotografien beinahe aus der Hand fielen. Bei jedem Bild, das sie sich ansah, liefen die Tränen unkontrollierter über ihre Wangen. Ich fischte ein Taschentuch aus meiner Tasche und reichte es ihr, denn ihres war mittlerweile völlig durchnässt. Ohne mich wahrzunehmen, griff Mrs. Kento nach dem Tuch. Sie hatte nur Augen für das endgültige Aus ihrer Ehe.

„Seit wann läuft diese Affäre schon?“ Ihre Stimme brach beim Reden und sie machte den Eindruck, als würde sie jeden Moment zusammenbrechen.

Braden räusperte sich und sah genauso betreten aus, wie ich mich fühlte. „Ungefähr seit einem halben Jahr. Sie wollten, dass wir einen Privatdetektiv engagieren und das sind die Ergebnisse. Er hat ihr ein Penthouse angemietet, in das er dienstags und donnerstags fährt“, erklärte er ihr und sie ballte die freie Hand zur Faust zusammen. „Der Detektiv hat im Haus herumgefragt und daher wissen wir, dass sie dort schon länger wohnt. Die beiden geben sich nicht gerade Mühe, diskret zu sein. Es tut mir leid für Sie, aber nun kennen Sie die Wahrheit.“ Ich war froh, dass die Kellnerin mir meinen Kaffee brachte. So hatte ich etwas in der Hand und konnte mich auf den Milchschaum konzentrieren, der unschuldig in meiner Tasse schwamm.

„Ich will die Hälfte von allem, was dieser Mistkerl angehäuft hat“, fauchte sie plötzlich und ich schaute erstaunt auf. Mrs. Kento wischte sich die Tränen unwirsch weg und zum Vorschein kam eine verprellte Ehefrau, die nur eins im Sinn hatte: Die totale Vernichtung ihres Ehemannes. „Er soll sich wünschen, mich nie geheiratet zu haben. Ich möchte Blut sehen, haben Sie verstanden?“ Die Frage ging an meinen Boss, der sich das erste Mal, seit wir hier saßen, entspannte. Seine Körperhaltung war nicht länger steif, sondern locker. Er legte die Hände gefaltet auf den Tisch und schenkte seiner Mandantin ein aufrichtiges Lächeln.

„Sind Sie sich im Klaren darüber, was das bedeutet? Es wird schmutzig werden. Wie Sie wissen, schlägt die Gegenseite eine Einigung vor.“

„Mit wie viel will er mich abspeisen?“

Verschwunden war die verletzte Frau, nun kam der pure Hass zum Vorschein und ich musste mir ein Schmunzeln verkneifen.

„Zehntausend Unterhalt pro Monat. Plus eine Wohnung in einer Stadt oder einem Land Ihrer Wahl. Dazu eine einmalige Zahlung von fünfhunderttausend Dollar.“

Ich schnappte leise nach Luft. Mir war nicht unbekannt, wie hoch das Vermögen des untreuen Gattens war und das war ein Schlag ins Gesicht. Das fand Mrs. Kento wohl auch, denn sie lachte schrill auf.

„Das kann er vergessen. Sagen Sie ihm, er kann sich seine Einigung dort hinstecken, wo er sonst immer einen Einhornplug reinsteckt“, erwiderte sie mit einem teuflischen Gesichtsausdruck. Mir tat der Arsch überhaupt nicht leid. Mit der billigen Masche, sie ohne gerechte Abfindung abzuspeisen, hatte er ihre Wut verdient. „Ich will die Hälfte. Keinen Cent weniger. Sollte er sich nicht auf den Deal einlassen, werde ich der Presse ein paar delikate Videos zuspielen. Dazu habe ich sämtliche Beweise für seine

Geldschiebereien auf einem Stick gespeichert. Die Steuerbehörden geraten in Verzückung bei den Informationen, das kann ich garantieren. Er darf sich glücklich schätzen, wenn er danach noch einen Job als Parkwächter bekommt. Schauen Sie nicht so verblüfft. Frauen spüren, sobald etwas nicht stimmt. Darum habe ich mich abgesichert."

Bradens Gesicht zeigte Anerkennung und auch ich war schwer beeindruckt.

„Sie haben Ihre Hausaufgaben gemacht, Mrs. Kento. Deshalb schlage ich vor, dass ich der Gegenseite den Vorschlag unterbreite und im Nebensatz diskret darauf hinweise, was für Konsequenzen drohen, wenn er der Forderung nicht nachkommt. Ich denke nicht, dass er sich schnell geschlagen gibt. An Ihrer Stelle würde ich mich ab diesem Zeitpunkt nicht mehr mit ihm unterhalten und mich alles weitere klären lassen. Sie sollten in ein Hotel ziehen. Ihr Mann hat sehr viel zu verlieren, darum handeln Sie vorsichtig."

„Meine Koffer sind bereits gepackt und ein Hotelzimmer ist auch schon reserviert. Wenn ich darüber nachdenke, dass ich mit ihm in einem Bett geschlafen habe, während er eine fast Minderjährige bumst, wird mir ganz schlecht. Ich hoffe, ihm fault sein mickriges Ding ab", meinte sie angeekelt und guckte anschließend zu mir. „Was würden Sie an meiner Stelle tun?"

„Was, ich?", fragte ich verwirrt und sah sie entgeistert an.

„Ja, Sie. Sie sind eine Frau. Was würden Sie bei so einem Betrug tun?"

„Ich hätte ihn büßen lassen und noch viel mehr“, antwortete ich ehrlich. Sie nickte und knüllte das Taschentuch zusammen.

„Machen Sie alles fertig und rufen Sie mich an. Ich muss los, mein Friseur wartet bereits auf mich. Danach unternehme ich eine ausgiebige Shoppingtour. Die schwarze Kreditkarte gehört meinem Mann. Mal sehen, wie viel ich kaufen kann, bevor er sie sperren lässt.“ Sie schenkte mir ein Augenzwinkern und stand auf. Ich wusste, das war nur Fassade. In ihren Augen war der Schmerz deutlich zu erkennen, und auch Braden war nicht so leicht zu täuschen. Er erhob sich ebenfalls und nahm ihre Hand.

„Ich kann Ihnen nicht sagen, das alles gut werden wird. Aber ich verspreche Ihnen Vergeltung und eine Abfindung, mit der Sie neu anfangen können.“ Sie schluckte sichtlich ergriffen und ging eilig davon. Wir sahen ihr beide einen Augenblick schweigsam hinterher.

„Puh, ich könnte das, was du tust, nicht“, murmelte ich und er zuckte unbeholfen mit den Schultern. „Ich hoffe, sie wird irgendwann den Richtigen finden.“

Er schaute nochmal kurz in ihre Richtung und wandte sich danach mir zu. „Manchmal hasse ich meinen Job. Es gibt nichts Besseres, als ihren Ehemännern die verbale Ohrfeige zu geben, aber wenn es um den Grund geht, warum ich vor Gericht stehe, dann ist das ein ganz anderes Ding.“ Beeindruckt von seiner Haltung trank ich den Rest meines Kaffees aus und wollte gerade die Bedienung rufen, da hielt mich Braden am Arm fest. „Ich bezahle. Schließlich bist du meinetwegen so einen weiten Weg gelaufen“, neckte er mich und ich erhob mich, ohne darauf einzugehen. Mich in Sicherheit wiegend, streckte ich ihm hinter seinem Rücken die Zunge heraus, da drehte er sich plötzlich um.

Erwischt stieg mir die Röte ins Gesicht und ich fühlte mich wieder, als wäre ich zwölf. Doch er lachte nur, bezahlte am Tresen für uns beide und nahm noch Brownies mit. Sobald wir aus dem Café gingen, hielt er mir die Tüte hin.

„Was soll ich damit?“ Ich war verdattert und glotzte auf die Papiertüte in seiner Hand.

„Die sind zur Belohnung für schlechtes Benehmen. Ach ja, darüber hinaus sind sie zum Essen gedacht“, klärte er mich mit einem Lächeln auf, das mir erneut den Atem raubte. Es war total bescheuert von mir, so zu empfinden. Wir saßen vor nicht mal zwei Minuten mit einer Frau zusammen, die betrogen wurde. Ich hatte ihrem Mann die Pest an den Hals gewünscht, doch in meinem Herzen war ich genauso eine Betrügerin wie er. Wenn es mir möglich gewesen wäre, hätte ich mir selbst in den Hintern getreten.

„Dankeschön, aber hör auf, so verdammt charmant zu sein“, murrte ich, als ich die Brownies entgegennahm.

Er stieß mich leicht mit dem Ellenbogen an, während wir nebeneinander her gingen. „Ich kann nicht glauben, dass du mich jetzt anknurrst, weil ich nett zu dir bin. Du musst dich langsam entscheiden, wie ich mit dir umgehen soll“, verlangte er scherzhaft, allerdings hörte ich auch den verletzten Unterton in seiner Stimme.

„Da hast du Recht, ich muss mich entscheiden“, entgegnete ich leise und sein Lächeln verschwand.

„Olivia, mach dir keine Sorgen, alles wird gut. Ich verspreche es dir. Wir finden …“ Weiter kam er nicht, denn zwei Männer kamen uns entgegen, drängten sich an uns vorbei und rempelten Braden scheinbar absichtlich an. „Passen Sie doch auf, wo Sie hingehen“, schnauzte er sie an. Statt weiter zu gehen, blieben sie stehen und drehten sich zu uns um. Sie waren in unserem Alter und gut gekleidet. Einer von beiden starrte Braden hasserfüllt an und ich bekam ein hohles Ziehen im Magen. Er sah aus, als würde er ihn kennen, mein Boss hingegen hatte wohl keine Ahnung, wer ihm gegenüber stand. Außerdem rochen sie stark nach Alkohol. Die Kombi war gar nicht gut, aber Braden schien es nicht zu beunruhigen.

„Sie sind dieser schmierige Anwalt. Foster, richtig?“ Braden stellte sich beschützend vor mich. Ich hatte in diesem Moment viel mehr Angst um ihn, als um mich. Seine Haltung war bedrohlich und kampfbereit. Er gab mir seinen Aktenkoffer und ich ahnte, dass das hier böse enden könnte. Vielleicht war es mein natürlicher Instinkt, doch ich wollte die ganze Sache schlichten, bevor sie ausartete.

„Hören Sie, wir wollten lediglich ins Büro. Lassen Sie uns einfach in Ruhe, okay?“ Der zweite sah mich abwertend an und spukte Braden vor die Füße.

„Sie sind das Allerletzte, wissen Sie das? Frauen dabei zu helfen, ihren Männern das hartverdiente Geld abzuknöpfen. Wer ist diese Schlampe da neben Ihnen? Eine weitere Mandantin, die sie aufhetzen wollen?“ Bei dem Wort *Schlampe* japste ich empört auf und trat auf ihn zu, um ihm eine zu knallen, doch Braden hielt mich zurück.

„Ich will eigentlich keinen Streit, aber es ist echt beschissen, wenn ihr eine Frau dermaßen beleidigt. Habt ihr keine gute Kinderstube genossen oder sind euch eure restlichen Gehirnzellen in der letzten Bar abhandengekommen?!", ranzte er die zwei an.

Bevor ich reagieren konnte, holte der Größere von beiden aus und rammte Braden die Faust ins Gesicht. Der Schlag hatte ihn derart hart getroffen, dass er nach hinten taumelte und ich dadurch den Halt verlor. Mein Hintern machte Bekanntschaft mit dem Asphalt und Braden rastete aus. Ungläubig konnte ich nur mit ansehen, wie er dem Angreifer in den Magen boxte. Dann schlug er dem Zweiten auf die Nase. Ich hörte mich selbst um Hilfe schreien und versuchte, aufzustehen. Eine wüste Schlägerei fand vor meinen Augen statt und ich fühlte mich wie betäubt. Wir waren eben noch Kaffee trinken gewesen und nun prügelte mein Boss auf die zwei ein, als wären wir bei einer Straßenschlacht.

Braden kassierte einen weiteren Schlag ins Gesicht, sodass seine Nase zu bluten anfing und es sein Kinn hinunterlief. Daraufhin nahm er eine Stellung wie beim Boxen ein, hielt seine Arme schützend nach oben und wartete ab. Der zweite Typ hatte sich schon davon gemacht, doch der andere war nicht zu bremsen. Panisch rappelte ich mich auf, raste ins Café zurück und wühlte dabei in meiner Tasche nach dem Telefon. Ich fand es nicht und langsam wurde ich hysterisch, denn ich hatte unglaubliche Angst um Braden. Ihn bluten zu sehen war schrecklich und ich konnte es kaum ertragen.

„Rufen Sie die Polizei, sofort“, schrie ich die Bedienung an. „Bitte, ich finde mein verdammtes Handy nicht!“ Sie zögerte einen Augenblick, dann nahm sie den Hörer in die Hand. In der Zwischenzeit rannte ich wieder nach draußen und sah Braden am Boden liegen. Er lehnte halb an der Mauer zur Bäckerei, den Kopf nach unten geneigt und wischte sich mit dem Ärmel übers Kinn. Von dem Angreifer war keine Spur mehr zu sehen. Krank vor Sorge ging ich auf die Knie hinunter und berührte mit den Fingern sein Gesicht. Als er aufsah, japste ich schockiert auf. Sein linkes Auge schwoll bereits an und seine Lippe zierte eine Platzwunde.

„O mein Gott, Braden! Die Polizei ist unterwegs. Geht es dir gut? Tut dir etwas weh?“, keuchte ich aufgebracht und fuhr mit meinen Fingern vorsichtig über die Hinterlassenschaften in seinem Gesicht. Mein Verstand war völlig außer Betrieb. Ich hatte solche Angst, dass ich kurz vor einer Ohnmacht stand. Er stoppte meine Berührungen, legte meine zittrigen Hände in seine und redete tröstend auf mich ein.

„Olivia, es ist vorbei. Du musst dich beruhigen, mir geht es gut. Na ja, wenigstens halbwegs gut. Er hat dich nach der Polizei rufen hören und ist abgehauen. Hör auf, mich so anzusehen, und atme bitte mal tief durch“, befahl er mir und ich merkte erst jetzt, wie flach ich atmete. Ich tat, was er mir sagte und kam ein wenig runter.

„Verdammt, ich hatte solche Angst um dich. Wie kannst du dich mit zwei Typen gleichzeitig anlegen?! Falls du es noch nicht mitbekommen hast, du bist nicht Hulk oder der heiße Loki“, schnauzte ich ihn an. Es war besser, ihn zur Sau zu machen, statt meinem Bedürfnis zu weinen nachzugeben. Er kannte mich zu gut, deswegen versuchte er, zu lachen, zuckte jedoch sofort zusammen.

„Mir geht es prima und ich glaube, du findest mich heißer als Loki“, konterte er betont locker.

„Ich kann nicht fassen, das du selbst, nachdem du verdroschen wurdest, immer noch mit mir flirtest!“

„Dagegen kann ich einfach nichts tun. Außerdem haben sie mich kaum erwischt. Du solltest mal die anderen sehen. Einen von ihnen habe ich im Nachhinein erkannt. Er war einer von diesen Ehemännern, der seine Frau lieber schlug als mit ihr zu reden.“

Ich keuchte entsetzt auf und half ihm vorsichtig auf die Beine. „Das macht es ja noch schlimmer. Er hätte dich ernsthaft verletzen können“, schimpfte ich aufgebracht und hörte die Polizeisirenen näher kommen. Braden schlang den Arm um mich und zog mich an sich. Ich war erleichtert, dass es ihm soweit gut ging, deswegen erwiderte ich die Umarmung. „Wehe, du jagst mir nochmal so einen Schrecken ein“, grummelte ich an seiner Brust und spürte, wie er trotz Schmerzen lachte. Ich legte mein Kinn auf seinen Brustkorb und guckte zu ihm hoch.

„Nur fürs Protokoll, ich war es nicht, der mit dem Streit angefangen hat. Aber es ist süß, wenn du dir Sorgen um mich machst“, antwortete er und küsste mich auf die Stirn. Plötzlich war ich mir der Nähe zu ihm nur allzu bewusst. Aus diesem Grund löste ich mich aus seinen Armen und sein Blick trübte sich. Ich hatte ihn durch meine Flucht verletzt.

Bevor ich mich entschuldigen konnte, kam ein Streifenwagen um die Ecke und hielt vor uns an. Zwei Polizisten kamen zu uns und dann ging alles nur noch wie in Zeitlupe an mir vorbei. Wir wurden aufs Revier gebracht. Dort mussten wir unsere Angaben zu Protokoll geben. Ich erzählte mehrmals, wie die beiden aussahen, obwohl ich schon beim ersten Mal kaum Infos beisteuern konnte. Meine Angst hatte mein Gehirn lahmgelegt. Durch Bradens Aussage und den Namen des Täters konnten die Beamten was damit anfangen. Der Kerl war vorbestraft und ich umso ängstlicher. Den anderen hatte Braden gut beschrieben und ich hoffte, sie bekamen den Hurensohn auch noch in die Finger. Es dauerte Stunden, bis wir aus dem Polizeirevier kamen. Danach fuhren wir auf mein Drängen ins Krankenhaus, wo seine Verletzungen behandelt und alles für das Protokoll aufgenommen wurde. In der ganzen Zeit, während ich auf ihn wartete, ging mir nur ein Gedanke durch den Kopf: Wäre ihm etwas Schlimmeres passiert, hätte ich das nicht ertragen!

Kapitel 29

„Du brauchst mich wirklich nicht nach zu Hause bringen. Ich schaffe das auch ohne Hilfe“, beteuerte er auf dem Weg zu ihm. Wir saßen im Taxi und ich konnte ihn nicht allein lassen. Ich wollte sichergehen, dass es ihm gut ging. Sein Auge musste ebenfalls unbedingt gekühlt werden. Er tat natürlich, als wäre nichts passiert, und hatte die idiotische Idee, trotzdem zur Arbeit zu gehen. Das hatte ich ihm mit dem Rufen eines Taxis und der Angabe seiner Adresse ausgeredet.

„Jetzt quengle nicht und lass mich einfach machen, okay? Morgen kannst du mir Ansagen erteilen, aber heute bin ich der Boss. Sei still, sonst muss ich dir auch noch weh tun.“

Er zog die Braue über seinem nichtzugeschwollenen Auge hoch und wirkte amüsiert. „Du bist ja richtig herrisch, ich glaube, das gefällt mir!“

„Habe ich nicht gerade gesagt, du sollst ruhig sein?“, herrschte ich ihn an. Er nickte flüchtig und holte dann sein Handy aus der Hosentasche. Braden war sichtlich erleichtert, dass es bei der Schlägerei nichts abbekommen hatte und tippte wild Nachrichten hinein. Langsam wurde ich echt pissig, denn die Ärztin hatte ausdrücklich Ruhe empfohlen. Allerdings war er ein typischer Mann. Er hörte keinen Meter auf mich oder auf die Ärztin.

„Was machst du da?“

„Ich schaue nur kurz meine Termine durch. Wenn ich mich für eine halbe Stunde hinlege, werde ich wieder topfit sein", erwiderte er lässig, doch mir machte er nichts vor. Ihm ging es nicht gut, was nicht weiter verwunderlich war, aber einsehen wollte er das Ganze scheinbar nicht.

„Gib mir dein Smartphone", forderte ich ihn auf und hielt ihm meine Handfläche hin.

Er sah mich entrüstet an und schüttelte den Kopf. Sofort verzog er schmerzhaft das Gesicht und mir reichte es endgültig. Kurzerhand nahm ich ihm das Telefon weg und verstaute es in meiner Tasche.

„Was soll der Scheiß? Gib mir mein Handy wieder, das ist wichtig", fuhr er mich an. Ich rollte mit den Augen und das Taxi stoppte vor seinem Haus. Bevor ich ausstieg, beugte ich mich zu dem Fahrer und gab ihm das Geld. Anschließend wartete ich auf Braden, der mich weiterhin wütend anfunkelte.

„Hör auf zu schmollen, Braden. Du gehörst ins Bett!" Beim Wort *Bett* blitzten seine Augen auf und ich hätte am liebsten auf irgendetwas eingeschlagen. Der Kerl machte mich mit seiner Art wahnsinnig! Ich tippte genervt mit den Schuhen auf den Boden, bis er das Auto verließ und zur Haustür stampfte.

„Du bist schlimmer als meine Mom! Anscheinend hast du wohl vergessen, dass ich dein Boss bin", murmelte er grimmig und schloss die Tür auf. Es war ein komisches Gefühl, seine Privatsphäre zu betreten. Irgendwie fühlte es sich intim an und ich wusste, dass wir gerade eine Grenze überschritten. Ich hatte bei ihm zu Hause nichts zu suchen und fand meine Idee, mich um ihn zu kümmern, plötzlich dumm und äußerst gefährlich.

Braden warf den Schlüssel auf die schwarze Anrichte neben der Tür und ging weiter durch den langen Flur. Unbehaglich folgte ich ihm und ließ die Tür zufallen. Es war vom Schnitt her wie Jacks Haus, doch die Einrichtung war anders. Hier hingen überall die Art von Fotografien, die bei uns im Büro ausgestellt waren. Dazu gab es jede Menge interessante Kunstgegenstände. Figuren aus Metall, ähnlich gestaltet und mit der gleichen Erotik. Ich kam ins Wohnzimmer und fand weitere Bilder. Hier standen die aufgehängten Malereien im Vordergrund und ich betrachte sie voller Staunen. Sie nahmen einen sofort gefangen. Warme Farben waren ineinander verschmolzen und zusätzlich zeigten sie Körper, die sich umarmten oder liebten.

„Möchtest du etwas Eis?“ Ich drehte mich rasch um und wäre dabei beinahe hingefallen. Er packte mich am Arm und hielt mich fest. Das durfte nicht schon wieder passieren! In seiner Nähe hatte ich meine Koordinationsfähigkeit nicht unter Kontrolle, alles andere allerdings ebenfalls nicht! Verärgert über mich selbst, schob ich ihn ganz leicht von mir und musterte die Kühlpakete in seiner Hand.

„Ich brauche kein Eis. Du bist doch der mit den Verletzungen, nicht ich. Setz dich und ich hole dir ein Handtuch, ansonsten bekommst du zu dem hübschen Veilchen auch noch Gefrierbrand.“ Ich zeigte aufs Sofa und er stöhnte genervt auf.

„Kann ich währenddessen mein Handy haben?“

„Nein, darfst du nicht. Wenn du noch länger jaulst, schmeiß ich es in die Toilette“, drohte ich ihm und er ahnte wohl, dass ich es ernst meinte.

Ergeben und mit hängenden Schultern setzte er sich auf die Couch und ließ den Nacken auf die Lehne fallen. Ich lief in die Richtung, wo ich die

Küche vermutete, und behielt recht mit meiner Annahme. Sie war aus Edelstahl und machte nicht den Eindruck, als würde sie oft benutzt werden. Ehrlich gesagt konnte ich mir Braden schwer hinterm Herd vorstellen. Er wirkte nicht wie der Typ, der seine Freundin mit selbstgemachten Essen überraschte. Andererseits hatte ich mich mit Jack auch geirrt.

Ich griff mir zwei Handtücher und schaute mich nicht weiter um. Eine Flasche Wasser, die ich auf der Anrichte fand, klemmte ich mir unter den Arm und lief zurück. Ich kam ins Wohnzimmer, wo er weiterhin die Augen geschlossen hatte, und nahm mir einen winzigen Moment Zeit, ihn anzusehen. Er war ein bildschöner Mann, doch hier auf dem Sofa, mit dieser leichten Verletzlichkeit raubte er mir meinen Verstand. Ich räusperte mich kurz und er hob schwerfällig den Kopf.

Stumm starrte er mich an und ich spürte schon wieder diese Energie, die sich nicht leugnen ließ, so sehr ich es auch versuchte. Anstatt ihm die Klamotten vom Leib zu reißen, wie meine innere böse Stimme es mir zuflüsterte, ging ich zu ihm und stellte die Flasche auf dem Tisch ab. Dann hob ich meine Tasche auf und kramte einhändig darin herum. Ich fand Kopfschmerztabletten und warf sie auf seinen Schoß. Braden drückte zwei aus der Verpackung, nahm das Wasser und spülte sie runter.

„Geht doch", sagte ich eine Spur zu aufgedreht und trat näher an ihn heran, um ihn zu verarzten. Er schaute auf die Handtücher in meiner Hand und lehnte sich wieder zurück.

„Gib mir einfach den Lappen, dann mache ich den Rest. Kümmere dich lieber um dein Knie", meinte er müde und ich guckte an mir herab. Mein Bein war tatsächlich aufgeschürft und ich wusste nicht mal, wann das passiert war.

„Meine schöne Strumpfhose", jammerte ich und war entsetzt über das riesige Loch darin. „Dieser blöde Arsch. Du hast ihm hoffentlich einen Zahn rausgehauen!" Ich liebte die Strumpfhose, weil sie hinten eine Naht hatte. Mein Verschleiß an diesen Dingern war enorm. Einer der Nachteile, wenn man fast ausschließlich Röcke oder Kleider trug. Erst jetzt spürte ich einen leichten Schmerz. Lag wohl daran, dass ich damit beschäftigt war, mich um ihn zu sorgen.

„Setze sie auf die Rechnung, Olivia. Ich kaufe dir hundert neue, falls du möchtest." Durch meine Trauer um mein Kleidungsstück hatte ich ihn beinahe vergessen. Ich packte die Kühlakkus ins Tuch, ignorierte seine ausgestreckte Hand und legte es vorsichtig auf sein Auge. Er zuckte heftig zusammen.

„Halt das fest. Ich verschwinde kurz ins Bad und ziehe das zerfetzte Ding aus", erklärte ich ihm, aber er rührte sich nicht, sondern stöhnte mit geschlossenen Augen.

„Wenn dir schlecht oder schwindelig wird, ruf mich sofort. Ich bin gleich wieder da!"

„Nun geh endlich. Ich bin ein erwachsener Mann und das war nicht meine erste Prügelei", rief er mir hinterher und ich schüttelte genervt den Kopf. Er kam mir nicht wie der Typ Mann vor, der sich prügelte, doch was wusste ich schon über ihn? Nur, dass er erfolgreich, sexy und witzig war. Nicht gerade viel, um meine gesamte Vernunft über Bord zu werfen.

Ich lief ins Bad und setzte mich auf den Wannenrand. Das erste Mal seit dem Vorfall kam ich richtig zur Ruhe. Die Anspannung fiel ab und ich fing zu zittern an. Ich brauchte mehrere Anläufe, um mir die Schuhe und die Seidenstrumpfhose auszuziehen. Letztere warf ich in den Mülleimer neben dem Waschbecken und holte tief Luft. Anschließend gönnte ich mir einen kurzen Moment, um mich zu beruhigen, und sah mich um. Der Raum war Jacks Badezimmer ähnlich, nur hatte Braden keine Badewanne, sondern einen Whirlpool. Was würde ich nicht alles für ein Blubberbad geben?

Sein Parfüm hing in der Luft und ich inhalierte ihn praktisch, nur um mich abzuhärten. Ich sah mein Spiegelbild und zuckte entsetzt zusammen. Mein Eyeliner war verschmiert und es schaute aus, als hätten Tiere mein Gesicht abgeleckt. Mit meiner fleckigen Haut rund um die Augen herum sah ich aus wie ein Uhu auf Crack. Ich nahm mir Klopapier, befeuchtete es mit warmen Wasser und entfernte das Chaos, so gut es ging. Es war mir inzwischen egal, dass Braden meine ungeschminkte Seite zu sehen bekam.

Mich zu schminken, hieß für mich normalerweise, mich zu wappnen. Eine Maske aufzusetzen, um mich zu schützen. Doch momentan glaubte ich nicht, dass ihm das mit nur einem Auge groß auffallen würde. Ich griff nach meinen Schuhen und tapste zurück zu meinem anstrengenden Patienten. Nachdem ich um die Ecke kam, saß er zwar immer noch auf seinem Platz, hatte aber seinen

Laptop auf dem Schoß und die Kühlpakete lagen achtlos neben ihm auf dem Sofa.

„Sag mal, spinnst du?", rief ich empört und er erschrak.

„Könntest du ein bisschen leiser reden? Ich bin nicht taub", antwortete er trocken und sah mich nicht mal an. Wütend schleuderte ich meine Schuhe auf den Boden und ging zu meiner Tasche. Jetzt hatte ich seine Aufmerksamkeit.

„Gibst du mir mein Handy zurück?" Ich nahm das Objekt der Begierde und warf es ihm zu. Er fing es mit einer Hand und Skepsis lag in seinem Gesicht. Scheinbar hatte er nicht damit gerechnet, dass er es heute wiederbekam.

„Hier hast du es, aber wehe, dir wird schlecht oder du fällst hier um. Dann ist das nicht meine Schuld, sondern deine", erwiderte ich biestig und schlüpfte in meine Schuhe. Ich hatte die Nase voll. Sollte er doch sehen, was er davon hatte.

„Du gehst?", fragte er erstaunt und klappte seinen Laptop zu.

Ich stieß entnervt die Luft aus und drehte ihm den Rücken zu. „Natürlich tue ich das. Dich zur Vernunft zu bringen ist so aussichtslos, als würde ich Spencer beibringen wollen, mir nachts nicht ins Gesicht zu atmen!"

„Ist Spencer nicht dein Kater?", hakte er verwirrt nach und ich nickte. „Du vergleichst mich mit deinem Haustier, das unter Mundgeruch leidet?" Er hörte sich ernsthaft entsetzt an und ein Blick über meine Schulter reichte, um das zu bestätigen.

„Du bist genauso beratungsresistent. Deshalb geh ich schnell nach Hause, um mich umzuziehen und danach ins Büro.“

„Warte mal, du kannst mich nicht allein lassen. Die Ärztin hat gesagt, dass Beobachtung durch eine vertraute Person wichtig wäre. Wer weiß, was mir passiert?“ Er versuchte, mich zu ködern, und ich sprang drauf an. Misstrauisch drehte ich mich wieder zu ihm und zog eine Augenbraue hoch.

„Jetzt willst du, dass ich bleibe?“

Er schob seinen Laptop beiseite, warf das Handy auf den Tisch und zeigte darauf, als würde er mir eine Opfergabe darbringen. Braden spürte wohl, dass ich ihm immer noch nicht glaubte, darum legte er das Handtuch mit den Kühlakkus auf sein Gesicht und ächzte leicht.

„Na gut, ich bleibe! Doch wenn du dich weiterhin wie ein sturer Esel aufführst, bin ich weg!“

„Verstanden, du bist der Boss. Hast du was dagegen, wenn ich mich hier ein Stündchen aufs Ohr haue? Die Tabletten schlagen ganz schön rein“, brachte er schleppend vor. Ich ging zu ihm, kniete mich hin, zog seine Schuhe aus und achtete darauf, ihn nicht anzusehen. Dennoch spürte ich, dass er mich dabei beobachtete, aber ich gab dem Wunsch, meinen Kopf zu heben, nicht nach. Anschließend erhob ich mich wieder und entdeckte eine Wolldecke auf dem Sessel. Damit meine Hände was zu tun hatten, holte ich sie und beäugte ihn danach kritisch. Ich hatte ein wenig Angst, dass es ihm schlechter gehen würde. Doch sein Blick war derart intensiv, dass ich die Decke in meinen Fingern zerknüllte.

„Schau mich nicht so an, als wäre es unmöglich, dass ich mich um dich kümmere. Das würde ich für jeden machen“, erklärte ich fahrig und stellte mit einer Handbewegung klar, dass er sich hinlegen sollte. Bevor er das tat, schlüpfte er noch aus seinem Blazer. Er öffnete die ersten oberen Knöpfe seines Hemdes und nahm die Krawatte ab. Erstaunt sah ich Farben eines Tattoos hervorblitzen und mir wurde glühend heiß. Ich stand total auf tätowierte Männer. Doch ich hätte es niemals für möglich gehalten, dass er eins hatte. Auf mich wirkte er zu steif, um sich tätowieren zu lassen. Dieser Kerl überraschte mich immer wieder. Braden war eine Wundertüte voller verbotener Leckerlis!

Er beobachtete mich fortwährend und obwohl er sich nicht weiter auszog, fühlte es sich wie der unglaublichste Striptease aller Zeiten an. Es folgten die Manschettenknöpfe und ich wusste, ich sollte wegsehen, tat es aber nicht. Langsam krempelte er seine Ärmel auf und ich bekam Schnappatmung. Noch mehr Tattoos kamen zum Vorschein und ich fragte mich ernsthaft, ob mich jemand verarschen wollte. Wieso musste er alles verkörpern, was mich anmachte?

Ich schaute nun angestrengt auf die Wolldecke in meinen Händen und betete um ein Wunder. Es war ein Fehler gewesen, hierherzukommen.

„Natürlich hast du Tattoos“, grummelte ich leise und hörte ihn lachen.

„Komm her und deck mich zu“, entgegnete er amüsiert und ich warf ihm empört die Wolldecke zu.

„Auf gar keinen Fall! Du wurdest zwar verprügelt, aber ich komme dir nicht mehr zu nahe. Ich riskiere lieber nichts."

„Traust du mir nicht oder dir nicht?" Ich wusste, dass seine Frage nicht nur auf dieses Szenario beschränkt war, denn der Klang seiner Stimme verriet alles.

Aufgewühlt setzte ich mich auf den Sessel ihm gegenüber und schüttelte den Kopf. „Ich traue mir nicht!" Bei meiner Antwort schien sich seine gesamte Körperhaltung zu versteifen. Für einen Moment sah es so aus, als würde er aufspringen wollen und ich hielt ängstlich die Luft an. Zum ersten Mal gab ich zu, dass ich ihn begehrte. Doch das bedeutete nicht, dass ich dem nachgeben wollte. „Nicht", warnte ich ihn und er ballte seine Hände zu Fäusten.

Sichtlich frustriert fuhr er mit den Fingern durch sein Haar und murmelte etwas, das ich von hieraus nicht verstehen konnte. Statt nachzufragen, griff ich mir eine Zeitschrift vom Tisch und blätterte angestrengt die Seiten um. Aus den Augenwinkeln erkannte ich, wie er sich endlich hinlegte. Kurze Zeit später hörte ich ihn gleichmäßig ein- und ausatmen und entspannte mich. Mit ihm zusammen zu sein, war nervenaufreibend und verlangte mir jedes Fünkchen Anstand ab.

Ich weckte ihn alle halbe Stunde, so wie die Ärztin es gesagt hatte. Braden fand das wenig amüsant, aber er murrte nicht mehr herum.

Irgendwann fielen mir vor Müdigkeit auch die Augen zu, denn der Stress und die Angst hatten mir ordentlich zugesetzt. Ich klappte die Zeitschrift zu, legte die Füße auf den Hocker vor mir und schloss nur für ein paar Sekunden die Augen.

Kapitel 30

Eine Hand bedeckte vorsichtig meine Wange, streichelte sie zärtlich und ich kuschelte mich hinein. Sanft wie Schmetterlingsflügel strichen Finger über meinen Mund und meinen Hals. Das fühlte sich wahnsinnig echt an. Ich wollte die Wärme, die mich umgab, überall spüren und öffnete sehnsuchtsvoll die Lippen. Erst zart, dann immer zielstrebiger küsste mich der Mann im Traum. Ich klammerte mich an ihn und küsste ihn stürmisch zurück. Seine Zunge glitt in meinen Mund und neckte mich spielerisch. Seit langem hatte ich nicht mehr so einen heftigen Traum gehabt und ich hoffte, er würde nicht so schnell enden.

Bei jeder Unterbrechung unseres Kusses flüsterte er meinen Namen. Mein Verstand wollte, dass ich aufwachte, aber ich war nicht dazu bereit, diese Hitze und Leidenschaft zu verlassen. Eine Dringlichkeit lag in unseren Bewegungen, als hätten wir nur wenig Zeit. Rasendes Herzklopfen erfüllte mich vor Erregung und gleichzeitig bebte ich vor Angst. Mein Unterbewusstsein schrie mich an, endlich aufzuwachen. Benommen kämpfte ich gegen die Fantasie an und wachte langsam auf. Nachdem ich meine Augen öffnete, blickte ich geradewegs auf Bradens Lippen. Sie waren feucht, flehten mich geradezu an, berührt zu werden und er hatte immer noch seine Hand an meiner Wange. Bestürzt schoss ich hoch und hätte ihm beinahe eine Kopfnuss verpasst.

„Hast du den Verstand verloren? Du kannst mich doch nicht einfach küssen, während ich schlafe!“ Er trat ein Stück nach hinten und verschränkte die Arme vor der Brust. Sofort fiel mein Blick wieder auf diese verdammten tätowierten Unterarme.

„Heißt es nicht, man soll die Prinzessin wachküssen? Außerdem kam es mir vor, als würdest du es ebenso genießen wie ich." Dabei grinste er frech und ich wollte ihm am liebsten eine scheuern.

„Ich habe einen Freund, Braden. Er ist zufällig auch dein bester Freund. Deswegen warne ich dich, mach das nicht nochmal!" In Windeseile zog ich mir meine Schuhe an, griff mir meine Tasche und rannte zur Haustür. Panisch hörte ich, wie er mir hinterherkam und war fast an der Tür, da packte er mich am Arm. Wütend schnellte ich zu ihm herum und boxte ihm auf den Oberarm.

„Lass mich gehen!", flehte ich, denn ich stand so unter Strom, dass ich nicht mehr klar denken konnte. Er drängte mich immer weiter zur Tür zurück, bis ich dagegen stieß.

„Was passiert, wenn ich dich noch einmal küsse?", erkundigte er sich grimmig und stemmte seine Hände oberhalb meines Kopfes gegen die Haustür. Aufgebracht knirschte ich mit den Zähnen und starrte ihn wutentbrannt an.

„Dann werde ich kündigen. Diese Situation halte ich nicht länger aus. Du machst mich total kirre und das ist nicht gut. Ich liebe Jack", erklarte ich schwer atmend und spürte, wie sich sein Körper gegen mich drängte. Durcheinander schloss ich meine Augenlider und betete, dass er aufhörte, mich zu quälen.

„Was ist mit mir, Olivia? Was empfindest du für mich und sage nicht, dass es einseitig ist, denn das ist es nicht!" Meine Finger kribbelten wie verrückt. Wie gerne wollte ich ihn anfassen, aber das durfte nicht passieren. Danach gäbe es kein Zurück mehr!

„Hörst du nicht, ich liebe Jack“, wiederholte ich tapfer und hoffte, er würde es akzeptieren.

„Schau mich an und sag es mir hier und jetzt ins Gesicht!“ Er packte mich an den Oberarmen und schüttelte mich leicht. Ich öffnete die Lider und sah pure Verzweiflung in seinen Augen. Stumm flehte ich ihn an, nicht antworten zu müssen, doch er ließ nicht locker. „Sag es mir“, flüsterte er unnachgiebig und seine Lippen strichen gnadenlos über meine. Er knabberte an meinem Hals und ich konnte mich nicht länger wehren. Vielmehr war es so, dass ich es nicht mehr wollte. Er hatte gewonnen und ich gab auf, denn ich hatte den Wunsch, mich in ihm zu verlieren, obwohl mein Leben hier dann vorbei wäre.

„Ich will dich auch“, wisperte ich besiegt und schon lag sein Mund auf meinem.

Er küsste mich hart, fordernd und biss mir in die Unterlippe. Meine Hände flogen zu seinen Haaren, gruben sich hinein und zogen daran. Das mit uns fühlte sich an wie ein Tornado, der alles verschlang und nicht aufhörte, bis alles in Schutt und Asche lag. Er riss an meinem Kleid, bis es nachgab. Das Oberteil klaffte auf und er küsste fieberhaft meinen Brustansatz. Seine Finger glitten unter meinen Rock und zerrten mir das Höschen hinunter. Wie von Sinnen machte ich kurzen Prozess mit seinem Hemd. Die Knöpfe sprangen zur Seite und mich traf fast der Schlag. Er hatte sich komplett tätowieren lassen. Staunend stoppte ich für einen Augenblick und starrte auf die Bilder, die seine gesamte Brust bedeckten.

Braden packte mein Kinn und hielt mich gefangen. „Seit Monaten warte ich auf diesen Moment, Olivia. Ich bin verrückt nach dir und endlich gibst du zu, dass du mich auch willst. Das hier …“ Ich blockte seinen Satz ab, indem ich ihn küsste, denn ich wollte keine Versprechungen hören. Mir war nur allzu schmerzhaft bewusst, dass das hier ein Abschied war, er hingegen ahnte nichts. Darum schlug meine Verzweiflung zu und ich schluchzte auf.

Er sah mich bestürzt an und hörte auf, mich zu küssen. „Es wird alles gut, wir bekommen das hin. Es gibt eine Lösung!“

„Nein, die gibt es nicht. Jetzt hör auf zu reden und berühr mich!“ Das war seiner Miene nach zu urteilen anscheinend nicht das, was er hören wollte, doch er nickte bloß knapp. Grimmig ergriff er mein Bein und legte es sich um die Hüfte, wobei auch der untere Teil des Rockes einriss. Er öffnete seine Hose, holte ein Gummi aus der Tasche, riss die Verpackung auf und stülpte es sich über. Ich hatte keine Zeit, ihn zu betrachten, denn er hob mich hoch, packte mein anderes Bein und ich hielt ihn damit gefangen. Sein harter Schwanz rieb meine Mitte entlang und wir keuchten beide auf. Immer wieder biss und küsste er mich. Ich dagegen hatte nur noch den sehnlichsten Wunsch, dass wir miteinander verbunden waren. Mein Herz musste wissen, wie es hätte sein können, würden die Dinge anders liegen.

„Ich werde dir geben, was du brauchst, aber danach unterhalten wir uns!“ Er strich mit seiner Zunge über meinen Hals und drang langsam in mich ein.

„O Gott“, stöhnte ich laut, denn ihn zu spüren, mit ihm vereint zu sein, war wunderschön.

Wir passten perfekt zusammen. Nachdem er sich bis zum Anschlag in mich trieb, konnte ich meine Tränen kaum zurückhalten. Es war magisch und gleichzeitig unendlich traurig. Braden ließ mich nicht entkommen. Er packte mich am Hintern und forderte meine gesamte Aufmerksamkeit. Bei jedem Stoß sah er mich voller Lust und Liebe an und ich wünschte, ich müsste mich nicht entscheiden, sondern könnte beide Männer behalten. Sanft zeichnete ich trotz unserer explosiven Vereinigung die Muskeln an seinem Bauch nach und versuchte, mir alles einzuprägen.

Seine Finger gruben sich so heftig in meinen Arsch, dass ich später sicherlich Spuren vorfinden würde. Immer schneller schaukelten sich die Wellen der Erregung in mir hoch. Ich spürte, wie meine Haut zu kribbeln anfing. Unsere Atmung klang abgehackt und eilig, sie hörte sich an, wie ich mich innerlich fühlte. Zerrissen und angekommen zugleich. Obwohl ich es lieber noch stundenlang hinausgezögert hätte, sehnte ich mich nach Erlösung.

„Du fühlst dich fantastisch an“, stöhnte er heiser und küsste mich erneut. Dieses Mal mit mehr Finesse und damit endgültig tödlich für mein Herz. Zärtlich umschlangen sich unsere Zungen, während unsere Körper einen wahren Krieg führten. Neckend erkundete er meinen Mund, küsste mich wie ein Liebender und die erste Träne fiel. Er wischte jede Einzelne weg, egal wie viele folgten.

„Du machst es mir so schwer“, wisperte ich und er nickte entschlossen.

„Ich werde es dir unmöglich machen“, drohte er mir und stieß hingebungsvoll in mich. Seine Finger schoben sich in mein Haar, strichen sanft hindurch und entfernten meine Haarspange. Ich hörte es klimpern und blinzelte gegen die Tränen an. Seine andere Hand bewegte sich zwischen uns und er drückte zärtlich meine Klit. Er rieb sie, bis ich Sterne sah. Wortwörtlich, denn ich rauschte auf meinen Höhepunkt zu und wusste nicht, wie ich ihn aufhalten sollte. Ich brauchte ihn, aber gleichzeitig wollte ich nicht loslassen, doch er ließ mir keine Wahl.

„Bitte komm, Olivia. Ich liebe dich“, raunte er mir ins Ohr und ich war verloren. Meine Mitte zog sich lustvoll zusammen und ich spürte, wie er mit mir gemeinsam kam. Das Gefühl war wahnsinnig schön und ich liebte es, wie sich unser Herzschlag vermischte.

Nachdem die Explosion allmählich abebbte, wurde mein Herz schwer wie Blei. Seine Stirn lag an meiner Schulter und er strich mit der Zunge über meine freigelegte Haut. Gänsehaut überkam mich, dazu die Gewissheit, dass ich ihn ebenso liebte wie Jack.

Vorsichtig ließ er mich herunter, entfernte das Kondom und zog seine Hose locker wieder hoch. Fahrig und aufgelöst schob ich meinen Rock hinab und versuchte, das eingerissene Oberteil zusammenzuziehen, doch ohne Erfolg. Ich fühlte mich genauso zerrüttet, wie ich aussah. Braden stand mit ein wenig Abstand vor mir und sah mich abwartend ab. Meine Finger zitterten leicht, als ich die Spange aufhob und in meine Tasche steckte.

„Geh nicht. Lass uns darüber reden und eine Lösung finden. Ich meinte es vorhin ernst, ich liebe dich!“ Seine Worte führten dazu, dass mein Herz vor Freude taumelte, gleichzeitig verkrampfte sich allerdings mein Bauch.

Müde und gebrochen schritt ich auf ihn zu, legte meine Hand auf seine donnernde Brust und gab ihm einen Abschiedskuss.

„Ich empfinde so viel für dich und genau deshalb muss ich hier raus und nachdenken“, erwiderte ich mit bebender Stimme und ging zur Tür.

„Sehen wir uns morgen?“ Ich konnte ihm nicht sagen, dass ich noch heute meine Sachen packen und nach Seattle zurückgehen würde. Aus diesem Grund blickte ich ein letztes Mal über meine Schulter und lächelte ihn traurig an. Meine Antwort musste ich beiläufig halten, ansonsten würde er mich nicht gehen lassen.

„Auf Wiedersehen, Braden!“ Rasch riss ich die Tür auf, machte sie hinter mir zu und bebte am ganzen Körper. Eilig hastete ich durch die Straßen und hoffte, ich könnte meinen Zusammenbruch bis zu meiner Wohnung zurückhalten.

„Kann ich Ihnen helfen? Hat Sie jemand überfallen? Miss?“ Eine Frau wirkte bei meinem Anblick sichtlich verstört und ich bemerkte erst jetzt, dass sie mich ängstlich musterte. Ich blickte in ein Schaufenster und konnte ihre Reaktion vollkommen verstehen. Zerrissenes Kleid, zerstörte Frisur und Tränen, die mir ununterbrochen die Wangen hinunterliefen.

„Es geht mir gut, alles in Ordnung“, antwortete ich schniefend und rannte weiter, bis ich zu Hause ankam.

Dort ließ ich mich auf den Boden sinken und weinte ungehemmt los. Mir war übel und ich hatte das Gefühl, nie wieder glücklich zu werden. Es gab zwei wunderbare Männer, die mich liebten. Ich liebte sie auch, zu gleichen Teilen und genauso stark, doch ohne Aussicht auf ein Happy End. Spencer kam zu mir, legte sich neben mich und schaute mich mit großen Augen an.

„Wir müssen weg von hier. Ich habe alles vermasselt!“

Drei Stunden später befand ich mich am Flughafen. Mein Flug ging in einer Stunde zurück Richtung Heimat, die jetzt keine mehr war. Ich fühlte mich hier in New Orleans angekommen, trotzdem konnte ich nicht bleiben. Meine Hände zitterten bei dem Gedanken, Jack anzurufen, deshalb schrieb ich ihm, dass ich nach Hause müsste. Er versuchte, mich zu erreichen, aber ich drückte ihn weg. Wie sollte ich ihm erklären, was passiert war? Was konnte ich sagen, ohne ihn zu verletzen? Ich entschied mich für die armseligste Option von allen und lief weg.

Nachdem ich mein Gepäck abgegeben hatte und Spencer schon im Flieger verstaut wurde, klingelte mein Handy erneut. Ich stand kurz vor einem Nervenzusammenbruch und hatte keine Ahnung, wie es jetzt weiter gehen sollte. Bradens Name schrie mir förmlich entgegen und ich bekam weiche Knie. Völlig zerstört schaute ich weiterhin aufs Display und musste mitansehen, wie es im Sekundentakt bimmelte, bis ich es nicht mehr aushielt. Mein Telefon zeigte Anrufe und SMS von Jack und Braden. Irgendetwas sagte mir, dass sie mittlerweile miteinander gesprochen hatten. In meinem ganzen Leben hatte ich mich noch nie so schäbig und verloren gefühlt.

Voller Verzweiflung stieg ich in das Flugzeug, bestellte mir Whiskey ohne Eis und schickte beiden die gleiche Nachricht, bevor ich das Handy ausschaltete.

Es tut mir leid. Ich wollte niemals solch ein Mensch sein.

Fortsetzung folgt …

Printed in Poland
by Amazon Fulfillment
Poland Sp. z o.o., Wrocław

55084714R00167